日本漢詩文集叢刊

第一輯

第三冊

第三册目録

加藤虎之亮

天淵文

雜文類

天淵詩

興於集

守樸集

暗香集

天淵詩續稿

戊戌日録

紀恩帖

加藤虎之亮

天淵文

天淵文

影近者著

天淵文序

予與加藤先生厚誼交歡十年久而益畏敬知其為君子人也先生〻於駿州山嶽薰奉庭訓佐家業既而立志學廣島高師後師事三宅先生教子深造斯文東策探朴於附中幼年二校頗有成績可觀後上京教授武藏高校大東文化學院等循〻以身率之諸生悅服尋為東洋大學教授進其學長〻育人材歷代興衰多奇鎖研鑽子不休遂為文學博士天下泰望至風采既發殘振鐸於無窮

會致力著述云嘗為　皇后宮所召進講經史
繹洪坤德寶三十年矣開每進講前日謝
客絕依棐清夢洗心以期講筵無遺甚誠恪
非今人所能及也以故　后宮信任益篤賜物賞
勞前後不可勝數今茲乙未翁齡七十七門人
相舊爲議集錄先生文詩爲二卷刊以壽
之請余序披而觀之雄健深穩皆出於體
驗自得之餘無一語涉浮誇自上　后宮書畫
披思所與名兒孫諸篇盡精詳懇惻使讀
者然懿歎不措嗚呼此扶植名教之文字所以

垂世而行遠與駿嶽比乎崔巍瑩潔者耶挽
近以文名家者不為不多其所著作華靡綺
縟有驚心奪目之巧然而以生平所實考之
有耻雖離大乎逕庭竟不免為繁文虛飾
之歸所謂不足關世者歟雖工無益者視之先
生文章與素履一致可同日而語也昔有大
蘇序范文正公文集曰有德者必有言非有
言也德之發於口者也余亦得曰先生文君子
風之發於筆者也今門生諸君此舉將報其

德良有以也安可不識藝而序之乎哉

昭和三十年季夏下澣書於時習園山色上樓

那智佐典天叙

天淵文　目次

論說類

天淵文

箴銘類

目次終

館森袖海圏。
牧野藻洲點。
安井朴堂曰、宛然長蘇口氣。
平井魯堂曰、

天淵文

論說類

鼂錯論

天淵　加藤虎之亮著

世之論鼂錯者、或謂、不削七國以漸、使之一時共叛。謀疏計拙、所以事敗也。或謂、知袁・竇有異議、而不豫爲之備。見淺慮短、所以速禍也。或謂、間疎人主之骨肉、殘忍刻薄、所以遭誅戮也。或謂、自發大難之端、而不自收之、欲使天子當其衝。所以不免夷滅也。余謂、四者、責錯則可、論事則不可。何者、議其末而忘其本也。景帝之在東宮也、文帝選於衆、以錯爲家令。當此時、余以爲錯當遵古之法、以輔導之。而觀其所上書、以善學老蘇者。

袖海點。

以下至少恩、袖海・藻洲點。

不任以下袖海點。

授術數爲主、遂以辯口、得幸太子、號曰智囊。則其輔導之法、可見耳。古之養太子、保保其身體、傅傅其德義、師導之教訓、使日見正事、聞正言、行正道、史書過、宰徹膳、瞽誦詩、工正諫。有誹謗之木、有敢諫之鼓、其教法周密、而其所主在成德。故及其爲君、寬仁大度、選任大臣、不屑用智巧。羣下悅服、而遠近順賴。夫錯爲人、陗直刻深。早歲學申・商之說、其學得性所近。故雖受尚書於伏生、不知咀腴嘗醇、徒以德義之府、爲權數之叢。其教太子、廢周・孔之道、從申・商之學、捨仁義道德、非智辯法術。其所鎔鑄、忌刻少恩、不任大臣、好用小慧、遂至輕信讒言、俄變告廟之大議、罪腹心同憂之臣、以大逆無道。可謂不負其所學矣。或曰、景帝殺吳世子、廢薄皇后、死皇子榮、袖海點、至能如此乎。藻洲點、性惡至弘量。

袖海曰、一語重於山嶽。施圏點。

囚周亞夫。其殘忍薄行、出于天、非教之所使然也。以此讓錯寃矣。余曰、不然。其提殺世子、乘一朝之忿、誤而致死耳。不須深咎。廢后死子、囚功臣、教之所化、非根于性也。余觀帝恭儉爲政、不墜緒業、文·景之治、比隆于成·康、性惡之人、而能如此乎。故義訓得方、則帝亦寬裕弘量、列明君之科也必矣。余因錯之事有感焉。曰、誤太子之教育者、其罪當族誅矣。後之爲人臣者、可不鑒哉。

館森袖海曰、筆力矯健、議論刻厲。敬服之至。

安井朴堂曰、晁錯誠非忠厚之臣。使之傅太子、其過在文帝。然則七國之議、強本弱末之長計、不得以此非錯。蓋其人猶井伊大老乎。

山田濟齋曰、議論精深、不可磨。

石崎篁園曰、衝其喉、刺其腹。筆鋒銳利、痛擊不遺。鼂錯無復完膚。

平井魯堂曰、先擧衆說、而下鐵案。眞是老吏斷獄法。末局一解、秋霜烈日不啻也。

細田劒堂曰、公事逼切、不能詳讀得益。然諸家之評、至矣、盡矣。又何待容喙。

牧野藻洲曰、以道責錯。錯固當無辭矣。然此作者別有意存焉。蓋老蘇權書之類。

織田右府論

室町霸業之衰也、海內鼎沸、豪傑竝爭、略地拔城、雄視方面濟齋圈。袖海點。

神祇也以上、濟齋點。此六者以下、袖海點。

濟齋圈。

濟齋點。

者、二十餘姓矣。織田右府、崛起其閒、撥亂銷禍、遂創一匡之業。其故何哉。曰、能持正也。當時羣雄、智勇不乏其人。然皆汲汲乎營私、無復憂社稷民人者。右府則不然。其擧淸洲、爲舊君復讎也。其取濃州、爲婦翁報仇也。其拓湖南、爲朝覲掃道也。其平畿甸、爲將軍擊亂賊也。征北越、伐南紀、東滅武田、西攻毛利、奉王命、而定禍亂也。修 皇居、擧廢典、新 神廟、復舊制、尊 皇室、而敬神祇也。此六者、皆名正事順。有一於此、足以駕御羣雄。況兼六者乎。是其所以功業磊磊、軒天地也。然而其業不終何也。曰、用奇之弊也。右府卓犖不羈。其始好出奇。一用之富田、驚舅氏之魂。二用之寵弟、除叔段之菑。三用之內人、殺濃之二良。四用之贋書、害駿之三將。五用之桶

濟齋點。

袖海點。

袖海點。

濟齋圈、下二圈亦。

峽甃驕將於瞬息。是用奇之效可見者也。雖然用奇則譎詭萬端、變詐百出。不啻失信鄰國、君臣相猜、骨肉相疑、暗鬼生、而杯蛇見焉。難保禍無起乎蕭牆之內。右府之明能見之。故其晉京之後、常樹正正之旗、張堂堂之陳、以臨敵、不復出奇弄巧也。既不屑出奇、則不虞人之用奇。是以撤武備、去兵衞、館單垣淺溝之寺、而不疑。是蹈桶峽之轍、而不顧也。可知非復昔日之右府矣。獨奈羣下先入之見、牢乎不拔、視右府猶昨。而其用奇、殆有出藍寒於者。乃以耿耿不寐之心、窺覺於無疑之主、遂使逆豎學乃公之故智、遂其非望。而三十年之功、一旦而廢。是用奇之弊也。余於是知、以正合、以奇勝、用之戰陳猶可。至乎創業撥亂、經世濟民、以正終始、不可雜奇道、也。後之欲爲右府者、可以鑒哉。

館森袖海曰、議論精鑿。右府有知、其必首肯。

山田濟齋曰、正正之筆、堂堂之見、文勢奔放、史眼燃犀。誰不瞠目駭嘆。

細田劒堂曰、持正之利、說得明快。但說用奇之弊處、說利詳、說害略。失主客輕重之法。是爲可恨耳。

二畏堂說

昭和己巳夏、予相城西之地、誅茅結宇、扁曰二畏堂。客難曰、畏事之多少、足以判進修之淺深。君子猶三畏、衆人當增之。是故王文穆以三畏名堂、則楊文公獻四畏之議。釋氏有五畏、康澄有六畏。子損之、無乃不可乎。予曰、所謂四畏、調謔之袖海點。至足矣。

是以以下、濟齋・池田蘆洲竝點。

蘆洲曰、句錬字烹、如讀先秦人文。

袖海點。下竝同。

語、五畏方外之言、六畏爲政者之箴、皆予之所不從也。夫畏之可貴、在心之強弱、不在事之多少。心誠畏之、則一畏足矣。是以舜・禹畏小民、而熙皥成俗、成・康畏天威、而刑措致治。齊桓畏簡書、而諸侯九合、晉文畏明神、而天子策命。一既如此、況二乎。客曰、損之之說、既聞命矣。二畏之典何如。予曰、子試言之。客曰、左氏所謂畏首畏尾乎。曰、是畏憚怯縮、所不當畏而畏者也。曰、然則書之所謂罔畏畏乎。曰、是所當畏而不畏者也。過與不及、君子不由矣。曰、弗畏入畏乎。曰、是周官之語、以爲入德之門則可、以名堂則未可也。客沈思久之曰、三畏者、僕嘗聞之矣。畏天命、畏大人、畏聖人之言。予今妄損一爲二。蓋畏天命、畏大人、而不畏聖人之言耶。予曰、惡、是何言也、惡、是何言也。夫大人云、聖人云、共是人也。所畏、共是道也。然則三畏之與二畏、析言則異、統言則同也。先師廓堂先生、有見乎此。嘗大書仰畏天、俯畏人六字、以見賜。蓋取王朗川之語也。在昔張子韶、安孔・顏諸儒像於書室、朝夕敬拜。心志肅然。今予揭先師遺墨於楣間、晨昏瞻仰、惕然内省、無敢或怠。庶乎得先師之意、而合聖人之旨歟。是所以名堂也。客曰、善哉。遂書以自誡。

館森袖海曰、從說横說、波瀾老成。

平井魯堂曰、紆餘轉折、歸到本題。是作者弄巧處。

石崎篁園曰、把一畏字、投承下上、爲三、爲四、爲五六、遂歸于二畏。怪腕眞可畏也。

牧野藻洲曰、紆餘曲折、說入二畏本義。其意不甚費辭、而自明也。

袖海曰、此說甚妙、加點。下點同。

獨樂居說

石崎篁園翁、僑寓東都逆旅。扁其室曰獨樂。有客謂予曰、獨樂不如與衆偕樂。翁之命室、似不得古賢之旨。予曰、是鄙叟爲爲政者而發耳。非爲學者而發也。夫教而不倦、行藏安命、發憤忘食、樂以忘憂者、孔子也。博文約禮、不遷不貳、簞瓢陋巷、不改其樂者、顏淵也。而後世未有誹孔・顏以爲獨其樂者也。翁爲子弟講學授業者數十年。英才彬彬、隨材成器。其樂可知矣。而令嗣克家、就職伊勢。客歲翁喪伉儷。不肯倚克子、鰥居一室、讀經史、作文詞、師古聖、友羣賢、逍遙自適者、是庶若夫以下、濟齋亦點。

乎。得孔・顏獨樂之旨。非耶。若夫與衆偕樂。英才之中。蓋有能行之者焉。客曰、然。遂書以質翁。

館森袖海曰、僕亦欲爲此記。而腹案未成。及讀吾兄文、乃擲筆。

安井朴堂曰、翻案孟子、取乎論語、而作說。經學家之文。

山田濟齋曰、輕輕著筆、妙甚。

牧野藻洲曰、亦是外孫齏臼。

平井魯堂曰、拈出獨樂二字、反襯偕樂。文理透闢、情韻雙臻。

石崎篁園曰、原本於經典而立說。雄健希匹。僕何能當。然切偲之情、焉得不奮勵哉。深謝深謝。

三淵文　二　二六

袖海點。下點圈亦。

處暑說

今茲丁卯仲夏、予按周禮於靜嘉堂文庫。宋・元牙軸、古香馥郁。阮・黃諸賢、未勘文字、左右續出。目張神怡、不復知身在三伏也。既而拉兒、避暑沼津。其地臨駿灣、負蓮峯、老松翳日、海風送涼、俯仰樂之。然而一兩日之後、漸覺炎威。乃泛舸泗水、披葛揮扇、或食冷果、喫碎冰、百方避之。而竟不能避也。後歸鄉、巡先人遺愛之植林、山逕崎嶇、石稜齧趾。加之以驕陽如燬、流汗浹體。而鼓勇而進、竟能巡了。予於是有感。曰、避暑者、避之愈力、則炎虐愈加。是制于暑也。攻暑者、暑隨甚則氣隨奮、能得勝之。是制暑也。若夫勉學勵業、而不知暑者、是忘暑也。是故處暑之法有三。避暑爲下、攻暑亞之。至忘暑、無以尚焉。作處暑說。

館森袖海曰、此文自閲歴中來。末幅尤妙。

山田濟齋曰、開口眞實、使人醒然。

安井朴堂曰、處暑三策、忘暑爲上。名言不磨。老子曰、靜勝熱。是亦一法。未識中與下何如。

石崎篁園曰、避暑、人皆謂。至攻暑忘暑、則吾兄創說。極是破天荒。

捕兎者說

予嘗在藝城。一日與學童捕兎。黎明會山下、分數隊、每隊有獵夫一人。設罝于阜頭、于中林、學童張鶴翼之陣、呼譟而進。兎性怯懦、聞聲遁走、罹罝爲獲。一阜一林、逐次而進。獵罷、各雪山點圏。

濟齋曰、鄒叟之言、引證恰當。匪夷所思。

較獲之多寡。而予隊最豐。蓋因獵夫相場之精也。予叩其訣。頷而不答。既而指一堆矢曰、是矣。兎之所在、必有是。而兎索食轉移、東丘西阜無定處。其在否、視矢之新陳、十不差一。予曰、有是哉。狡兎雖設三窟、巧匿其身、露矢不掩、遂遭捕獲。鄙諺所謂掩頭而忘尻者。豈不値憫笑乎。夫人之於世、亦如此耳。事苟不出於誠、必有臭穢之不掩焉。鄒叟曰、能讓千乘之國、簞食豆羹見乎色。此之謂也。世之巧詐以瞞過一時者、宜鑑矣。作捕兎者說。

川田雪山曰、筆簡而意明。末段尤佳。小品上乘。

山田濟齋曰、好話題、好文字、才筆可妬。

渡貫香雲曰、結一句、破題有力。亦關世教之文。

雪山點。下同。

蓄髯說

前數年、予蓄鬚髯。有客問曰、子老而遽蓄鬚髯。有說乎。予曰、曩有門生、難曰、先生頭髮尚玄、而鬚髯白浮於黑、使人俄思衰憊。丈夫老當益壯、弟子欲長仰先生壯容。盍去此長物。予曰、唯唯。一日遇舊友某於途。友傾首諦視曰、得無非子弼乎。子面貌俄改。所謂衣、素衣、而出、衣緇衣、而反者、欲使楊家之狗、迎而吠。相與哄笑。又有一朋、揶揄曰、美哉、鬚髯、威風堂堂。關壯繆耶、藤肥州耶。嘗獨行。有米國兵、卒然走來、撲予肩、撫鬚髯數次。一揖走去。蓋彼國人、希蓄此物、視而異之也。予愛其稚氣、而忘其無禮。嗚呼、此長物既買內外人指目。今又辱君問。不可以不說之。予始蓄髭。時季父蓄鬚髯、毿毿然、皤皤然、宛似神仙。母視而美之、謂虎曰、汝亦宜倣之。虎曰、此物不與壯者諧。兒尚壯、及季父之齡、則將倣之。母笑而頷。既而虎齡踰知命。思履前言。先是、虎進講　后宮。七日一回參內。而此物伸長遲遲、三兩月之間、硬莖穎芒、森如栗殼。甚損容儀。不可以上經筵。故不果。昭和十九年秋、大東亞戰方殷、后宮亦多事、暫輟常課。於是始得達宿志。而母不待。噫。乃理鬢髯、跪拜靈前、撫之者三。泣謝誤期之罪。爾來晨昏揪撫、以憶母。是其所以不忍去之也。客正襟曰、善哉其說。豈啻羹牆之比而已。予其愛重之。

八字、濟齋點。

乃理十八字、濟齋點。

川田雪山曰、有母氏一段、文始生光。

山田濟齋曰、循循鋪張、歸于一孝。所謂小題大做。一奇一正、令人潑眼。

荒浪煙厓曰、一記事見孝思之純。足以推先生全貌矣。

渡貫香雲曰、設題奇、行文更奇。奇中敍事秀整、法度森然。老手哉。

名嫡孫說

昭和十九年十二月三十日、嫡孫生焉。虎名之曰忠正。虎少時、先君恭捧持一筐、上畫桐菊徽章、示之曰、是吾家寶也。吾家世業農。汝之曾伯祖高之助君、慷慨負氣節。夙歎 皇威不振。天保中晉京、獻金於 有栖川宮。 宮嘉其忠悃、賜以此物、特列家臣、給五人俸、班準幕臣、在鄉貢茶爲職。時尊皇之論漸起、幕府戒嚴。而領主內藤氏爲幕臣。大怒、放逐曾雪山曰、貽謀如斯。宜矣、忠孝萃一門也。加點下亦。

伯祖夫妻於領外。曾伯祖無子。其姉寡居。奉高祖守家。有盜夜刺二人。頗有蹤跡、官不窮詰。財物多爲人所掠。姉有子、時年十三、避難江戸。居五年、官命歸國承家。實爲王考。夫曾伯祖犯時諱、效忠節、荐逢禍難而不悔。子孫繼述、唯在傾葵。汝其記之。虎服膺訓言、不敢諼焉。伏惟以虎之不敏、得執經侍
后宮、莫不因曾伯祖餘慶之所致。而虎叨殊恩、二十餘年于茲。非致世忠、則難以報萬一矣。乃命汝以忠、以乃父之偏名配之。汝忠正、宜日三復名字、勿敢或忽。

山田濟齋曰、善哉命名之訓。眞個鳳鳴於朝陽矣。

渡貫香雲曰、奬忠家訓、垂及子孫、今世所希聞。不啻空谷跫音。高文簡健、具見烹錬。佩誦敬服。

雪山點。下同。

名次孫說

昭和二十二年十月二十三日、次孫生焉。予名之曰孝次。吾家以忠爲訓、而命以孝何哉。夫孝者百行之本、衆善之長也。故求忠臣、必於孝子之門。況 皇朝忠孝一本、在家曰孝、於國曰忠。事同而名異耳。汝外家中村氏遠祖五郎右衞門君、以孝聞。元祿中、將軍綱吉旌其門、賜祿百石。鄉黨榮之、至今稱孝門。汝宜祖述之。昨予名汝兄曰忠正、今命汝曰孝次。名字互文、昆弟一德、入則孝、出則忠、以揚兩家之遺風、則於臣子之道、庶乎不差。汝其勉之。

川田雪山曰、簡而明、文品乃高。

山田濟齋曰、忠孝名兄弟、貽訓具矣。足以警今俗。

渡貫香雲曰、簡淨之極、精練之至。而忠孝至情、藹然楮表。

正和命名說

雪山點。下同。

昭和戊子月正元日、虎薰沐參內。上午十點半、諸員列立殿上。少焉、 天皇 皇后兩陛下臨御。臣某代衆奉賀新禧。陛下嘉納、賜酒於別殿。衆稱觴頌 聖壽。既罷。時天晴、景明、韶光和煦。御溝水暖、翠松蘸瑞、鳬鷺翔集。而二重橋外、子民塡咽、蜿蜒成列。是日特允參賀。羣黎渡橋入正門、拜豐明殿址。是未曾有之恩典也。黎庶呼萬歲。 兩陛下荅之。是天人共喜、君民和合、動植遂生者也。比年天地失和、國步艱難、上下共憂。而外電頻傳講和開議在春夏之間。萬邦協和、可期而竢矣。眼前景象、似爲前兆。既歸。家人迎曰、祥次今朝擧嫡雪山曰、主意在此一段。名得尤妙。

濟齋圏。香雲曰、用典自在、辭理暢達。

子。予曰、有是哉。乃名之曰正和。嗚呼、正和生誕、値月正萬物倶和之辰。其得浴三才正、而六合和之惠澤必矣。可慶可賀。

川田雪山曰、敍事謹嚴得體。但謂之命名說、則屬變體。

山田濟齋曰、此日此事、不可無此說。天所以寵一門深矣。

渡貫香雲曰、謹嚴莊重、一筆不苟。中間曲盡景情、風藻飛騰。收局忽點破題意。可謂奇構矣。

直樹命名說

昭和二十六年二月十六日、祥次擧第二子。時屬孟春、當祈年祭前日。乃命名直樹。月令云、孟春田事既飭、先定準直、農乃不惑。孟子云、后稷樹藝五穀、而民人育。夫農邦之本也、食民之天也。故聖王重樹藝。歲首先定準直、使農知所據。人之濟齋曰、直字好典雅、出大見學殖。

立世、猶農夫之於樹藝、亦不可不先定準直。語云、人之生也直。罔之生也、幸而免。是以皐陶擧九德、則直溫居其一。詩人好正直、則神介景福。直之重可以見矣。嗚呼、汝直樹、直以爲準、樹德務滋、則庶不背乃祖命名之旨歟。

山田濟齋曰、文氣樸茂、理致橫逸。有祖如此。爲孫者、豈不樹立乎哉。

敬德命名說

祥次擧第三子。余名之曰敬德。取諸周書也。夫敬者堯・舜以來之心法、而孔・孟亦力說之。有持己之敬、如緝熙敬止、修己以敬、是也。有接物之敬、如敬事、敬王、敬大臣、敬鬼神、是也。至敬德、莫以尙焉。蓋德、得也。稟之乎天、誠而善者也。則敬德者、雪山點。下同。

思誠而彊爲善之謂也。昔者召公營洛邑、立周室之基也、作
誥成王曰、有夏・有殷、不敬厥德、乃早墜厥命。王其疾敬德。是
以敬德爲立國之大本也。其於一身一家、更有甚焉。敬德之
急如是。汝其深思、期名實相讎。
那智惇齋曰、簡勁可誦。以令篇命令孫。異日成立、可幾而
待也。

正家命名說

昭和二十二年十一月二十四日、女壻加藤元信擧嫡子。予
名之曰正家。元信爲陸軍軍人。國家遭遇大難、撤武解軍。元
信歎曰、不能執劒奉公、宿志遂空。自今改慮、秉鋤報國。與僚
友十一人歸農、開拓富士飛行場址。官給分地、毀廠舍、以其

材充廬舍。造營告成、以月之二十三日移家。而翌日有弄璋之慶。此日恰當立正大師忌辰。日宗寺院、盛行會式。元信夫妻篤信蓮教。喜出望外。乃採大師偏諡正、兼寓嫡長之義、配以家字、志其日與其事也。易曰、父父、子子、兄兄、弟弟、夫夫、婦婦、而家道正。正家而天下定矣。國家今會再興之運。而國之本在家。元信夫婦與子、各守其分、正家以及國、則奉公之道、莫切乎此。何憂宿志之空。書以勖之。

川田雪山曰、祝規竝正。情摯之文。

渡貫香雲曰、博士抱傾葵之誠、布宜室之情。作文必以矯時弊、補世道爲要。本篇亦然。余之所以佩服不措也。

和夫命名說

香雲曰、起得莊重。又云、和字一篇眼目。加重圈。

又曰、用典自在、無強合之嫌。

又曰、理義明暢、筆墨簡勁。施點。

昭和辛卯歲旦、余與汝外祖母、奉謁　皇大神宮、恭祈平和。戢戈既六載、和議未成。愬焉調飢。去夏以來、聯合諸國、往往會議、講和要項。美國遂特派大使、與我官民交歡、各吐露情實、以資講和。是爲月之十日。翌十一日汝生焉。因命曰和。夫、志喜也。易云、保合大和、萬國咸寧。和之時義大矣哉。而保和之方如何。孟子頌大舜之德曰、捨已從人。曾子贊仲尼之道曰、忠恕而已矣。夫捨已忠也。從人恕也。忠而恕、則無不往而和矣。汝其勉之。昭和二十六年一月、外祖虎記。

渡貫香雲曰、中庸云、和也者天下之達道也。我國日本原名大和、則以和爲貴。八紘一宇、既大和之意。今以和命名。大稱　祖宗肇國之盛意。本文以奉謁　勢宮而起。森嚴得體。佩服。

山田濟齋曰、嚴嚴肅肅、足佩服。但文格取應酬體。恐屬異例。取敍說體何如。

荒浪煙厓曰、引經義、定命名作。用意愼重。

仁猫說

十餘年前、余卜築西郊。碩鼠巢書庫、破書籍、齧器物。余苦之、畜猫防之。二猫相尋而死。乃置捕鼠劑。一夜能斃數鼠。衆鼠屛息。喜曰、是可以驅鼠矣。數日亦復舊。後數試之、狡鼠漸知毒、遂不食。其族繁衍、爲害已甚。余深憂之。一日有白猫、儻來入室、叱之不去。內人恐其飢與食。帖然食之。隔路有農家、其幼女與余孫嬉戲徵逐。見之曰、是我家之白也。捉而還。隨還圏外點。下圏點皆同。

隨來。遂繩首繫柱。帶繩而復來。內人攜而行農家還之。婦曰、是不捕鼠、無用之長物也。我欲逐之、已獲幼猫。我無之用也。若畜之則爲慈大矣。請以贈焉。內人受而還。是四年前之事也。白性怜悧、頗解人語、不竊不盜、禁則不犯。雖魚肉在前、不動心。嘗臥衾上。戒曰、是非汝座。後不復坐。其去農家、蓋知幾先動者歟。東鄰亦畜黑猫。獰猛桀黠、屢來而奪白之食。每避不與爭。時出游、被傷而還。曾無復讎之心。其慈仁可嘉矣。但不嗜鼠。見其喧騷跋扈、如不經意。此爲可憾耳。一日余指曰、老鼠跳梁如彼、而汝不顧。余無所用汝也。及夜聞簌簌之聲、驚覺則白捕蒼鼠而來、枕上揶揄之。余喜而賞之。明發見死鼠、檢之無傷。蓋翫弄久之、蒼鼠畏怖而氣絕乎。如此者、前後僅三。然而鼠族漸減、如今不認隻影。洵可異也。因思、疇昔崤黽多虎、行路不通。劉昆爲太守、行仁政。虎皆負子、渡河北。九江苦虎暴。宋均爲政、除課制、壞檻穽、退貪殘、進忠良。虎悉東游渡江。是仁孚猛獸也。今鼠之退散、得無非白之仁之所致耶。抑余數毒殺鼠、而鼠益蕃息。白不食鼠、而鼠自避逃。仁・不仁之應、殃慶較著。此事雖小、可以喩大矣。作仁猫說。

水野風外曰、冒頭數句、如讀捕鼠記。然是說仁猫之伏線。而又爲末段仁・不仁之論據。文情盡委曲、無些凝滯。而理路井然、無懈可擊。敬服。

序跋類

青山莊淸賞序　代根津青山翁

袖海曰、造語爛然、有精采。雪山曰、起得堂堂。批點。

雪山曰、小束亦有法。批點。袖海亦批點。

袖海批點。每遇十四字、雪

道寓器、而術寄物焉。禮樂之於玉帛鐘鼓、祭祀之於鼎彝籩豆、軍旅之於干戈弓矢、耕漁之於耒耜罔罟、是非道寓器者歟。入木之於祝版、文采之於黼黻、鍛冶之於刀劍、雕塑之於形象、是非術寄物者歟。是故案器物、可以稽文質、可以在治忽、可以辨精粗、可以察巧拙。先聖欲觀古人之象、良有以夫。而世之聚器物者、槩一其好、而專其力。余則異此。以爲百工之職、無有貴賤、技無有高卑、名匠之所作、可稱揚則一也。是以鑑賞藝術、不可不博。苟不博則偏而癖、不過玩物喪志耳。焉得究道術之所寄寓。而其收蒐器物、與其一類而悉錙銖、不如涉諸種而抽精英。且近者西人愛東洋美術、不吝巨貲、不論種類、重器寶物、往往挐去。余憂之、每遇神品、輒務貿之、山亦批點。

雪山曰、顧前收繳、筆路不鬆。

未嘗問其種類。一以博審美之眼界、一以拒重寶之流失。又索漢土之名寶、隨獲輸致之。雖未能充所望、時時展玩、足以悅心目。竊謂、獨樂之、不若與衆。乃擇其尤者若干、付諸玻瓈版、寫其原形、或存原色、裝爲若干帖。取齋號、名曰青山莊清賞。寄之內外圖書・博物・美術諸館、以供同好展觀。若夫觀器知道、察物推術、則有待於博雅君子云。

館森袖海曰、感慨所繫、使人歎息不已。

平井魯堂曰、筆華燦爛、俾心目俱眩。

山田濟齋曰、筆致淨鍊、有神采。

川田雪山曰、字句謹嚴不苟。佩服之至。

細田劍堂曰、骨董之可貴、說得徹底。深見良工苦心。

袖海批點。

松平天行曰、起勢頗好、半腹以下、筆路較鬆、前後不稱。可惜。

塚原先生教育功勞記念祝賀式壽序 代山田信一郎氏

昭和年月日、我尙志會員胥謀、擧東京高等學校長文學博士塚原政次先生、教育功勞記念祝賀之式。蓋是日爲明治朝教育敕語渙發之日、遵吉例也。山田某代會員、謹述賀詞。先生明治三十年、畢東京帝國大學業、教授農業大學校等。未幾、游歐洲。三十八年歸朝、任廣島高等師範學校教授、講心理學十五年。其學識深邃、教授懇篤、諸生景仰、研學之風大興矣。其爲督學官、入則審議文政、出則巡察學堂。論議侃諤、識見周到、爲僚友所推重。制度之改廢、教官之任免、其所袖海批點。

嗚呼二十五字、藻洲亦批點。

參畫、不爲尠矣。其擢爲靜岡高等學校長、寬裕容衆、善誘有方、能完創業之功。其晉東京高等學校長、寬猛兼濟、以振肅校紀。又受文部之屬、任諸種委員、辦事幹蠱、成績顯著。先生之學之才之德、可以見矣。嗚呼、人有一于此、足以稱述焉。況兼三者、而積三十餘年之久乎。所以有今日之榮也。而我尙志會、不啻其多數會員、嘗親受其薰陶、推戴客員、今尙浴其指導。凡歳時聚會、輒忝賁臨、吐和氣、垂訓言。會之致隆盛、所負先生甚大矣。先生今年屆華甲。客秋違和、使人憂慮、幸而身心復舊、矍鑠陵壯者。洵不堪慶賀也。顧方今人心日危、道心月微、膺育英之任者、當愛重自奮之秋也。我願皇天祚有德、永錫難老、以紀敍彝倫、扶植綱常。恭陳微衷、謹奉先生壽。

館森袖海曰、筆勢開拓、辭氣溫雅。塚原氏得此文、如鼎呂。

細田劒堂曰、敎育功勞、敍得詳悉。視以爲塚原氏傳亦可。

風外詠物百律序

香雲曰、湊合入本題。過度妙甚。加圈。

森羅萬象皆物也。赫赫燦燦、懸象于天者、日月星辰也。巍巍蕩蕩、流形于地者、山嶽河海也。春榮秋衰、花開實結者、艸木也。翬飛散走、和鳴怒哮者、禽獸也。石則堅貞、有時以泐。雲則舒卷、有變而常。千姿萬態、不可方物也。雖然天地一如也、萬物一氣也。庶類殊其相、而同其氣。相卽現象也、氣卽意象也。詩人之詠物、貌其現象、旣不易、寫其意象、更爲難。至無象之象、則造物之機祕、難以端倪。是詠物之所以爲至難也。畏友風外山人有才藻、善詠物。頃者撰詠物百律、需予序。承而讀又曰、照應完密。加圈。

之、其取材及衆品。而如大山木・書帶草・飛燕草・玉蜀黍、及美人詠、則佩文齋詠物詩選萬五千篇中所絕無。可謂別開生面者矣。若夫意境深遠、機思橫溢、識貞泐、察常變、以握造化機祕、則古今詠物之所爲至難、而在山人則見其不然也。宜乎、青厓先生・槐南詩伯、曾評而贊之也。山人齒雖已高、氣猶壯、識入精微、筆加老熟。以是詠聚於所好之物、則華篇泉涌、續集嗣出、可期而待矣。抑予賦性譾劣、尤短詠物。而今特辱淸屬。無乃有意于廁蕪辭於卷端、以使浴錦繡珠玉之末光乎。是予之所以不敢辭也。

渡貫香雲曰、第一段、詠物論、宛轉酣暢、筆墨入神。第二段、照應完密。但筆缺精彩、較前段、如聊失權衡。如何。

荒浪煙厓曰、一佳序。使風外面目躍如。

書先師手澤桃蹊雜話後

昭和四年六月、先師廓堂北條先生歸葬金澤。越數日、夫人贈遺物於親故。虎亦辱此書之貺。初先生寢疾、自度不起、遺命夫人曰、宜惠加藤氏以書籍。後十餘日、復言之。夫人請書名。曰、偶忘之。再思不上口。問冊數。曰、數冊。夫人唯唯。毋幾先生易簀。夫人語虎以此事。曰、夫子之意在何書。今不可復知。子宜入書室、自擇可者。如冊數不必拘。虎乃取架上書、一一覽之。覽至此書、不覺潸然泣下。夫人怪問。對曰、去年四月、先生示虎以其手澤所存書數十百部。而虎也於此書感慨殊深。乃請借覽、捧讀一過、而後奉還。此書石川桃蹊齋所撰、錄

袖海點。

濟齋點。

水藩君臣嘉言善行、起威公訖文公、細大不遺。視行實・遺事・紀聞・日錄・系纂・文獻志諸書、殊爲詳賅。先生獲此書、繕修校訂之勤、卷末識語悉之。于時虎欲刊弘道館記述義小解、考訂舊稿。賫此書亦不尠。客臘刻成、獻一本。先生嘉賞、爲有裨風化之功。夫人曰、有是哉、夫子之意、在此書可知矣。是所以辱此貺也。恭惟、先生專攻在算學。強仕以後、歷官五黌祭酒、鞅掌惟日不足。而猶樂讀書尚友、夜以繼晷、節衣食、購圖書、藏弆及數萬册。往年分贈之于廣島・金澤等五處、獨留奏議・諫錄・傳記・言行錄之類數千册、日夕展讀。而至皇朝諸藩士規・女鑑之類、搜羅尤力。其係鈔寫者、槩親挍勘異本、朱墨紛披。其磨礪德操、鼓舞節義、亦可以見矣。虎也雖志于聖賢之學、信道未篤、常慊講書尙論之不足。瞻仰先師、能不忸怩乎。而今而後、庶幾捧讀此書、警荒怠、勵節操、以報師恩之萬一。虎薫沐拜記。

館森袖海曰、敍述詳明、而尊崇師教亦至。拜服拜服。

平井魯堂曰、謹順敦厚、文如其人。

山田濟齋曰、先生遺命贈書、夫人命擇可者、吾兄乃擇桃蹊雜話。三者三美、神存焉。是所以成好文辭也。

細田劒堂曰、事實情眞、師弟之誼、藹然可掬。

石崎篁園曰、敍述謹飭、情意懇篤。讀來不覺正襟。

牧野藻洲曰、讀畢、肅然正襟。蓋文發乎摯情者。

池田蘆洲曰、一種摯情之文。讀者不厭其絮絮。

袖海點。下同。

書東涯遺墨函

明治三十七年四月、虎初謁眞軒先生于廣陵。其室陋隘、除淨几古研外、座無長物。壁懸小幅、書主忠信、無友不如己者。藤長胤書十三字。字體楷正謹嚴、使人起敬。先生坐其前、對几研墨、且研且語、推稱東涯淵博。虎深感碩儒寒素、而惜陰之甚。後數進見。先生輒延樓上書齋。爲室三、皆置書。縹囊緗帙、滿架充棟。中室向明設席、纔容膝。虎大驚藏弆之富。蓋先生好書、甚於食色。常誡夫人曰、購書有餘力、乃可及衣食。而獲書則徹宵誦讀、手不釋卷。其博洽恐陵東涯矣。大正四年、先生晉京。購書愈多。廊廡四壁、無不置書。無懸小幅之處。乃收筐笥、時時展觀者十餘年。昭和九年四月、先生捐館。夫人檢珍玩遺物、唯有此一幅耳。乃賜諸虎曰、是先生遺愛所存、宜寶重焉。虎拜而受之。因思、嘗讀先哲叢談、曰、東涯餘力工臨池、片紙隻字、人爭求之。而其錄經語、必以楷字。此幅如合符節。藤仁齋曰、主忠信、孔門學問之定法。東涯傳家學、於此章旨、尤致意可知矣。然則此書、東涯心血所注、非錄他經語之比。而先生愛重之深、良有以也。虎從游先生三十年、一旦遭泰山頹、追慕不已。今忝厚貺、感激何禁。庶幾日夕仰之、竭駑鈍、以報遺教之萬一。

館森袖海曰、尊先哲、崇師教、意到筆隨、斐然成章。

細田劒堂曰、書一小函、乃將先賢先師學德寫來、酣暢景仰之情、溢於楮表。可謂有筆力。

袖海圈。下圈點同。

朴堂點。

題桃山城圖

史稱、豐公矮軀而猿面。予謂、是恐誣矣。夫公起乎布衣、戡定四海、討韓震明。其臨敵也、武夫健將、望而畏之。非有威風壓人、何能如此。予觀公之鎧者、非偉丈夫則不可擐也。公果非矮軀也。加藩藏古龕、嚴禁開扉。廢藩之後啓之、則安公之像。方額圓頤、威容凜然。公果非猿面也。蓋江戶開府之初、天下牧伯、猶有懷公遺風者。幕府憂之、抑公之美、揚其惡、火文獻、毀遺物、虛構傳會、以亂其眞。至明治中興、是非分明、寃枉獲伸。史又稱、公役卒二十五萬、大城桃山、數月乃成。及觀其址、遺構蕩然。規制似不甚大。吾友川田士行、慷慨負節、闡幽自任。其游桃山、觀金城閣所揭舊城圖。蓋慶・元間所寫、深藏殆

藻洲圈。

然則以下、藻洲圈。朴堂亦點。

藻洲點。

坑灰者。士行大喜、命工臨寫。就而觀之、城池宏壯、街衢整然。侯邸士舍、犬牙錯置。市廛匠戶、鱗次櫛比。北連　皇都、居然大城。史文竟不誇也。因思、公城大阪、扼海甸咽喉、以制西南四道。城桃山、控東北三道、以護　帝京。其規模雄大、可以槩見矣。然則此圖之可重、豈惟鎧與像之比。恭惟、　明治天皇幼沖登極、總攬乾綱。征清討俄、併臺合韓、稜威遍中外。嘗演武畿甸之野、立馬桃山城址、感慨久之。登遐之日、相其地、起帝陵。夫公之寃、至　天皇始得白。公之志未遂者、賴　天皇成之。而公之城址、委榛蕪者、爲　天皇佳城。嗚呼公之勳業、被　聖皇之末光、赫奕將照千載。不可不謂至幸矣。原圖今藏祕府、其在人間者唯此耳。士行其寶重之。

館森袖海曰、筆意明快、而有變化。但微嫌簡裁不足耳。

牧野藻洲曰、前段爲豐公辨誣揚美。後段奉頌　明治聖皇偉業。牽聯而及豐公、借圖寄懷。立言得體。

山田濟齋曰、借一古圖、堂堂鋪張、氣壯力充。可謂傑篇。

石崎篁園曰、爲豐公辯説備至。文氣壯快。可誦。

細田劒堂曰、炯眼卓識、足以補正史乘缺陷。

題日本海戰圖

袖海批曰、起手字鍛句練。濟齋左袒。

袖海點圈。

砲煙漲天、炸彈飛海、蒙衝鬭艦、正攻奇襲、祕術盡而輸贏決、鷲旗倒而旭旗颺。是爲日本海戰之圖。夫俄國驕慢暴戾、貪婪無饜、朵頤滿韓、垂涎神州。　明治聖皇、興赫斯之師。東鄉提督、率水軍、以敵王愾、一舉殲滅二十餘萬艨艟、得振古未曾有大捷、於戲偉哉。方今赤賊跳梁、戮彝倫、説共產、欲化堪輿為赤地、驅斯民為禽獸。其慘毒豈惟驕俄之比。昔者孟軻辭闢楊墨。韓愈以為功不在禹之下矣。誰能破邪顯正、禁姦禦暴、奉體　聖皇遺意、媲美乎提督者。

館森袖海曰、文氣奕奕、使人快心洞目。

平井魯堂曰、筆鋒銛利、可以徹七札焉。

山田濟齋曰、憂國淋漓、想見作者剛腸。

細田劒堂曰、同感同慨。請同勉之。

石崎篁園曰、筆陣堂堂、一轉慨嘆。尤見力量。

牧野藻洲曰、説海戰大捷偉績、一轉入赤賊蠹毒之可憂。而論破邪顯正之不可已、回顧上文為結。文字有法。

雪山點。下同。

題土佐光起畫

此是土佐將監光起所描、和歌浦曉景圖也。絹素竪一尺、横二尺四寸。展而觀之、洲渚自左斗出海中、而千百松樹蔽之。曉靄徂徠、濃淡交錯、其上空五鶴蹁躚、祥氛滿幅。洲內、細波瀲灩、櫓聲送扁舟者、朝漁之客歟。洲外蒼海浩蕩、唯認三帆泛泛孕風。隔海右方連嶺重疊者、阿山耶、將紀峯耶。近者綠鬟新梳、遠者翠黛淺抹。重嶂盡處、淡雲搖曳、紅日曈曨、披雲而昇。此爲大觀。布置巧整、染渲極妙。眞不負土佐三筆之名矣。圖金襴裝之、重匣藏之。附以己丑秋、好齋所證所謂極印、及申十月所記、價銀壹貫貳百五拾匁覺書。余嘗作古風一篇、以頌靑山根津翁喜壽。翁酬以此圖。翁好書畫古器、蒐藏

之富、甲于海內。鑑識亦精確、其爲眞蹟無疑。吾家又藏雪舟
所作佛畫。未審其眞假。光起畫名、比雪舟、雖稍遜、其非假甚
明。則二畫品騭、未易軒輊。而父祖之所珍藏、青翁之所嘉惠、
不可不竝寶重之。書以傳兒孫云。

渡貫香雲曰、前半敍述精巧、如直睹其畫。可推老手。

表啓類

上皇后陛下、奉謝優恩啓。

宮內府御用掛加藤虎之亮誠惶誠恐、再拜稽首、謹啓　皇后陛
下。陛下曩賜虎之亮以蠶綿。虎之亮驚惶感戴、恭賦五言長篇、
奉謝恩命之辱。陛下重賜親書御歌二篇。謹譯曰、答加藤虎
之亮詩、詠御懷。循循垂教經與傳、二十餘年不曾倦。受教更期

霽山點。下同。

霽山香雲竝圈。

事窮討、多年親來聖賢道。一以慰勉虎之亮、一以抒典學之懿旨。其巽讓謙虛、希聖樂道、不堪鑽仰之至。虎之亮侍經席多年、徒荷海嶽之恩、竟無涓埃之功。　陛下不尤其無狀、乃賜奬詞。特恩異數、非虎之亮所能任。伏惟、　陛下夙好學、其臨講筵、專心研精、儀容肅敬、互數刻不少渝、二十餘年如一日。以故經傳史子、其學日就、孝慈貞順、其德月將、海內齊仰母儀。雖因天成之美、進修之功、亦與有力焉。方今　國家遭遇大故、百事變革、政柄移下、家長失尊、教學改制、男女同權。於是奇矯詭激之徒、或謂忠孝爲封建之弁髦、謂貞順爲舊俗之芻狗。竊憂、邪說如此、天下何所嚮往。謹案、國無二君、家無二尊、古今之通誼也。今乃家長空位、男女抗禮、則恐至夫妻反目、雩山圈點、至悖乎。婦女以下至定矣香雲圈點。男女以下、雩山亦點。

入則二句、香雲同點、家道之句圈。

家道索矣。夫男女之在世、其間固無差等。雖則無差等、陰陽異氣、剛柔殊質、則其職事、亦自不能無別。譬諸服制、衣裳之於用、互無輕重。表裏之於服、何有軒輊。然衣上而裳下、表外而裏內。乃知雖男女同權、所居之位有上下、所執之事有內外。今欲紛更之。是顚倒衣裳、而反覆表裏也。豈不悖乎。婦女之職、在主中饋、奉舅姑、事所天、育子女。故詩規長舌厲階、書戒牝晨家索。在易則曰、女正位乎內、男正位乎外。男女正、天地之大義也。家道正而天下定矣。　國家今將再興、人人思竭其力。而婦女往往迷所適從。當此時、　陛下益究經傳之學、行聖賢之道、以垂閨範。則闔國仰而倣之、入則孝慈、出則貞順、家道正而天下定矣。奉公之道、莫大焉。虎之亮屢叨殊恩、當速上啓奉謝。而感激之極、不知所言、遷延至今。伏冀賜憐察。冒瀆尊嚴、無任惶懼屏營之至。昭和二十二年丁亥十月三十一日、宮內府御用掛　加藤虎之亮　誠惶誠恐、再拜稽首、謹啓。

山田濟齋曰、一篇莊重謹飭、不期然而然。而　陛下優遇之盛旨、與作者感激之深衷、滾滾溢楮表。又作者正論讜議、不忘隨處納忠、無限偉觀。可有一、不可有二。是之謂眞文。

渡貫香雲曰、博士蒿目時艱、悲慨滿臆。本文題云謝恩、其實進言請範冀濟時弊。其言溫藉、其體莊重。中段引用諸典、懇到精切。而其筆氣老蒼、法度精嚴。蓋得之韓文者矣。辱知渡貫勇、妄批僭評。

川田雪山曰、字句謹嚴不苟。中幅一段、議論尤中時病。讀來眉昂肩鳴。今之時不可少此文。

奉賀　皇太子殿下立　太子禮竝成年式表

元宮內府御用掛臣加藤虎之亮誠歡誠喜、頓首頓首、謹奏。伏惟、令月吉日、　天皇陛下行立　太子禮、竝　皇太子成年式、周頒慶于中外。億兆欣喜、齊賀大禮。臣虎之亮　恭以、　皇太子殿下、挺生陽復之辰、承纘天序之統。克岐克嶷、允聰允明。　陛下鍾愛、選擇師保、愼重傅育、前後審喩、左右輔翼。虎闈上庠、齒冑讓俊。於是元良之頌夙揚、國貞之譽光被。茲迨孟侯、嚴行冠禮。象輅早發　東宮、鸞旗肅朝　北闕。羣僚賓客、鞠躬班位、贊者相儀、加冠禮備。免黑幘而穿縫腋、棄幼志

香雲圈。

以順成徳。安安文思、如淵如海、抑抑威儀、如日如雲。肆行宣制之儀、爰正承華之位。守祧主器、重寄是膺、撫軍監國、負荷是任。樞光陪極、　天日重光。　皇基彌固、邦本益牢。乾坤含瑞、人神共歡。臣虎之亮　執經以侍。　椒宮無狀而叨　皇恩。幸際會于佳節、無勝忭躍之至。恭上表、仰捧奉賀之誠、伏頌寶祚之無窮、并禱　國運之興隆。臣虎之亮　誠歡誠喜、頓首頓首、謹奏。

渡貫香雲曰、氣格深穩、藻彩華麗。這種之文、他人不能著隻字。

今關天彭曰、燕許手筆。再現今日。

贈序類

濟齋點曰、眞能形富嶽。人徒以下、袖海亦點。

濟齋點。何其一句、袖海亦點。

上廓堂北條先生書

廓堂北條先生閣下、虎生于富嶽之下、日夕仰之、以爲嵐氣萬千、不可端倪者、其富嶽歟。人徒稱其雄宕、而不知有春曉之溫容可親、夏昏之孱顏可愛、秋宵之高姿可敬、冬日之威風可畏者也。及負笈廣島、奉教左右、乃謂閣下溫而嚴、訥而敏、躬行垂範、善誘竭才、可親愛而畏敬。何其似富嶽之甚也。又受經眞軒三宅先生。其學識閎深、義理透徹、亦猶駿海之開于嶽陽也。卒業、奉職于附屬中學校、于幼年學校、欲仕學並優。然而虎之所志、與眞軒先生之所導、枘鑿不相容。乃就閣下請裁之。閣下曰、眞翁博學精義、研鑽之方、冥合歐人。可師可法。因歷數當世碩學曰、此數子者、雖專攻異業、共是學

朴堂點。

界不可少之人也。汝之專業、從其所安亦可也。雖然必不可、不爲學界不可少之人矣。虎感激曰、不以虎之駑駘、猥見囑望如此。雖知力不足、豈不夙夜是勉。遂折節從眞軒先生之提命。後數年、閣下晉東北大學総長、眞軒先生亦移東京、爲舊藩主、校祕書于尊經閣。臨別、閣下誡虎曰、勉哉、歲不與我延。又賜一幅書曰、尋常人家翠楊柳、移入宮牆別是春。蓋寓鈍才如虎、置諸鉅匠之間、積磨錬之功、亦可成器之意也。毋幾、虎亦應招移京、入無窮會、讀書五年。出就職武藏高等學校、以至今日。先是、閣下亦晉京、歷學習院長、拜宮中顧問官、敕選上院議員。而虎也近侍閣下及眞軒先生、辨疑解惑。又翺翔羣賢之間、切劘受益。可不謂厚幸哉。往年閣下兩次之

袖海點。

濟齋點曰、師善教之、弟子善體之。可謂雙美。

朴堂點。

朴堂點。
袖海點。濟齋加圈曰、無限咨嗟、而寓風神。何等筆力。
濟齋點。

篤疾、深使士心憂、皇天垂眷、身心復舊。今茲丁卯春、開八帙、將長儀表于一世。不得不爲斯文賀。而眞軒先生既七十加五、虎亦將迎知命之年。嗚呼、易過者時也、難成者學也。楊柳入牆已十年。而未見春色之新。爲學界不可少之人、恐竟無期。拜誦訓言、徒增愧悚耳。今也先賢漸衰、後勁未起。斯文岌岌如風前燭。閣下一身、輿望之所繫。伏冀自重加餐、不騫不崩、永與富嶽媲其壽。虎頓首再拜。

館森袖海曰、筆力穩健、文氣似盧陵。

山田濟齋曰、情眞而後文始眞。一誦三嘆。蓋人患無師。有師如此。吾天淵學成德進、可期而俟也。

安井朴堂曰、筆筆斂收、無一冗語、文情尤富饒。可謂佳作。

石崎篁園曰、師弟情誼、藹然可掬。借眞軒氏爲陪襯、把富嶽取姿致。文情極饒。

與古城坦堂論經典釋文本字之義書

坦堂先生足下、久缺存問、伏惟萬福。嚮讀足下與朴堂前輩、論經典釋文本字之義書、竊謂、行文簡淨、措辭淸新、比嘉・道諸老之文、未易軒輊也。雖然、於本字之義、卑心未安。敢裁一書、敬乞指教。足下之說曰、觀釋文例、凡於書本、必稱某本、或擧姓氏、或以種類。曰王肅本、曰張璠本、曰俗本、曰舊本、卽是。其單用本字者、多係狀字。某所以爲原始之辭也。不啻此也。陸氏每慣用本字、曰、爾雅之作、本釋五經、曰、書音之用、本示童蒙、曰、音書之體、本在假借、曰、尙書之字、本爲隷古、比比皆袖海批點。下同。

是。古人文字、似粗而密、未有泛稱本、而無所實指者也。虎訓、貴書所引、本釋五經等語、皆係陸氏條列之文、不可以律音義之文。音義所主、在學諸本異同、不在辨造字先後、字體變遷。所以本字不爲原始之辭也。且爲狀字、可單言本、不可複又·亦·或·一。今等狀字。釋文本稱簡勁、獨於本字、複無用之字、虎所不能解也。竊思、釋文曰本又·本亦·本或·本一·本今者、與曰又本·亦本·一本·今本無異義也。故周易音義曰、或本作、(噬嗑)十行本外三本、作本或作。阮文達(周禮校勘記)馬瑞辰(毛詩傳箋通釋)孫詒讓(周禮正義)等、引釋文本或作某、爲或本作某。阮氏又引釋文本又作某、爲又本作某。(毛詩校勘記、周禮校勘記)知本或之爲或本、本又之爲又本。則可以推其餘矣。而其曰又·曰亦·曰或·曰一、非必有義例也。

二八

音義注禮記昭昭之昭字曰、本亦作炤、同。注亦孔之昭曰、本又作炤、同。注穀梁僖二十七年、齊侯昭曰、或作照、非。注老子俗人昭昭曰、一本作照。注昭字凡四引、皆變文而同意。又取釋文數本按之、則又·亦·或·一等、異同紛然。可見其無義例矣。要而言之、俗本不須舉姓氏者、一併泛稱本。論語釋文曰、本或作患己不知人也、俗本妄加字。學而 其承本或、而曰俗本、則陸氏命意、可以見矣。爾雅義疏釋詁 引莊子至樂篇釋文曰、果、本作過。檢釋文曰、若果、元嘉本作汝過、予果、元嘉本作子過。是郝氏、削元嘉二字、單用本字也。毛詩傳箋通釋小毖 曰、唐石經、於經文毖下旁、添彼字。或當時別有本作毖彼。是馬氏單用本字也。乃知後儒有泛稱本字、而無所實指者。況於又·亦·

或・一等字、在直下補本字乎。貴書又曰、曰本今作某者、按者之辭、非陸氏原文也。虎亦左袒其說者。而本今之本、非狀字明矣。是按者仿陸氏原文、作本某之例而書也。閒有稱今本者、則可知本今與今本同義。又就周易音義論之、其先乎王者、有子夏・孟喜・京房・費直・馬融・荀爽・鄭玄・劉表・宋衷・虞翻・陸績・董遇・王肅十三家、後乎王而先乎韓者、姚信・王廙・張璠・干寶・黃穎・蜀才・尹濤・費元珪・翟子玄・謝万十家。而音義擧姓氏者、子夏二十五見、孟喜十三見、京房三十一見、馬融十六見、荀爽四十八見、鄭玄五十見、劉表十一見、宋衷二見、虞翻二十四見、陸績二十一見、董遇九見、王肅四十五見、姚信十見、王廙四見、張璠八見、干寶五見、黃穎二見、蜀才二十一見、翟子元二見、共有十九家。除費直本殘缺無據、其不擧姓氏者、尹·費·謝三家耳。其餘擧姓氏有十家。於傳述三十三家、庶乎網羅不遺。而更有曰本又作某者七十八見、本或作某者二十七見、或作某者十八見、字又作某者五見、字亦作某者三見。若以本爲原始之辭、在王韓前、不擧姓氏者、如此其多乎。是不可解之事也。虎謂、陸氏當時、俗本布世者頗多、皆不足擧姓氏。一併泛稱本者非耶。足下學博識高、誘掖後學、惟日不足。乃敢獻疑。伏希宥狂簡之罪、明以敎之。虎頓首再拜。

館森袖海曰、此考據家本色。其說之精絕、非衲輩所能夢見。但文中擧姓氏者、不擧姓氏者、一一陳列、大害文氣。無以則別作一表、添付書後何如。僕狂直、不敢貢諛。多罪多

雪山點。
香雲加圈曰、

罪。
安井朴堂曰、坦堂此說、僕亦不能左袒。致書論之。然未能如此文有證左。敬服。作表附後、袖海說可用。
細田劒堂曰、考據詳、論亦確。其精勤研幾之處、尤足感佩。○本篇以宜入正文者、入之夾注、以害文理。所以安・館兩家、有作表之說。如幸蒙採納愚見、則從原卻妙。不必作表也。○虎曰、從劒堂翁之說。
石崎篁園曰、考據兼賅、論旨穩妥、絕無圭角。敬服敬服。

贈藤井種田赴任福岡大學田川分校序

予學廣島高等師範學校、與藤井種田同寮舍、晨夕切磋磨礪。種田純明剛毅、惡巧令、愛義理、操履端正。予深敬重之。畢操履端正、一篇綱領。

雪山點曰、教育本領、實在乎此。

雪山點曰、玆見其學殖。

業、進京都帝國大學、攻倫理哲學。業成、任明治專門學校教授兼學生監。校在北筑戶畑。前文相山川男爵宰之。男爵舊會津藩士、以剛直聞。與種田相得、校風大揚。及恩師廓堂北條先生爲學習院長、任其教授兼寮長助之。院長掛冠。乃轉廣島高等師範學校教授兼生徒監。既至。校規弛廢、非復昔日之母校。種田銳意謀更張。議與校長不諧。乃辭生徒監、專任教授。在職十年、晉文理科大學教授、授文學博士。當是時、

　第一皇女照宮內親王、甫昇學習院。乃起吳竹寮居之。擢種田爲傳育長。種田會吏員飭曰、諸君事　宮、愼勿迎意希旨、宜賚成德達材、日夜覃心、視其修學與游息。種田齡屆知命、行誼圓熟。秋霜之威深藏、春風之和外溢。於是剛柔兼濟、

香雲閣曰、字鍊句烹。

雪山施圏點曰、玆見其見識。

香雲閣吾雖以下曰、其人畢世事業在、

寛猛竝施、　宮之學德日就月將。而　孝宮　順宮　清宮三内親王、逐次入寮、皆岐嶷成立。是以　九重信眷特渥、兼任宮中顧問官。四方榮之。先是、西鄰構事、英美結之、干戈落落、兵不令終、百事丕變。宮府亦大損規制、種田二官竝廢。戰之起也、喪佳壻・介弟・愛兒于陸于海。戰之熄也、自失其官、令嗣亦錮官。且以嘗從征俄軍、見褫恩給之典。嗚呼、數歳之閒、連遭人倫之變、不虞之禍。是常人之所不堪。然而種田不少沮喪、日夜努述作、竟成倫理哲學之原理之稿。其操守可想矣。種田常慨時運衰頽、曰、是學校教育之弊也。欲造成人材、則不可不賴塾教育。吾雖老矣、再從事教育、以報　皇恩之萬一。會其門弟之在福岡者、交來曰、田川係舊女子師範學此意氣之壯、可敬也。

雪山點曰、玆見其操守。

香雲曰、首尾呼應、構法森然。又曰、結末入彼我之關係、文之餘波。而似筆力少不振、可惜。

校、生員不甚多、師生比舍、學田數頃。可以共學共耕、髣髴古之家塾。敢請先生來教之。學長亦厚禮懇請。時城東新設學藝大學、亦請種田董之。種田遂諾田川。於戲、捨　皇都學長、取北筑講師。亦可以想見其爲人也。夫北筑種田仕途發軔之地、而其成績如彼其顯。今以老成再涖焉、其發揚教化、以副士人之望、斷斷乎可知矣。嗚呼、予與種田往在咫尺之間、存問徵逐、憂世論道者、殆二十年。今遽分袂。其能無介然於懷耶。庶幾相與加餐自重、以期報效。至倦于勤、則相攜吟咏東都之花月、以養老、不亦可乎。種田以爲何如。

川田雪山曰、善敍其行藏、雜以慰勉、友情自見。

荒浪煙厓曰、詳明純備。有用文字。

香雲曰、國勢推移、敍得明快。以爲後段之地。

香雲點。下點圈皆同。

渡貫香雲曰、嘗讀鹽谷宕陰送安井息軒東遊序、本文中段、構想有相類者。但一篇要旨、彼以讀書作文爲骨子、此則育英報國。是公事非私事。立意自有徑庭。文於是乎有裨于世道矣。敬服。

奉送三谷侍從長扈鶴駕赴歐米序

春秋之世、上無天子、下無方伯、諸侯有相滅亡者、霸者起焉、謀其統一。兵車衣裳、會合有期。齊・晉・秦・楚、爭執牛耳、盟誓質神、講信輯睦、吉凶相慶弔、行人使節、聘問來往、辭命致恭、玉帛厚禮。其相會也、誦詩言志、奏樂通情、尊俎之間、折衝禦侮。於是外交之重、不讓內治、晉文之周游諸國、狐偃・趙衰等五賢從之、左右調護。辭令之巧、周旋之節、使所過之國君臣瞠

又曰、一篇要旨在于此。又應狐偃・趙衰諸句、寓意極

目。後年之霸業、既成于此際、不必待城濮之捷也。觀方今宇內形勢、一似春秋。英・米・中・蘇、猶齊・晉・秦・楚、對峙抗爭、作黨分圈、親比與國、離間敵邦、議論異袒、會盟不調。國際危機、朝不謀夕。善鄰之計、無急于今日。當是時、英國女王、擧戴冠式。各國派使賀之。我　皇太子殿下、奉　大命、將臨其儀、遂歷訪歐米十餘國。侍從長三谷君隆信、爲首席隨員。月之三十日、解纜橫濱。余贈之以言曰、伏惟、　殿下雖聰明夙成、妙齡未經事。待左右輔翼、當不尠矣。夫戴冠之式、稱莊重典雅、森嚴無比。慶祝列儀者數十國、車馬如雲、衣冠如星、萬衆環視。在此間、　殿下風神巍巍、威儀棣棣、扈從諸員、亦揖讓合禮、進退有度、則鍾列國之瞻仰、增典儀之光輝必矣。君其勉旃。抑

深。

又曰、推開跌宕、遙應晉文一段。湊合完密。

又曰、一結極縹渺之致。

歐米諸國、文明夙開、各具特色。文物制度、美術工藝、可採以資治。接其官民、開誠結歡、可以正善鄰之誼。俯仰山河、懷古撫今、足以爲鑑戒。然則此行不啻博　殿下智見、壯氣宇、新感懷。其播盛德于隨處、繫信望于諸國者、不可測矣。所謂一人元良、萬國以貞者非耶。國家再造之基、實在乎此。晉文之霸、豈足道哉。君其勉旃。雲濤萬里、梯航半歲。伏祈水伯・山靈護　鶴駕、一路平安、先秋風而歸、復大命、以對學國歡迎。是爲序。昭和癸巳春三月。

渡貫香雲曰、氣局高闊、筆墨壯嚴、最稱其體。非才學兼備、識量絕羣者、不能著一辭也。佩服。

傳狀類

先府君行狀

府君諱祥宗、通稱衞作、小字喜三郎。駿河富士郡大淵村穴原邑產。考諱茂作、妣金森氏。府君其嫡子也。幼受句讀于小野泰作。年十八、娶今泉村仁藤安五郎三女多寧。明治九年、考營苑裘、使府君承家、三分貲產、自取其一、以一與仲氏。府君所受、山林·白田不過二千畝。府君歎曰、萬治中、曩祖創我邑、篳路襤褸、墾闢草萊。子孫紹述不懈。天·寬之際、拓地及十餘萬畝。天保中、伯祖觸幕府忌諱、災禍荐臻、貲財蕩盡。今如此。興復之責、在吾身矣。於是夙興夜寐、勤儉先衆。家道漸興、林田增倍。既而又曰、藝穀勞多而利寡、自給而足。以餘力製茶養蠶、則利倍于穀。大麓之野、曠茫無際、其屬我村域者、延

雪山圈。下同。

衮數里、滿目黃茆、自古無定主。維新之際、編入御料地。而芻蕘不禁、開墾無制。拓此土、則祖業可復矣。乃相地于邑北里餘大坂、日役數十人、從開拓、植桑・茶及三椏。數年得墾田三千餘畝、移流氓三家、使耕之。村民爭傚之。時南方六十餘邑民相議曰、大麓爲我入會之區。而大淵村民、擅墾闢之、奪我樵蘇之地。訟諸官。府君與後藤政藏、代村民抗辯、論爭一年有半、和議遂成。與金若干於邑民、墾田租借於御料局。是所謂秣場事件也。後二十年、麓野悉爲租借地。村民識府君才幹、推郡・村會議員、學・衞生・土木・道路・學務諸委員。皆有成績。而公務繁劇、不能專視家事。三椏爲病菌所冒、枯死相續。三家亦不力耕、墾田稍就荒、收支不讎。時虎畢業鄉校、請進中學。府君曰、汝爲嫡長、不可不繼箕裘。芳也季、任其所好可矣。虎勉而從之、督衆服勞五年。府君懇授方計、業績漸著。而虎不慊農業、嚮學之念難抑、懇請不已。府君憐而允之。三十二年、虎入師範黌。府君乃除村會・學務外、辭諸委員、專當經紀。既而金融梗塞、財界銷沈、三家他移、墾田相尋蕪穢。而宿債山積、不能納息。於是賣林田大半償之。人或笑曰、鬻美田投荒蕪、譬之抱銀貿鉛、其愚不可及也。府君曰、此輩牆面、不足與語。時芳卒師範學之業、就職鄰村小學、兼視家事。府君乃結廬于大坂、自涖監耕、植荒野以杉檜。當是時、移居大麓者百餘家、其子弟艱於通學。府君與後藤氏謀、寄植林千五百畒於村、以設分校于大坂。移民便之。四十一年、虎卒業高等府君二句、濟齋亦點。

師範黌。府君喜曰、汝之學成。自今吾得專心植樹。明年夏、長女病歿。府君哀悼不措。至秋體氣違和、就醫葭街。荏苒不瘉。自度不起曰、吾離家數年、願歿于先人宇下。諫止不聽、醫亦不強留。乃輿而歸。府君喜見乎色曰、吾可以瞑矣。明日五更遽逝矣。實四十二年十二月二十六日也。距生安政二年、享年五十有五。葬先塋之次。釋謚曰天眞院殿實相日衛大居士。小學兒童會葬。前時所無、鄉黨榮之。孺人擧二男二女。長不肖虎之亮、嗣家。次芳之佐、別成家。曰梅、適飯野正勝、後嫁若林與重郎。曰靜、適小山熊藏。府君資性勤敏多能、處事審詳。文書器物、整齊不紊。常誡虎鹵莽曰、整頓之易、不過分秒、搜索之難、往往亙數刻、而不必得。誡忍苦曰、石上尚須坐三雪山曰、興復二字、呼應首段。

年。誠重物曰、廢物三年而有用。述慈心曰、木實墜歸于根、子女疾痛、醫之在父母。尤重教育、爲學務委員二十五年。而大淵僻在嶽麓、難得良師、常以爲憾。如虎託在舅氏家就學。其於忠節特用意。誠曰、伯祖慨　朝威不振、挺身勤　皇、遭幕府嚴譴、流離間關、而不悔。況　天日改光之世、傾葵之心、輸先人而可乎哉。虎不肖、中道變志、開拓之業爲蹉跌、使府君不得成興復之志、抱恨于泉下。不孝之罪、莫大焉。於是虎與弟妹繼遺志、從植樹、至大正九年而完成。昭和二十年、長子祥正歸鄉、開醫業、護遺林。今茲丁亥、新築醫院。又爲季祥參建廬舍。所費百餘萬金。間伐大坂植林而足。先是、農地法新定、六月、納祖宗遺田五百畝于官。官所償僅一萬五千金耳。

執銀執鉛、曩笑者始慚其牆面。今丁府君三十九回忌辰、風樹之悲轉切。而虎年六十九、三男二女、各成室家、孫十一人、幸得免凍餒、團欒樂生、是一賴府君貽厥之賜。茲謹錄行狀一端、以似兒孫云。昭和二十二年十二月十六日、不肖虎之亮、泣血拜記。

川田雪山曰、條暢疏達、其人如覩。孝子追遠之誠、横溢楮墨間。拜讀一過、頭低至地。

山田濟齋曰、有斯祖先、有斯先考、有斯孝子。豈又無賢子孫乎哉。君家之福、繩繩不知所艾也。甚矣、善根不可不積也。

荒浪煙厓曰、自祖君封殖事、敍到子孫成立之狀。一路整齊、不覺煩冗。中間家訓、成千鈞之重矣。宜也哉、斯父而有斯子。三誦敬佩焉。

渡貫香雲曰、敘事詳而不煩、措詞謹而能達。敬祖追遠、情意可掬。是有補世教之文也。

碑誌類

陸軍砲兵少佐大勳位功四級永久王墓誌銘

王諱永久、成久王第一子。母房子内親王、　明治天皇第七皇女也。王以明治四十三年二月十九日、生于北白川宮第。學于學習院、歷東京陸軍幼年學校、進陸軍士官學校、昭和六年卒業、任陸軍砲兵少尉、補近衛野砲兵聯隊附。後畢陸軍砲工學校、及陸軍野砲兵學校業、十二年、以大尉入陸軍濟齋點。下同。

大學校、研鑽二年。十五年三月、出征北支、屬岡部部隊。六月、爲參謀。九月四日、晉少佐、敍大勳位、授菊花大綬章、敍功四級、賜金鵄勳章。是日薨蒙疆之軍。享年三十一。訃聞、 天皇震悼、勅使臨第弔問。擧國莫不惋惜焉。越六日、有司奉喪還東京。 天皇 皇后 皇太后遣使迎之、賜祭資幣帛。十八日、葬于豐島岡。王爲人、孝悌仁慈、深沈有器略。恪勤執職、竟以躬殉公。妃祥子、男爵德川義恕第二女。擧男道久王、女肇子女王。並幼。銘曰、

北白川宮、 今上懿親。幼喪父王、王妃陶甄。持己謙謹、接物慈仁。修文奮武、學德日新。長劍善騎、技術拔羣。深信皇道、所仰惟神。奉外征命、從蒙疆軍。義勇垂範、六師氣振。禍生不測、

天淵文　二　一三七

天地慘然。飛機護柩、忽抵立川。　聖上　二后、弔問殷勤。士民夾路、拜泣涕潸。大父親王、三臺樹勳。祖孫殉職、世忠絕倫。鬱豐島岡、遺烈萬年。

山田濟齋曰、用筆深厚周匝、別是一手筆。

平井魯堂曰、敍次明快、銘詞殊佳。

元帥海軍大將正三位大勳位功一級山本公墓誌

公諱五十六、舊越後長岡藩士高野貞吉第六子也。出嗣藩老山本氏。明治三十七年、畢海軍兵學校業、明年任海軍少尉。累進爲海軍大佐。昭和四年、命倫敦海軍會議全權委員隨員、參畫效力。九年爲海軍縮軍會議帝國代表、抵英京、有所折衝。屢就航空之職、盡心軍備充實。十一年任海軍次官。

那智惇齋加圏點曰、功烈蓋世二句、收攬全篇、極有

無幾、西鄰構難、米英扇動、國交紛糾、內外多艱。公在職三年、輔大臣、裁盤錯。十四年、補聯合艦隊司令長官、翌年任海軍大將。公夙從日本海海戰、後數會事變、每樹武功。及拜　大命、運籌決勝、既有成算。米英之啓釁也、雄斷克制機先、于布哇、于馬來、擊滅其艦隊。自是厥後、連戰皆捷、旬月之閒、八拜
聖敕嘉尙。十八年四月十八日、親乘飛機、在陣頭指揮作戰、遽薨。距生明治十七年四月四日、享年六十。事聞、　天皇震悼、賜元帥稱號、敍正三位・大勳位・功一級、授菊花大綬章及金鵄勳章、特賜國葬。六月五日葬多磨墓域。賜誄弔之。天下榮之。公剛毅闊達、清廉愛士。功烈蓋世、中外仰風。配三橋氏、擧二男二女。長義正嗣。季忠夫。女曰澄子、曰正子。皆未成

カ。

室家。

那智惇齋曰、質實簡老、得若佳篇、元帥功烈、百世不朽矣。

元典侍從一位勳一等柳原愛子墓誌

典侍名愛子、從一位柳原光愛第三女。母長谷川氏。以安政五年五月二十六日生于京都。明治三年爲　皇太后宮小上﨟、四年任掌侍、敍從五位、稱早蕨内侍。六年任權典侍、十二年八月生　皇子。實　大正天皇也。三十五年晉典侍、大正元年遷　皇太后宮典侍、二年命　皇后宮職御用掛·御内儀監督。十一月免典侍、爲高等女官上席、賜局號。四年免御用掛。八年敍正二位、十四年敍勳一等、授瑞寶章。昭和十五年加授寶冠章。十八年十月十六日疾篤、　天使來問、侍惇齋點。下同。

醫來診、 皇太后親臨視。敍從一位。此日遂薨。享年八十有六。訃聞、 九重震悼、賜祭資、特遣侍臣弔之。葬中目黑祐天寺。典侍至性孝順、忠愛貞淑。深敬神佛、夙好讀書、博渉內外典籍、及老手不釋卷。又嗜詠歌、善筆札。既辱三朝寵遇、而謙退自守。人服其德云。

那智惇齋曰、敍事簡潔、不著一議論筆、而典侍令德美譽、昭然明白。可以傳後世也。

雜記類

登駒嶽記

袖海圈。全篇同。

庚午之秋、予率武藏高等學校生徒、游北海道。十月五日、下午二點、著大沼驛、投紅葉館。館占爽塏、臨湖對山、風景絕佳。

湖起驛東北、延西南。中間狹窄、爲瓢形。東者周回五里、西者四里、稱大沼・小沼。以邦俗呼湖泖爲沼也。小沼西北有小湖、產蓴菜、曰蓴菜沼。湖中有島嶼、星羅棊布。所謂大沼百二十六島者是也。湖北有山、如天馬振鬣、蹀躞長嘶、名駒嶽。衆顧而樂之。既而有一生、曰、風光如是、盍登嶽以領大觀。諸生贊之者十九人。諮諸館主。主曰、秋日易晚、窮馬背、不可企及。強行或可及馬腹。衆曰可。乃結束而發。予與鈴木中佐率之。駕汽艇、橫斷大沼。水清冽可鑒。島嶼送迎、應接不遑。乍仰豐碑于樹間。舵手指曰、相原政胤碣也。政胤者、松前氏之臣、長祿中、與蝦夷戰、敗而自盡湖中。湖壖・島嶼、蔽以闊葉樹。及中旬、則滿目曬錦繡。此行誤數日、可憾也。三點達北岸、舍艇而行、纖沙埋徑、蹈之珊珊有聲。而松樅挾徑、鬱蒼可愛。行半里、有石標、題曰一合。是爲山口。徑稍加嶮、沙漸變礫。至二合、左右白樺皆立槁。蓋噴火餘炎焚之也。至三合、樹盡礫亦盡。石小者如摶飯、大者如人頭。所謂火山彈者也。坂路峻急、氣喘汗滴。至四合、所謂馬腹也。少憩。皆脫衣、寘路傍、留一生守之。自是石塊落落成層、如石級然。蓋噴火之際、石之大者落近處、小者飛遠地。所以沙礫彈塊、隨步而變也。諸生年少氣銳、體強腳健、爭先而陟。四點半、遂達馬背。俯瞰則三湖在腳下、羣島一一可指點。函館闤闠、粲列眉睫、而內海外洋、圍繞其外。眞天成活畫圖矣。更進欲窺火口。地拆如塹、躍而超之。如此者數處。罅隙皆噴煙、硫氣撲鼻、不可嚮邇。因憶昨夏六月十七日、此山俄爆發、噴煙冲天四萬尺、降灰及數百里、岩泥流出四方。其注北東者、驀然一瀉入大海、凝成浮石、順潮漂流函館海。山陰七町村、屋毀畜死、滿目不留寸青云。山南鍾秀、山北降災。造化亦因陰陽異好惡耶。既而疾走下山。勢如建瓴。須臾到馬腹。穿衣復走、抵湖濱。日既沒、皓月在天。屈指今宵、仲秋十四夜也。乃戒舵手徐航、艇上賞月。水煙罩湖面、遠嶼模糊、近島依稀、如覩水中之物。而湖畔樓臺、齊上燭、燈火萬點映水、璀璨奪目。中佐曰、今夕之樂、與坡老之游何如。予曰、兼兩游之勝。此地風物、不輸赤壁。且爲古戰場。而游期亦在兩游之間。清風明月、浮于前游。登嶽之擧、豈惟踊巉巖、踞虎豹之比乎。抑坡仙所謂客者、名皆不傳。今我所攜二十人、俱俊才可畏者。而子一劒麾之、如臂使指。殆有橫槊賦詩之槩。唯予無才可以嗣兩賦、爲可愧耳。既而艇達南岸。時六點半。館主聞我窮馬背、吐舌曰、都人躋勝、匪夷所思。

館森袖海曰、一路整齊、不入旁徑。振筆疾書、而其勝歷歷在眉睫。可謂才筆矣。

平井魯堂曰、摹寫風景、歷歷如畫。曰予無才可以嗣坡仙二賦、蓋謙辭耳。

石崎篁園曰、細寫景勝、一一逼眞。皓月一段殊妙。

登大菩薩嶺、遂訪景德院記。

昭和己丑七月十一日、東洋大學職員休告。余與三澤・成石兩學監及書記五員、登大菩薩嶺、下午四點半發新宿、八點濟齋批點。下同。

著鹽山、宿三澤學監家。五書記行市、購兩日食料、子夜就寢。十二日、蓐食出庭。煙雨霏微。此行不爲雨廢。三澤學監先行嵯峨鹽鑛泉、約今夕宿。又釣魚于日川、以欲薦一行。五點乃發。西方有山、曰鹽山、以古歌著焉。雨乍至乍歇。漸進則足趾漸仰。左右田疇、甌窶小麥僅存、汙邪插秧既畢、滿畦曉風青青。沿溪而行、曰重川。滿溪白石磷磷、磊磊落落、不啻沙礫。清水流其間、激而噴雪、懸而爲簾、蹙而躍龍、散而曬練。淙淙潺潺、鐘鼓響而琴瑟和。行樂之。有小邑、曰番屋。古設關譏察商旅處云。至雲巖寺、伽藍・仁王門及像、竝編國寶。庭前有櫻樹、大數圍。蓋數百年物也。進數町、右入側徑、遂與溪別。徑通山稜、左右皆闊葉樹、老幹槎枒、未曾入斧斤者。而淡煙濃霧、交濟齋曰、作者口吻、不覺微笑。
香雲曰、數句

替去來、怪詭變幻、如觀涿鹿之戰。雨驟至。避樹下。頃刻而歇。抵長兵衛小屋。往時長兵衛者結廬、爲商旅供茶菓處、今纔存其址。右折由新徑、橫斷翠微而行。樹稍小、遂盡、童然仰嶺頂。徑通其胸間。細草著花、黃葩白瓣、璀璨奪目。有莊臨溪。曰勝緣。入而憩。時十一點。一行大半、嘗宿此者、主人歡迎。余欲窮巓、成石學監等三子爲導。餘子調晝飯。登二刻、至展望臺。刻銅板以四方岳名。又登數十百步、至絕巓。高六千六百尺。滿地紅杜鵑花方開、長僅尺許、如敷紅氊。時南風一陣、眼界少開、秩父連峯、蒼翠欲滴。而峽中平野、隨雲霧開合、隱見出沒。學監指南雲曰、富嶽當此方。秀靈無比、惜乎不得望。余曰、不。飲而解壺中之趣、無絃而聽琴上之韻、雲霧之中、想八朶輕雋、文乃不陷平板。補。圈。

靈容不亦可乎。相顧而笑。腳下有溪、沿之而行、則可得達莊。乃舍來路、降峻阪、出溪源、須臾達莊。過午半點。飯既熟、羹在爐上。圍之而食。飯已假寐。二點半下山、取別路。小徑峻急、有懸瓴之勢。少焉達峯下。有嶺橫南北。徑通其左腰。鞋下聞潤水淙淙。可知莊前溪流、至此水勢漸增。雨又至、地滑欲顛者數。既而望層樓於樹間。所謂嵯峨鹽也。入而解裝、鳴鐘報五點。浴槽臨溪、可浴二十人。泉溫水滑、足洗塵醫。罷。浴後倚檻臨風、綠樹鬱蒼、晚吹爽涼、溪琴丁東、嗒焉喪我。三澤學監提魚籃而來。窺之則江鱒十二、大者七寸餘、喚喁潑潑、剖腹鹽之。又齎洋酒一罏。對酌倒之、相與醺然。喫餐。五子所調、烹割適口、衆皆飽飫。三澤學監語曰、僕好釣魚、垂綸及甲・駿・豆、香雲曰、往年余遊晃山、試釣湯湖、獲紅鱒十餘尾。味脆美勝香魚。信如文中所言。

釣江鱒、曉旦及黄昏爲可、雨後殊佳。本日失期、所獲僅二斤。嘗一日獲七十五、大者尺強。此魚味勝香魚、價亦殆倍之、一斤値四百金。如僕業此則所獲倍蓰學監之俸。因而莞然。衆忘勞、或鬬烏鷺、或弄骨牌。竝余所不解。再浴、九點入寢。

十三日、六點起床。浴畢朝食。膳上燒魚、學監所漁。脆美媚口、不負所聞。今夕釋氏所謂盂蘭盆會、家家迎祭物故精靈。余恐遲期、先諸子獨歸。沿日川而行里餘、境漸開、山懷有聚落、曰天目山。有栖雲寺、藏武田氏遺物。寺主不在、不得觀。至田野、過景德院。僧導入古堂。堂西面、内安武田勝賴・夫人北條氏、及子信勝之像。堂後有三墓。堂前有古松數株、勝賴自殺之處云。其北有老杉數章、夫人自刃之處云。其東南有平石、榜曰、生害石、信勝自害之處云。堂北有榜札。文曰、小宮山友信忠烈、人皆知之。某等將建碑于此、以彰之。大方諸彥、幸勿吝捐貲。其志可嘉也。夫武田氏、自源義光來、領本州、至晴信、有雄略。養士撫民、遂幷五州之地、將爭雄于天下。不幸天不假年。嗣子勝賴不肖、近孌倖、遠忠良、構兵于三強、一敗塗地。豈不悲哉。然觀其臨死、父子爭死、夫人矢靡他、而從臣皆純誠、四十二人同時殉國、其孝慈忠貞、勇壯義烈、凜有生氣。況急遽之際、爲嗣子行擐甲之禮、以使見先人於地下乎。其從容閒雅、餘馨可掬。視之戰國諸雄末路、豈啻霄壤。嚮使勝賴不爲二孌所誤、則宿將老臣、典刑猶存。何遽以五州之地、換此三碣乎。諂佞亡國、今古一轍、可爲深慨矣。懷古之餘、獲三香雲曰、三絕筆墨蒼秀、眼識高大。補圈。下同。

濟齋曰、三首所謂義正詞嚴者。

濟齋曰、作者健脚濟勝、可驚。

絶句、曰、機山功業一朝空。姦佞迷君恨不窮。景德院荒三墓古。松杉替我咽天風。親欲活兒兒活親。從容伏劍烈夫人。源家庭訓義方在。天目配高千萬春。臣節君明難兩全。幽囚殉難志堪憐。擅名厲叔如螢爝。內膳精忠日挂天。出院疾行、至初鹿野、十一點半乘車。乍入笹子隧道、淸風掃午熱、快不可言。余生富嶽之下、四窮絕巓。又嘗踏破畿甸・毛・信諸峯、及南羽三山。以大菩薩比之、則高峻或不及。然至并山溪之勝、兼動靜之機、鍾樹石之奇、極氣象之變、則足與競爽。下午三點、著新宿。改轍抵池上本門寺、謁蓮祖廟、行香而去。五點半歸家。內人既設壇薦新、以待諸靈來格。

山田濟齋曰、作者文氣旺盛、老煩猶有此游、有此記。大強人意。筆致圓熟、縷列無遺。時用警筆、一肚皮見骯髒之氣。盛暑流汗下、讀一過、一種森嚴之氣、肅然襲兩腋下也。

荒浪煙厓曰、登山詳記、與徐霞客相伯仲。蓋作者用意處、在乎使後遊者、免迷塗轉壑之患焉。

渡貫香雲曰、曲折盡態、筆筆皆活。讀去不覺文之長。又云、敘事敘景間、或插警語、或寓感慨、開闔軼蕩、有揮斥八極、凌厲九霄之意。

重訪天母山法華道場記

雪山點。下同。

天母山在嶽陽山宮邑北。屹立數百尺、負蓮峯、俯駿海、高敞開豁、眺矚雄大。靜岡新報嘗咨衆、選靜岡・山梨二縣内八勝地、此山得第三位。其爲形勝可知矣。山頂有道場、明治丙午霽山曰、敘述精練、抑揚得體。

之歲、松尾日喜所創。日喜西肥人、從江里口義立修法華道。後遍歷諸國、索修法之地、到此山、欣然曰、佳哉氣、鬱紆騰蒸。是足以埋吾骨矣。乃班草而坐、高誦七字題目、晝夜不輟。邑人以爲狂。既而相謂曰、信行如此、或非常鱗也。相與誅茅居之。饋食漿充飢渴。同志朝井石龍・高階運・鶴田文・內藤常・本庄寅・佐佐木久・原田倉等、先後來會、勤行大努。四方傳聞、信徒漸增。如東京・臺北、設分場以傳道。先是、開山巓平地百畝、興精舍。本堂・開山堂・廚房・鐘樓、逐年造營。境內築假山、植竹樹、安釋迦・大黑像。又置獅虎龜龍・鴟鴞・蝘蜓等、皆合綴熔岩、據自然之形、不加雕琢、而狀貌迫眞。此盡日喜所手作、巧妙使橐駝瞠目。舍東則丘陵逶迤、細草離離、植以櫻樹數百圍既三四尺、花時看客輻湊云。其北有納骨窟、納日喜及道友數輩之骨。道友見在者男十一某某女八某某、石龍董之。皆形俗心佛、主誦題、而不屑說教。甘簡素、守謙虛、不立淸規而自修、四十餘年未嘗聞叱叱之聲。每日寅刻修曉梵、高唱題目、助以太鼓・木鐘。氣之所旺、忘物我。至卯刻乃罷。山中力田自給。是以日閒男女皆服勞、但老憊者及信徒、相集誦題四次。甲夜全員唱題如曉梵、乙夜入寢。余邑有七面堂。日喜・石龍、交來鳴法鼓、遂爲分場。顯妣及叔父善視之。余嘗護顯妣登山、又陪叔父再訪。應需書道場記刻石。事在大正乙丑。今茲庚寅夏、又攜內子而來。顯妣與叔父、捐館既久、日喜墓木亦已拱矣。而石龍頽然而老、成童入山古屋多、將屆不惑。追懷往濟齋點曰、作者深慨所係、不可輕輕看過。

雪山曰、首尾呼應。而道以下濟齋同點、曰、一結作者精神呈露。此篇眞是非徒作。

時、感慨係之。顧劫後人心虛脫、其求安立者、猶溺者握稾、不遑辨邪正。於是妖教淫巫、乘釁而起、蠱惑誣罔、莫不至焉。篤信力行如道友、絕無而僅有者。蓋聞、日蓮高足日興、欲築本門戒壇于此山、而不果。日喜雖不解文字、資性穎悟、耳聞心通、咀法華、嚼佛果、行業淨潔、爲衆所歸依、以成先達所未能果、於六百年後矣。眞有蛟龍得雲之槩焉。果非常鱗也。而道友雲從之功、亦不可沒矣。自今而後、道友益鞏團結、勇猛精進、破邪顯正、以拯人心於溺沒、是余所切望也。昭和二十五年八月。

川田雪山曰、闢世道之文、非徒作。

渡貫香雲曰、佛家高僧、信道篤、持法謹。能爲人之所不能爲。濟人益世者、古今不遑摟指。而儒家碩學、不及之者多、抑何也。拜讀高文、慨然久之。

山田濟齋曰、敍述精細、不憚煩瑣。作者感觸、慨時乃爾。亦是儒林之日喜・石龍、非歟。

同族親睦會記

濟齋點。下同。

昭和庚寅四月九日、我一門在鄕黨者、開親睦會於田子浦。上午九點、會富士驛者七家三十人。老弱男女、春服既成、淸楚可喜。相攜南行。時陰雨新霽、春光和煦、麥隴菜圃、左右映帶。而雲雀歌、胡蝶舞、行樂之。忽見沙丘當前、老松掩之。登丘則碧灣開脚下。豆州峯巒擁左、三保洲渚圍右、宛然一大鏡。而波光瀲灩、積水如熨。背則嶽蓮晴雪、明煇插天。衆齊歡呼、香雲點曰、伏後。

爭蹴沙礫抵海濱。漁師艤舟而待。祥正（長男）忠正（嫡孫）等六人、乘之泛游、投網而漁。予等薦席波際、且賞且談。兒女褰裳戲翻波、擲石驚閒鷗、嬉娛忘我。近午舟歸、所獲棘鬣・比目數枚、雜魚數十耳。乃開行廚。幹事邦之助（姊子）起曰、予等初謀浴船津溫泉、（在豆）吟詠淸風。適伯父（郎吾）歸自京、曰、是費多興寡、不如觀漁之爲愈。議乃定。而斡旋之勞、在元信君。（二女夫、住田子浦。）此會主親睦、幸天空海闊、諸君宜披襟、吸灝氣、醉流瀣、以罄一日之歡。言畢、一男也（義弟）揮刀割棘鬣・比目爲膾。人僅數臠。漁師豫慮之、昧爽出漁、獲白魚一斗、和酢醬而進。竝脆美媚口。嗜酒者七人、別席對酌。羽觴頻飛、忽倒四罏、酣醉、或歌或舞。不解飮者、亦高吟和之。海波爲涌、潛魚出聽。飯已、漁師復操舟、近岸

四七

香雲點曰、應前。

投網、向陸擧之。衆分二隊、執左右綱、合力引之。邪許相應、隨引隨蹙。既而網底有物、塊然如毬、僉謂是章魚矣。擧而視之、則海月、相與失笑。復席、喫茗果點心、談笑及晡。各提雜魚及烹飪白魚而散。夫祖孫一氣、本支同體。然而世運漸移、親戚易散。雖其在鄰里者、亦除冠婚喪祭外、無相會于一堂。甚則不尊家長、視姻親猶路人矣。是所以我族年年開此會、永不失懿親也。而今日之會、乾坤呈祥、山海鍾秀、悅心目、頤情懷、和樂融融、以得溫平生之親、浴沂之樂、或可庶幾。是非皇天嘉我志、降斯慶者何哉。

渡貫香雲曰、行文流暢、不陷平板。敘事精細、歷歷如睹。

山田濟齋曰、今時同族修睦如此。眞是空谷跫音。亦知有如吾兄其人、爲之砥柱也。人之美、事之美、文之美、三美具焉。使讀者油油善入。

改修七面祠堂記

曩祖君拓我邑也、篳路藍縷、闢山林、墾草萊、備嘗艱楚、而尤苦乏水。試鑿數十、竟無一驗矣。於是齋戒禱峽之七面山七日夜。夢天女告曰、盛灰於碗、覆地上一夜、灰濕處其下有水。果得泉矣。淸冽甘美。實享保十年二月三日之事也。乃建祠堂、以報賽焉。爾來滾滾涌出、大旱不涸。寬政十二年、六世祖君、又鑿井南得泉。舊井供鄰邑寄汲。文化三年、重修祠堂。鄉黨承風、敬神匪懈。明治十七年秋大風、我邑被害尤甚。而祠堂亦倒壞。邑人有志改修、力不暇及。乃損規制、權造待時。二

藻洲點。

十九年、先君慮簡陋瀆神、謀於衆、祠後別建小堂、以安龕焉。大正十三年八月、予歸省、聚邑人告之曰、我邑戸口繁息、人人樂生者、神德是賴。明年恰當創祠二百年。以此時新祠堂、擧大祭、以致報本之誠、何如。工費之半、予將辦之。衆奮請從事。乃選委員、期以明春起工。至冬、委員寄書曰、招匠計之、費上巨額。非邑民所能任。請竢來茲。予浩歎曰、失今不修、時會難再。乃謀家人曰、明年予欲爲王考擧三十三年祭、爲顯考行十七年祭。夫供佛莫大於施衆。予今獨力改修祠堂、則邑人之肩息、而祖考之德揚、其冥福無過此者矣。家人贊之。卽來致其意于委員。先是、天久旱、二井涸渴、無復涓滴。是未曾有之事、人或恐神祟。業已而鑿井南數步之地得泉。而予來適達。邑人欣躍、以爲神之霽威。今茲乙丑三月、予復歸省。邑人或來謂曰、翻初議非闔邑之意。貧者一燈之獻、願贊君之擧。予曰、有是哉。復會邑人、告以其言、且曰、予非吝貲。堂成之日、人或慊焉。諸君、諸君猶得恬然乎。不如各勞力供役、以從反始之義。皆曰、君既不嗇貲、吾曹何吝力乎。欲請之、而不敢耳。乃以八月二十一日經始、十月十六日竣功。雖簡素無可觀、亦足以表神威。越十七日、請實相寺管長權大僧正貫名日達落之。併擧二百年祭。予告衆曰、夫反本修古、不忘其初者、禮之大經也。諸君初志可謂得之矣。中惑雖非無憾、而終歸乎正。神或誘其衷歟。今也文運日進、我邑亦被其澤。眞如可喜。然侈靡日長、輕浮相競、淳風美俗、漸欲掃地。是宜相戒者也。震災以來、產業不振、金融梗塞、失職相續、民不聊生。獨我邑禾穀豐熟、繭蠶增收、家家有生色。欣欣供粢盛。豈非神德之所致乎。嗚呼諸君、倉稟欲實、衣食稍足。修禮義、知榮辱、使此鄉躋仁壽之域、諸君所當務。而報反之義、豈復有踰於是者邪。壁上所揭、若槻內相・岡田文相・一木宮相・一戶大將・平山男爵・平沼樞密・秋月前大使・確齋織田翁、特爲予書、以垂規戒者。請與諸君事斯語、則庶乎不差。

松平天行曰、平排直鋪、稍嫌意複語衍。

細田劍堂曰、據實敘寫、而作者愛鄉憂世之誠可見。若文之巧拙、蓋作者所不問也歟。

牧野藻洲曰、寧繁無略、寧質無矯。作者念祖崇神之誠意、天行圈。下圈點同。

蓋在此。

望嶽軒記

虎生富嶽之下、日夕仰威容、吸靈氣以長、及畢業鄉校、先君誠虎曰、吾祖始開我邑、三百年于此。家世業農、汝爲長子、宜繼箕裘。虎奉訓言、晝耕夜讀。前此、先君墾大麓之野、栽桑柘茶楮、日役數十人勞作。既選參郡村之政、公務繁劇、不能專視家事、使虎代督衆。虎弱齡、不諳世故、傭者慢易、動違規程、而恬然不省。虎慨其無狀、意此輩幼而不學、故爾。與此輩力田營生、老死畎畝、吾所恥。不如改志于學、講道勵行、以扇揚風化、繼述何必耕桑。乃請之先君、不聽。明日又懇請。母氏亦爲請。先君曰、一年之計、在藝禾穀、十年之計、在栽茶桑、五十年之計、在植杉檜、百年之計、在種陰德。吾恢弘祖業一年之計、而立十年之計。汝而去則前功悉廢。是吾所難也。然汝言亦頗有理。今吾改爲五十年之計、則得減傭省勞、吾力能辦之。汝宜專心從百年之計、修學誨人、邁種陰德、以貽孫謀。又時巡視山林、則先業無墜、而紹述之誼全矣。汝廢學數年、雖勉猶恐不及。愼惜居諸。虎感泣謝恩、踊躍嚮學、螢雪九年、卒高等師範學校之業。先君喜曰、汝學先成、吾植樹之功則未舉。虎曰、久缺定省、使大人劬勞。虎之罪大矣。而今而後、晨昏承歡、以終孝養。何料一朝見背、使虎慟哭呼天、悔恨罔極。先是虎奉職廣陵、母氏不欲去鄉。乃使弟妹護侍、時時歸省、合力植樹、十年始得成先志。虎喜而後可知也。歲丁巳、移東京、仕大窪二十餘年。一旦欲卜築郊外、以避喧擾。己卯秋、相地至杉並、車中望嶽、鄉思勃然。曰、此地可居。下車得一區勝地、欣然購之、命工築室。先君所植之樹、垂五十年、蓊鬱成林。伐之爲材、經始維亟、越明年成、遂移居焉。日夕仰棟梁曰、是某山所伐。撫柱楹曰、是某林所採。而先君之狀貌、與山林之形勢、髣髴眼前。虎入則思親、出則望嶽。乃扁軒以望嶽、以寓思親之意。虎樗櫟之才、鹵莽之學、無能爲矣。雖然生遭盛世、沐浴聖恩、樂育英才、三十餘年、幸無大過。庶免辱先之罪歟。然而今也老矣。所謂未智而耄及之者也。行將辭職歸、臥先人舊廬、護遺林、仰靈嶽、以樂餘年。姑託此室、寄容膝之安云。

松平天行曰、以仰岳起、以仰岳結。中間先業家訓、追孝之至情、講學之篤志、經緯錯綜、織成一篇。不假雕琢、文有眞氣。

林苕巖曰、博士生富嶽之下、吸靈氣以長偉材也。言外回味不盡。

渡貫香雲曰、筆路宛轉、如往而復。自得廬陵之矩度。

石楠莊記

青厓先生有煙霞疾。南臺北樺、以及滿・韓、游蹤殆遍。其攀高山、窺幽壑、必採石楠樹而歸、栽諸庭院。歲月之久、至數十百株。乃名其居曰石楠莊。命虎記之。夫石楠之爲樹、生高山之中、養于嵐氣、潤于巖溜、枝葉鬱蒼、歲寒不凋。春華秋實、絕不求人之見知。顏子嘗愛其隱逸、手自植之。明皇亦賞其典麗、

濟齋曰、秋實石楠果有實乎。〇不求人之見知、百卉

皆然。不獨石楠。

袖海·藻洲竝點。

袖海點。

濟齋點。

一起原作出廬。藻洲改一起曰、往年靑厓謂富田氏鐵之助曰、僕欲自今隱居。富田曰、子而言隱居、不知何處

呼爲端正。今先生嗜詩出于天、才藻正而葩。尤薄名利、高標絕塵。乃與斯花心契之深、良有以也。今茲辛未春、虎訪莊。花方開、先生立庭、延虎賞之。砌階院落、莫不石楠。大盤小盂、姿態萬狀、葉葉凝碧、枝枝成姝、紅葩白瓣、豐豔端麗、可遠觀、而不可褻玩。先生一一指點曰、某盤某山所得、某盂某壑所獲。乃凭吟榻、掀銀髯、顧而樂之。所謂一日千迴看、看來眼益明、者非耶。因念、先生嘗大隱二十年、眞如山中之花。近時大雅榛蕪、同人憂之、懇請闢之。先生一起、詠·樸·蘭·輿諸社、鬱然踵興、詞林忽生色。亦似莊中之花。然而盛名之所在、有利而用之者焉。卽操觚含毫之士、欲附尾而遠致、朱門勢家之徒、擬借光而自燿。於是世或疑先生頽然下喬入谷。虎雖列名社

置身天國乎、地獄乎。陸羯南聞而笑曰、隱居放言如青厓、而尚願隱居。可謂人情無厭。今讀高文、偶憶往時、附識博粲。

天行曰、於是以下、着想非不佳、而意未周匝、語亦缺圓熟。故看來孟浪。

濟齋曰、盛名之所在以下一段、文字恐失輕浮、不似前文典麗。可惜。

袖海曰、雖然、一轉敏甚。

末、獲知遇也晩矣。故不識高臥之先生、卽不能知其下喬與否。雖然把莊中之花、視山中之花、其香色不相輸、則先生不磷不緇之操、可以卜乎。虎今羈于公務、不暇賞山中之花。庶幾年年陪觀莊中之花、永頌先生壽考。是爲記。

館森袖海曰、此文記石楠花、延及青厓先生行迹、縱說横說、能稱其爲人。可謂老成矣。

安井朴堂曰、筆隨意而動、無艱難勞苦之態。可謂佳作。○又曰、尤妙湊合。蓋苦心之作。

平井魯堂曰、青厓先生愛石楠花。視其所愛、可以知其人焉。文亦善寫先生心事、無毫遺憾。

山田濟齋曰、文品似石楠、蒼鬱超俗。

把莊以下袖海藻洲同點。

細田劒堂曰、筆致絢麗、立意謹嚴。可謂佳製。

牧野藻洲曰、一頌一規、措辭穩秀、而不失於矯激。作者苦心可想。

袖海曰、文氣似魏晉諸家。篇中圈點、袖海所施。

雙桂寮記

大正十五年四月、我武藏高等學校高等科假寄宿寮成焉。月之十七日、擧開寮式。寮雖不甚大、二舍竝立、前後相望、結構可觀。山本敎頭扁之曰雙桂、屬余記之。夫桂之爲物、叢生岑嶺、枝葉扶疎、冬夏常榮、間無雜木、材懷幽香、氣王百藥。泰阿之生、陳謡以譬父德之高、叢林之枝、郤詵以比登科之榮。良有以也。當我校之創設也、一木樞密爲校長。及其晉宮相、山川樞密代之。二公法理異科、學問精邃、材德兼備。眞士林之雙桂也。游斯寮者、切磋磨礪、進德修業、操守貞堅、爲文科者、希前校長、攻理科者、冀今校長、則他日致大成、可期而待矣。往昔錢文僖自樞密留守西都、因府第起雙桂樓、與謝希深・歐陽永叔・尹師魯・梅聖兪、日翺翔于其間、學經窮史、相尙以道。又王復・尙恭諸士、游歐・謝之門、儒雅相扇、諷詠相樂、多才彬彬、天下稱之。今斯寮名雙桂、蓋取乎此也。然則使斯寮不負其名、一繫在寮生之仔肩矣。寮生其知所勉。

館森袖海曰、擧宋賢、反映一木・山川二公。而寮名之所以起、不費詞而明矣。結構盡工、語無支蔓。可謂簡妙也。○又曰、於獎寓勉、風懷可尙。

安井朴堂曰、文氣沈重、以慶歷諸賢、比二校長、學文人物、

濟齋點。

袖海點圈。

皆不相下、尤與題相稱。近業傑作。

牧野藻洲曰、比擬以倫、文亦雍容雅重。

山田濟齋曰、文與題稱。獎勉最至。可誦可敬。

石崎篁園曰、把雙桂樓陪襯、文情極饒。

細田劍堂曰、頌中寓規、樸茂典雅、足以爲學寮之記。

愛日寮記

我武藏高等學校高等科第二寄宿寮成焉。寮在校內、結構簡朴、樣兼和洋。通風面陽、明淨可愛。山川校長采長崎生徒監議、命之曰愛日。俾余記之。生徒監語余曰、校長敬義直方、秋霜自持、而推誠接物、見冬日之可愛。開寮之日、賜寮生一大幅。文曰、人能咬得菜根、百事可做。因誡之曰、食糲茹淡、可以養體、鑽堅攻苦、可以鍊神。諸生學業、須從此十字入而一語不及愛日之說。校長齡踰七十、在樞府之職、兼教化之長、輔理扇風、惟日不足。而尙每旬數次、來視學事。其敬時愛日、及老不衰。衆目欽瞻、何須言說。戴記曰、君子愛日以學、及時以行。難者弗避、易者弗從。惟義所在。旦而就業、夕而自省。我校長在焉。且法言曰、不可得而久者、事親之謂也。孝子愛日。寮生離桑梓、不能親溫清定省。宜惜居諸、成業發名、以安其親也。余曰、善哉命名。寮生咬菜爲體、愛日爲用、薰校長之德、守生徒監之誡、則其成功可期而竢矣。遂記之。

館森袖海曰、行文簡淨、練意亦至。

安井朴堂曰、湊合極妙。

袖海批點。下同。

山田濟齋曰、文心極密。

平井魯堂曰、斯文蓋易稿者數次、故簡老明快。良工苦心可想也。

石崎篁園曰、是篇如快刀斷麻。可以見百鍊之功。

愼獨寮記

明治中興之初、定制布令、都鄙建學、由小學進大學、課程有序、學不躐等。博學審問、切磋琢磨。是以無孤陋寡聞之失矣。居學設舍、退私游藝、以補正業。對几講習、兩澤相麗。是以無離羣索居之歎矣。是寮生所受之益也。雖然是未以爲盡也。昔者子思著中庸、述前聖垂統之大道、與來學繼緒之心法、而起之以戒懼隱微、君子愼獨、結之以潛伏孔昭、屋漏不愧。

然則爲學之要、可知而已矣。我武藏高等學校尋常科寄宿寮成焉。山川校長命名曰愼獨。蓋有見乎此。寮生其知微之顯、不見是懼、愼思明辨、篤行自修、其學駸駸日進。敬信相靡、威儀相攝、忠告善導、切切偲偲、其道闇然日章。則庶乎不差先皇建學之旨。寮生可不勉哉。是爲記。

館森袖海曰、識見筆力竝至。允足推服。若更進一步詳明愼獨之大義、則尤妙。

山田濟齋曰、文法謹密、收束有法。敬服。

平井魯堂曰、行文樸茂、無浮華之態。獨憾未至詳敘愼獨之義、如袖海先生之言耳。

細田劍堂曰、愼獨之意、非不詳敘。而有袖・魯二君之言者、恐以次序失宜歟。

牧野藻洲曰、渾金璞玉、琢磨功積、必有光彩奕奕四射者。

又曰、往時僕問作文法于蒼海樞密、樞密教以先讀史記、曰、予每有作、輒讀史記。史記初不之擇、隨手披閱、朗讀一過、然後下筆、自覺靈氣活動。言之長短高下相宜也。僕佩服此言、而從筆研。久之自知先輩躬閱所獲、不我欺也。今敢爲君獻。未知果以爲如何。

根津翁頌德碑陰記 代

我日本麥酒鑛泉株式會社、本稱加富登麥酒會社。明治三十九年、起工場于尾之半田、後幷帝國鑛泉・日本製壜・金線飲料三大公司、改今稱。更設工場于東京・大阪・名古屋、製造袖海圈點。下同。

麥酒·汽水·麥芽·玻瓈壜。麥酒冠加富登及裕爾恩之名、汽水附三矢竝金線之標。販路日開、業績月著。昭和八年十月、與大日本麥酒株式會社、合同議成。距創立實二十八年矣。其間財界劇變、所未曾有。破產喪家者、不可勝數。獨我社資金六十萬、增二千萬。麥酒釀造、年產一萬石、至三十萬。新加汽水十萬石。是社長根津嘉一郎翁、經營得宜之所致也。翁資性豁達而謙虛、剛膽而細心、識見高邁、意志堅確。其視事也、秉公持平。其待人也、推誠垂慈。是以社運隆隆、遂能濟有終之美。翁持身簡素、善積善散。夙捐鉅貲、起武藏高等學校。又相地京北、將創寺院、先鑄巨鐘。其扇揚教化、移易風俗之志可見矣。其功德不亦偉乎。平居愛玩書畫·古器、蒐集之富、冠濟齋點。下同。

于海內者、出于保藝術、護國寶之誠。翁好讀太閤記、私淑豐公久矣。宜乎其風格有相似也。我等嘗列籍日本麥酒鑛泉會社者、見聞所濡染、精神所鎔鑄、欽慕不能已。乃胥議建頌德碑、勒其功德梗槩于碑陰云爾。

館森袖海曰、根津氏本領、略揭之。行文簡練、無一冗字。足以不朽矣。

石崎篁園曰、能敍翁功德、字句亦極精練矣。

駒田倜齋曰、僕聞先年根津氏出巨資、援助淺草寺堂宇修繕事、竊有所感銘。今讀高文、始知其德業、果有所由也。

旅順白襷決死隊表忠塔記 代根津青山翁

旅順之爲地、臨深灣、環峻嶺。俄人據此、連堅壘、築軍港、恃以爲金湯。遂渝盟啓釁。　明治天皇赫怒興師、命陸軍大將乃木希典・海軍大將東鄉平八郎、犄角攻之。海軍封灣口、陸軍薄要塞、四面齊攻者兩次、竝無功。當此時、敵總帥萃大軍于奉天、勢將南進。波羅的艦隊亦在來侵之途。非急陷旅順、則或攻守易地矣。於是乃木大將決策夜襲、揀死士三千一百三十人、人繫白布于右肩、斜垂左脇、以爲標識。其狀似紮、因號白紮決死隊。陸軍少將中村覺率之。臨發、大將勞將士、面勖之。少將亦戒師曰、我隊期奪松樹山第四砲壘、以中斷敵塞。汝宜帶二擲彈、提銃劍、向壘直前。勿發言、勿放銃、失伍者斬矣。以一千人爲前鋒、餘以次進。實明治三十七年十一月二十六日甲夜也。敵兵大驚、銃砲拒之。彈丸雨注、不可嚮邇。

光、彈、照、燈、閃、爍、眩、目、炸、丸、地、雷、轟、爆、聾、耳。我、兵、不、屈、挺、進、抵壘、直投擲彈、躍入塹中。敵衆披靡。既而敵悉銳沓至、銃劍交刺、僵屍滿塹。我後隊繼至、夾壘壁相擊。敵諸壘左右掩擊、砲火成十字、注我側背。激戰數時、死傷無算。乃停戰。明日兩軍相約收屍。前鋒一千、存者僅四十有九、而皆重傷。少將亦傷左腳。餘隊可推也。全軍士氣爲大振、奮鬪猛擊。明年元旦、遂陷旅順。降將曰、曩日貴軍之夜襲、壯烈絕言語、城殆不支矣。其寒敵膽、可知也。越三月、摧敵主力于奉天、五月、殲來航艦隊于日本海、遂結戰局矣。乃知戢戈之因、在旅順攻略、而白襷隊義勇、實開之先。嗚呼偉哉。近歲上海事變、有肉彈三勇士者。蓋亦聞風而起者。而其像既成、以傳不朽。乃今三千之袖海・魯堂・煙匡同點。篁園幽曰、起得堂堂。

衆、忠烈如彼、而無傳之者、豈非闕典乎。某不自揣、思顯揚之、得大方贊助、相地于　明治神宮西參道側、建塔以勒功烈。庶幾忠魂有慰、觀者亦感憤而興起歟。

山田濟齋曰、無冗筆、無蔓辭、有光芒薄星漢之槩。

左中將新田公誠忠碑記　代鳳岡荒木先生

上毛新田郡、金山峙焉、刀水注焉。地靈人傑、源義重據此。因氏焉。子孫繁衍、分居毛越者三十餘家、各因其邑爲氏。義重七世孫、爲左中將贈正一位義貞公。公有大志、卜築反町、將城金山。時陪臣高時執國命、多失政。　後醍醐天皇與　皇子護良謀恢復。謀泄、車駕西狩、皇子南竄。楠氏勤王、志士嚮應。公奉皇子令旨擧義。治兵生品祠前。實元弘三年五月八日也。毛越支族、傳檄而至者數千人、進攻鎌倉。高時震駭、發大軍逆戰。公連捷遂前。遠近望風來會。公幷之、三道入鎌倉。高時伏誅、朝權復古。起義僅半月、用兵神速、前古未聞。而功成不居、棄鎌府如芻狗。詣闕奏捷、奉命周旋、愿愨謹循、戒飭子弟、以效奉上之誠。天未悔禍。建武新政、多誤擧措。猾賊尊氏、結納寵妃、壅蔽聖明、構陷皇子、疾忌忠良。厚利以誘缺望之將、重賞以扇樂亂之士。姦謀稔熟、反形遂成。廷議倚重公、寄以討賊之事。然而內則長袖論兵、廟略失機。外則率就義日減之師、攘鬻利日滋之衆。豈易爲力乎。是故奮戰苦鬭、勠誅垂成、而禍起不測、竟使姦賊擅鴟梟之慾。可勝歎哉。雖然軍敗而氣愈振、勢蹙而志益堅、間關崎嶇、思君憂國。繼之以篁園曰、回想甚妙。

死、不怨不尤。祈神以子孫滅賊。其精忠大節、爭光日月。是以子弟族黨、繼述志業、分布十餘州、擧義殉節、闔門血肉竭王事、其勳烈感鬼神、而壯山河。今茲癸酉、當公擧兵六百年。州人胥議、欲建石金山麓、勒公誠忠、以風動四方。來請予文。予亦上毛產也。夙欽公忠烈。義不可辭。然而早歲離鄉、仕宦羈身、負故國山河久矣。乃以此機游南毛、訪反町、賽生品、抵金山、謁公墓、拜公祠。凭楊縱目、則刀・渡之水、蜿蜒入雲、武・相之野、莽蒼連天。是公叱咤萬馬、討滅兇賊之地。而今所過之邑名、皆符忠臣氏姓。懷古撫今、感慨何禁。因思、州人是忠義餘裔、食其故邑、日夕俯仰山水。其追慕先德、殊深可知矣。宜乎、有此擧。過此地謁墓拜祠者、先對此碑、將有所觀感。方今人心澆譌、內外多端、國步艱難、孰若元・建之際。誰能追公遺風、忘家捐身、以讎州人之志者。臨文慨然久之。

館森袖海曰、俯仰今古、紆餘曲折、何等風神。蓋得力于六一者。

安井朴堂曰、有議論、有情趣、意緒纏綿。可謂佳構。

平井魯堂曰、左中將公精忠大義、敍述靡遺。極莊重謹嚴。與尋常碑版文字不同。尤見作者苦心。

石崎篁園曰、敍公忠烈、措辭極壯嚴。後段以感慨結。文情無盡。

登極大禮記念碑陰記 代廓堂北條先生

慶・元之際、金澤有三孝子復讎之事。義士高橋小平助之。松袖海圏。下圏點同。濟齋點。

濟齋同點。

方今以下濟齋點。

今雖二句濟齋亦點。

本君松、建碑而紀之。所謂孝義碑也。事蹟具於文中。大正十三年、有北陸大演習之擧。　今上以　東宮台臨。駐駕觀其碑。松本君感激曰、潛德升聞、幽珉忝覽。孝義愈顯。松亦與有榮矣。今茲戊辰　上擧登極之禮。乃欲建碑於駐駕之處、紀盛事、以仰聖德。請予文。夫孝者五常之本、百行之原、一孝立而萬善從焉。義者士人之體、國家之幹、一義作而庶事通焉。

　東宮垂光顧小民之碑者、聖意蓋在乎此歟。方今邪說簧鼓、傷風害俗。不及今而濟之、流弊無所戾止。松本君之擧、足以挽世風矣。予生金澤、耳孝義事蹟熟矣。而曾承乏教職者四十年。今雖老乎、一片耿耿之念未已。是所以不以不文辭也。昭和三年月日。

袖海圈點。下同。
州中二句、雪山點。
雪山點。

館森袖海曰、剪裁布置得宜、殊足推服。但題目則不能服

山田濟齋曰、筆致莊重、言議不苟。敬服。

高野山建追遠碑記 代根津青山翁

吾家本住甲斐國東山梨郡平等村、世業農。顯考諱嘉市郎、承家運衰替之後、鋭意興復。爲人果敢、有機智。廢農而賈、販穀、搾油、以爲業。夙夜勞作、以躬先衆。是以家道日隆。州中言富、必屈指顯考矣。明治二十五年六月四日歿。距生文政六年七月二十二日、享年七十。葬聖德寺先塋。顯妣廣瀨氏、諱喜美。樸實貞順、內助有力。以文政五年七月二十二日生、以明治十五年八月三日歿。享齡六十有一。擧二男二女。伯一秀、季隆三郎嘉也。女曰登良、曰久仁、竝適人。伯氏善病。顯考

雪山圈。朴堂亦點運命至肺腑、曰、千古金言。

朴堂點而億三句、且曰、億度四字、不必言。劍堂左袒。

朴堂亦點曰、一結尤妙。

命嘉承祀、賜其名、改一字、曰嘉一郎、自稱藤右衛門。襲王父諱也。既而伯氏疾癒。嘉乃分籍移東京。顯考常誡嘉曰、運命宜自進而開、不宜坐而待矣。恩惠宜施而不宜受、若受之必報之矣。嘉不肖、少而負氣、放縱不羈。顯考諄諄訓誨、言徹肺腑。嘉所經營事業二百餘、奮厲努力、忘老將至。又捐貲起學校、架橋梁、皆奉先德遵遺訓也。而億度偶中、使嘉幸得有今日者、未必不由考妣呵護矣。嘉年已超七十、追慕之情愈切。乃建追遠碑于高野山、以祈其冥福。幷爲嘉及妻壽藏于其側。庶幾永侍左右、以從承顏定省之義、云爾。

館森袖海曰、簡核而不支蔓、得金石文體。

安井朴堂曰、敍事簡要、文字謹嚴。極得碑志之體。

細田劒堂曰、先君之德業、嘉君之追孝、敍得簡潔。不似公平生之作。敬佩。

山田濟齋曰、行文淨鍊。敬服敬服。

川田雪山曰、斯父而有斯子。文能傳之。簡核有味。敬服之至。

紀恩榮

昭和戊辰十二月、登極大禮諸儀畢、　上召羣臣、賜酒食勞之。臣虎亦陪下風焉。宴酣、侑小食銀盒。盒嵌菊花金章、上樹銀鉾。摸大禮所用也。越數日、又賜以三疊銀杯。中央鐫御章、三邊彫鳳凰、外刻昭和三年大禮恩賜八字。蓋以臣虎侍后宮、進講經史也。夫無學德而叨恩榮、則無辭於後世。豈可袖海點。吾子以下濟齋同點。

不夙夜惕厲、以思所以報　聖恩乎。吾子孫亦當寶重之、以知所務矣。不幸其德不堪守器、則宜奉還之、愼勿瀆　恩賜之物。

館森袖海曰、筆意莊重、使人肅然起敬。

山田濟齋曰、一讀竦然。

平井魯堂曰、肅穆謹嚴、無一懈筆、無一閒言。

安井朴堂曰、令人讀終修襟。

細田劍堂曰、意有餘、辭不達。爲可惜耳。

以文會紀事

袖海館翁折簡曰、以文會、以七月乙亥三日、將開例會於歌舞伎莊、必來會焉。因詳示道所由。予從之、抵澀谷、乘東横電車、袖海點。下同。

玉川二句、濟齋點。

至玉川園前舍車。東行數百武、園盡而丘出焉。忽見亭樹八九于翠微上。榜曰歌舞伎莊。有婢出迎、延予一亭。至則袖海・煙厓既在。亭左右樹木蓊密、蒼翠欲滴。前面宏闊、可縱游目移榻臨眺、玉川數練、長橋臥波、隔川墟落相望者、所謂丸子也。平田十里、青嶂擁其外。眞一幅活畫圖。而南薰習習、散午熱、清爽絕佳。徙倚數刻。魯堂・苔巖相攜而來。劒堂・篁園・峻峯・雪山・朴堂相尋而至。倜齋・濟齋爲之殿。十二會員咸集。蓋近來盛事也。命酒。煙翁曰、莊本優人所開、其名不雅、今命亭以漱玉、何如。僉曰可矣。苔翁工畫、劒翁能書。乃喚紙筆、寫亭題字。几席之間、雲煙飛動。予戲賦曰、來聚詞壇十二星。論文舉酒眼睛青。今宵無奏天文變。瑞氣氤氳漱玉亭。招照相師、照場光景。談偶及前田侯爵所影印老子億。或曰、老莊玄理、可意會、而不可言說。古今注釋、皆墮言詮。雪翁曰、予讀唐詩、自以爲愜意、及爲人講之、口吻生荊棘。詩之妙在默識。峻翁曰、內典尤貴心得。寶塔涌出于地、龍女變成男子。豈以常理求乎。欲字解句釋、眞癡人之夢矣。高談妙詣、不覺晷移。初更乃散。

館森袖海曰、明快入古。當日狀況如觀。

安井朴堂曰、以文會紀事、蓋以此文爲絕作。

細田劒堂曰、本會信以是日爲空前盛事。紀事亦以是文爲空前傑作。感佩莫如。

山田濟齋曰、行文淨鍊、有神韻。

又

昭和十一年一月五日、例集天游樓。會者安井朴堂・細田劒堂・平井魯堂・釋峻峯・館森袖海・林苔巖・荒浪煙厓・川田雪山、幷余九人。駒田侗齋・石崎篁園・山田濟齋不到。此日、 九重召内外臣僚、賜新年宴。同人亦會一堂頌新禧。莫非昭代餘惠。各道年齒。侗翁躋八秩。朴・劒・魯三翁竝七十九、峻峯七十八、篁園七十五、袖海七十四、苔巖七十二、濟齋七十、煙厓六十七、雪山五十七、最爲年少。余長雪山一歲、往往爲世人所老人視、心每憾之。今父兄事諸老先生、視其矍鑠、頓覺心氣壯。朴翁攜影印三千院藏孝經示之。談及今古文優劣。朴翁取古文、袖翁贊今文。余讀其解說。山田博士所撰、頗得要。朴翁曰、竹添井井嘗刻歷代古文鈔、似其自著、而實兪桐川所編、不增損一字、得無掠美之嫌乎。又曰、詩文之作、誤傳者多。汐見阪詩、稱松崎慊堂作、見羅山集。煙翁曰、頃者閱李繡子讀杜韓筆記、辨滕王閣記、爲子安十三歲作之謬甚詳。人間到處有青山、村松青狂詩、誤爲釋淸狂作。袖翁曰、高青邱集中、載文文山詩。衆獻其所記。胡馬南來於齋藤監物、秋風埋骨、朝渡太郎於西鄕南洲、其顯著者也。此譚叢好題目、煩煙翁、逐次揭載。初更歸家。

登美山記 代生徒

我廣島陸軍地方幼年學校、在舊城內。校域狹隘、且廢隍繞西北、渟淖淤泥、惡氣雜出。等等力校長森藏憂之、請官毀雉堞香雲點曰、句法古雅。

誰不至苦乎、濟齋點。夫歲以下、香雲點。末段同。

以埋之。獨櫓址存舊。得地若干畝、分爲數區。方而球場、圓而花圃。蒼篁引錯午之風、翠松見後凋之色。於是沮洳之地、變爲樂土。適我等第十三期生若干名、將卒業。有留物永懷校恩之議。乃依址築山、寄不忘之心於不忘之物。可謂一擧而兩得矣。既成。命之曰登美山。試登山而望、則可仰舊大本營及便殿于北于東。而日清・拳匪兩役記念碑、聳日睫之閒。誰不想 聖上宵旰之勞、與將卒征戰之苦乎。夫歲星十三年而再集困敦。北斗十三月而復建寅。天之於宮、曆之於月、皆無不十三而反其始也。我等期數偶相符。豈無反始之心而可哉。謹案史、 神武天皇平定中州、首建靈畤於鳥見山中、祭 皇祖天神、以申大孝。是明報本之大禮者也。夫十三之國音登美也。而與鳥見亦相通。則報本之念、不可須臾離也。我等進上級學校、修文奮武、松操竹節、以效奉公之誠是期。報反之義、無過此者矣。書以自勖。

渡貫香雲曰、著想之奇、造句之妙、一一出人意表。而理路井然、結構有法。先生青年文、則入老境。

山田濟齋曰、改文體爲登美山命名說、亦恐獲佳篇矣歟。

惇齋那智先生報恩碑記

先生名敬典、字天敍、通稱佐典、又佐傳、號惇齋。考諱正敬、妣大棚氏。其系譜具于王考加賀正翁碑。明治六年七月十日、生于千葉縣香取郡府馬村。二十三年、卒業無逸塾。晉京入二松學舍、學漢籍。在舍五年、畢業、第文部考試。二十八年歸風外曰、明示學舍本領。不可無此數語。施點。下圈點同。

鄉、創菁菁學舍、講和漢學。所主在明倫正名、修身齊家、以供世用。下帷六載、及門二百、隨資成器。三十四年、任二松學舍教授、旁就正舍主三島中洲子五年。學大進。及學舍結財團、舉其評議員・理事。其進專門學校也、任教授、尋爲校長、兼學舍學長。其昇大學也、爲主任教授、遂晉學長、兼附屬高等學校長以到今。又兼大東文化學院教授・成城校・實踐女子專門校及駒澤大學講師。數受文部及諸校賞詞・感狀、竝記念品。客歲躋八秩、學德與齒俱卲、世仰爲斯界靈光。頃者、鄉縣舊門生等胥議、欲建碑以頌德報恩、來請余文。余辱先生之知、三十餘年、誼不可辭。於戲、先生稟受眞純、外柔而內剛、學不厭、誨不倦。故著績如此。而孝順天成、嚴君在鄉、每趨庭承歡。嘗聞其篤疾、星馳膝下、親侍湯藥、月餘衣不解帶。舊門生數十人、亦憂之、密相會、禱于鄉祠。疾竟獲愈。至後、先生聞之、以爲至誠通神、贈詩謝之。是可以見先生至孝之孚神人矣。若夫二百門人、皆致力于鄉黨、富庶、槩有聲望、是可謂不負其所學者矣。而五十年間、物故過半。其存者多及古稀。而猶懷舊恩不措、亦可以見薰化之入人深也。乃系以銘、曰、

菁菁學舍、文質彬彬。誰宰之者、惇齋其人。至性天授、切磋松門。焚膏繼晷、學德日新。寬猛兼濟、善誘循循。受教二百、鄉黨之珍。移風易俗、其力是因。離羣東西、倏五十春。高風穆穆、終不可諠。屬文頌德、建碑報恩。嗟府馬邑、遺愛所存。餘澤千葉、流芳萬年。

惇齋圀。

水野風外曰、惇齋先生、閲歷性行與教化、敍得詳明純備。如讀古人傳記、可以化風俗、起頑懦。若夫筆法精嚴、文意深厚、則非才之識、安能至此。銘亦簡而得要。

三澤先生頌德碑記 代門生

先生諱元定、號秀白、三澤氏。山梨縣鹽山產。祖・考竝善射。先生幼繼箕裘、弱冠師事秋山幹光。幹光日置流第十九世宗主、而爲武德會範士。與鹽山相距七里。先生浥霜露從游、二十年。窮其奧義、遂得印可、繼第二十世道統。尋爲武德會弓道教士、囑講師竝審查員。齒未屆爲範士而會廢。可惜。又與山梨縣支部創立、歷任教師・副會長・顧問等、以誘掖後進。年年上武德殿、演技、得皆中者、連續三十餘度。人服其精妙。每惇齋曰、游神二字、用得有淵源。

又曰、以經語起、以莊言結。可謂精當完備。

又曰、道一字、與敍文多少道字相照。何等嚴密。

風外圈點。全篇同。

參四方競射、亦受褒狀・賞牌、不可枚擧。緒餘及鄉黨開發、盡力防火・納稅・漁業等、皆有著績。性孤高廉直、愼交不苟、鍊技樂道。又嗜歌俳、游神風雅、以全七十生涯。弟子胥議、建碑頌德、請余文。余與令嗣元貫君親善、故不敢辭、繫之銘曰、

射有似君子、失鵠反求思。於戲澤夫子、恭默以自持。百步射楊柳、必中無一遺。居然二十世、日置流宗師。志彀規常在、風範千載垂。道也進乎技、漆園不我欺。

那智惇齋曰、簡勁蒼老、得斯佳篇。其人不朽。

仁壽堂記

家嗣祥正、歸鄉開醫院。余扁之曰仁壽堂。堂在大麓、富嶽壓軒而峙。方春曉東方微白、絕巔先迎陽光、積雪煇映、五彩爛

然、洵美可愛。及夏午灼熱、火雲一空、嶽露全身、膩理滑澤、嵐翠送涼、秀麗可親。秋日西沈、倒影倘射頂、少焉暮色掩嶽、彷彿如巨靈莊重可敬。寒月皓皓似畫、朔風獵獵度天也、嶽雪飛揚幾百丈、豪宕悽壯、威嚴可畏。均之一嶽也。而春夏秋冬之移、晨昏晝夜之變、氣象萬千、可親愛而畏敬者如此。然而嶽也深穩鎮座、巍巍堂堂、動中之靜、萬古不易。是仁者之所以樂而壽也。均之一人也。在常時則晝作而夜息、晨省而夕思、飽食煖衣、團欒樂生。而九藏百骸、有時爲邪氣之所侵。春時有痟首疾、夏時有痒疥疾、秋時有瘧寒疾、冬時有嗽上疾。百疹千痾、不可窮盡矣。一旦臥病也、擧家擁枕、蹙頞憂死、一賴醫之力。爲之醫者、宜觀其氣色、驗其脈候、察其盈虛休王、診其竅變藏動、藥以治之、毒以攻之、鍼以砭之、餌以養之。就者視之、迎者往診、不辭深夜、不厭風雪、以欲其愈而壽。是醫之所以稱仁術也。夫無事則樂嶽而益我壽、有事則治病而延人壽。即人我共得壽、而仁之事全矣。是余之所期待、而堂名之所由來也。記以勖之。

水野風外曰、落想警拔、夐出人意表。行文井然、一絲不紊。即以嶽出仁壽、以仁壽出仁術、以仁術遂歸之仁壽。文意明暢、章法完密。寔爲難得之作。茲誌敬佩。

箴銘類

報恩寺鐘銘 幷引

青山根津翁、甲州人也。夙志貨殖、樹幟東京。一敗再起、苦心

袖海點。

縱縱二句、濟齋點。

經營、遂能成巨富。翁以爲四恩所致、思報反之義。救世開益、不吝貲。曩投四百萬金、興武藏高等學校。又捐一千萬金、建報恩寺。相地京北朝霞鄕、起伽藍、安金佛。經畫既定、先鑄鐘。屬西京鳧匠高橋才治郎督工。昭和十年一月十九日成。高十三尺、圍二十九尺、重一萬一千貫。實爲神州第一巨鐘。使余銘之。余欽翁之美意久矣。誼不可辭。銘曰、

根津青山、生育峽中。壯歲晉京、貨殖期功。一旦蹉躓、志氣益雄。盤錯試器、無攖銳鋒。奇正虛實、臨機變通。朱頓避舍、豈翅素封。不自滿假、思四恩洪。善積善散、報謝效衷。乃建學校、夙資時雍。又起蘭若、使俗敦厖。先鑄蒲牢、體巨肉豐。六萬餘斤、重冠日東。縱縱鏜鞳、昏擊晨撞。感聖攘魔、發省披聾。宿願玆

袖海點。

袖海・濟齋同點。

達、功德昌隆。流風千載、必有追蹤。講經入定、緇流淵藪。焚香行禮、信徒歸崇。法燈炯炯、長照昏瞢。洪鐘隱隱、傳聲無窮。

館森袖海曰、局法完密、無一懈筆、一句不能汰。何勝敬服。

安井朴堂曰、行文頗雄暢。

平井魯堂曰、舖敍入細、一絲靡遺。

山田濟齋曰、堂堂傑構、作者擅場。

矢向良忠寺鐘銘 并引

開祖諱良忠、字然阿。敕謚記主禪師。盛德遺範、載在傳記。巡錫往來矢向、偶感靈夢、築淨宇以充游息。門弟修補之。我記主山然阿院良忠寺是也。爾來七百餘年、法燈炯然。元祿中、新爲鐘、有故改鑄。寔賴椎橋氏之力。昭和十八年、大東亞戰雪山圈點。

方殷、鐘則供軍需、而遺響難諼。洗兵五載、衣食稍足。檀信徒乃胥議、醵壹百萬金、重鑄之。庚寅十一月工成。因銘曰、

記主遺愛、精舍與焉。後董承繼、法燈連綿。鑄鐘復舊、檀越爭捐。鳧氏凝神、華鯨吼天。曉破迷夢、昏結勝緣。民風漸厚、國俗斯遷。興雲起雨、垂澤無邊。羣品蕃阜、庶類安全。梵音化物、功德見前。赫赫日域、光華萬年。

川田雪山曰、銘辭淨潔、無一浮言。結末有含蓄、全篇爲振。

哀祭類

祭前武藏高等學校長山川先生文

維時年月日、武藏高等學校職員生徒、謹以清酌庶羞之奠、敬祭故校長正二位勳一等男爵山川健次郎先生之靈。教

授加藤虎之亮、拜跪燒香、恭告之曰、嗚呼先生生會津巨室世臣、幼而喪父、受母氏餘薰。十歲入藩校、頭角已嶄然。君侯親視學、成績賞拔羣。時會陽九阸、四海狂瀾翻。一藩執戈起、欲支宗家顚。白虎結隊伍、殉國及少年。先生齒未達、不許死成仁。國亡餘山河、年來不覺新。齊抱忠義志、朝敵名何冤。蕩蕩

聖皇開御宇、同仁一視天空廓。普徵貢士擧俊髦、樂育賢才恩意渥。先生膺選游美洲、審察形勢通大局。乃謂方今急務在富強、利用厚生徼國福。拮据黽勉、攻格致學。業成東歸、經綸滿腹。辟雍授徒、丕醫燥涸。多才彬彬、維金維玉。兩京・九州、雍宮董督。三爲祭酒、功勳有倬。遂司文敎、身登臺閣。闔國望風、一世瞻矚。在職不長、官紀頓肅。上院列名、議政侃諤。更

袖海點。下同。

入樞府、獻替啓沃。寤寐思君、忠誠醇篤。上帝降災西歐亂、邪說暴行乘釁作。正德道不講、斯民等獸畜。先生乃宰教化團、破邪顯正舌如灼。東奔西馳老益矍鑠。志存家國、先憂後樂。晚泣我黌、琢磨卞璞。以躬垂模、德音馥郁。先生昨屆雙七齡、子弟獻像頌入瑞。何料旻天不憖遺、巫陽招魂白雲騎。聞訃慟哭、執紼揮淚。時事多難、孰任重寄。泰山已頹、哲人其萎。嗚呼哀哉、尙饗。

館森袖海曰、山川先生一生行事、槩括靡遺。出以韻文、洋洋大雅之作。雖祭文、當爲碑誌之觀。先生不朽矣。

山田濟齋曰、極是大作。

石崎篁園曰、敍先生一生志行、靡有遺漏。何等筆力。

牧野藻洲曰、包該彼一生、而致極我衷情。遣辭錯落、長短有法、是作者苦心處可想。

祭物故恩師及同窗文

維時昭和二十七年十月五日、靜岡縣師範學校卒業生、三六同窗會員某等、恭以淸酌庶羞之奠、謹告物故恩師及同窗之靈。嗚呼、恩師各位、其德塞淵。識慮才學、仰高鑽堅。提命懇懇、善誘循循。辨疑解惑、明道正倫。春風秋霜、寬嚴兼臻。在三誼配君父、煦育恩侔乾坤。噫嘻、亡友諸君、情如弟昆。同袍聯榻、鍊武修文。螢窗雪案、難疑討論。切切責善、怡怡展親。課餘跋涉全縣、更及京攝之間。遠湖泛舟、溫泉滌塵。平安寧樂、周覽丘墳。橿原五鑾、肅拜　祖神。雙眸能收十州、一見遙勝百聞。癸卯三月、畢業離羣。東西索居、育英樂天。天壽自有命數、存歿難奈後先。隙駒駸駸不駐、倏忽過五十年。恩師盡捐館舍、無由函丈承歡。亡友既四十二、存者僅廿二人。我等眼閱滄桑、古稀猶得瓦全。飛書盍簪、懷舊感新。鎮西東奧、千里來奔。於穆臨濟寺、炷香招英魂。幽明會一堂、恍似侍教壇。君蒿悽愴、溫容宛然。恩師同窗、存亡無分。國家今方再造、教化須急作振。英靈庶垂冥護、挽澆風歸眞淳。謹陳蕪辭、捧微忱。尙饗。

渡貫香雲曰、幽明一會、懷舊感新。出語眞樸、情溢楮表。

雜文類

餞分賣白田文

國家新制農地法、我家白田五百畝、亦不得不分賣租借人。予載酒往隴頭、餞之曰、三百年前、吾祖始來此地、篳路藍縷、闢草萊、相土宜、藝禾麻、栽果樹。子孫繼述、開拓及數萬畝、富冠鄉黨。天保以還、災禍荐臻、失地相續、白田僅餘六百畝、而皆連接廬舍、祖宗遺愛之所鍾、唯此而已矣。且予幼時、逍遙其閒、聽鳥追蝶、打柿拾栗。及長役僕夫、耕其地、樂禾穀穰穰者數年。眷戀所繫、欲永傳之子孫。而今遵新制、唯留百畝、其餘分賣租借人。豈無惜別之情。顧念邦家遭未曾有大變、縣官亦割御料地大半、移管諸國家。我輩小民、安得私其地乎。今也、　皇國境土半減、海外同胞、悉歸本土。地狹人衆、物寡食乏、待於地力極大矣。然而汝白田、雖辭我家、更分屬十香雲點曰、深耕四字、用孟語。大妙。

雪山點。

雪山點。

香雲點曰、筆墨雅潔。

一家、新主人與汝多年相親之人。得汝、必也踊躍奮勵、深耕易耨、倍蓰前日。汝亦爲新主人、努力報效、則其增產、可期而竢矣。予漸老、行將賦歸田。植杖隴畝、賞禾稼、撫柹栗、敬仰先德、追懷幼時、日與汝盤桓。汝其待之。乃擧杯歌曰、

曩祖拮据披荊棘、祁寒隆暑不曾息。紹述有人努墾闢、勤儉勞苦月日積。滿目園田長黍稷、連天林木白日黑。命與運會家產殖、四鄰豪富難競得。猜鬼闞門頻降厄、散財割地一狼藉。家東白田畝六百、碩果僅留祖宗績。面陽背陰開阡陌、畦町井井見密畫。南薰阜財秀麰麥、金風送涼禾稼熟。十有一家分租借數十年來浴惠澤。一旦農地法制革、借者爲主變名籍。遺愛所鍾比拱璧。況予幼時親日夕。臨別依依情懷迫。

濟齋點。

方今國運嗟否塞。嗸嗸窮民凍餒極。救急賑乏賴地力。白田白田思汝職。爲新主人大其德。滿籌滿車秭千億。陳陳相因、豐家國。

川田雪山曰、餞田旣奇、其辭不得不奇。作者老練、据實敍事、整整正正、情形乎辭。

山田濟齋曰、筆力扛鼎。且歌辭每句一韻、非凡手所能。

荒浪煙厓曰、予亦與作者境遇稍同。而疎懶無一文。慚恧慚恧。

渡貫香雲曰、題奇情眞、筆極練整。歌詞每句一韻、杜老慣手。古氣可掬。

敬老會謝辭

昭和庚寅四月三日、大淵村青年團及婦人會、招村內七十以上翁媼二百餘人、擧敬老之典、贈茶器並點心、又演俚劇、以怡之。技將畢、予起曰、夫尙齒不翅我國美俗、漢土亦夙重之。鄒賢加三尊之一、蒙叟居四尙之一。戰後百度改變、長幼或欲失其序。而諸君能守此懿風、洵可嘉也。今觀其演技、取材斬新、扮裝西俗。所謂投時流者。夫進而不已者智也、退而可守者德也。譬之富川、不舍晝夜者水流也、不渝乎古今者水路也。一旦防隄潰裂、則富士・吉原諸邑沒水底、萬頃美田化礫土。然則進・守之辨、尤不可不加愼矣。今日之擧、庶乎其不差焉。且諸君以餘暇習技、其巧妙使人瞠眙。若專其力於正業、則其成果、可刮目而待矣。諸君勉之。予昨歸自京、聞

香雲點曰、鄒賢三尊、蒙叟四尙、取材作對妙。

雪山點曰、比喩絕妙、易入人耳。

然則二句、濟齋同點。

雪山點曰、如斯喩來、誰不感悟。

天淵文　二　七四

袖海點。
濟齋點。

今日之擧、以其齒達古稀、乃爲不速之客、得蒙餘惠。爰陳所感、爲謝辭云。

川田雪山曰、簡而得要、斤量自見。

渡貫香雲曰、寓規隱約、老儒之言可味。

山田濟齋曰、諷諭時俗、固應如此。今之投時俗者、宜如何。愧汗交下也。

雪喻

一夜雨、寒甚。予與三兒擁爐談、少時在鄕、冒雨雪遠路登校之艱。既而窗外簌簌有聲。季起而視之、欣然謂二兄曰、寒雨變雪、翩翩霏霏、乾坤將白。明朝相與作雪人、不亦快乎。明發早起、排窗曰、雨雪其雱、比屋皚皚。踊躍下庭。俄失聲曰、咄、滿此事二句、袖海點。夫人以下至始矣、藻洲點。

袖海點。苟能以下、藻洲同點。

庭無寸白、深泥沒靴。伯喩之曰、夫乾土承雪、則一夜能盈尺。疇昔雪前是雨、潦水承雪、隨承隨泮、所以不留寸白也。屋瓦不甚濕。故雖降雪之始消釋、然久久遂至積數寸也。予聞而是之曰、此事雖小、可以喩大矣。夫人之性、猶乾土、修學肄業、猶承雪。荒怠成習、猶濕雨。幼學不厭者盈尺也。早悟荒怠之非者數寸也。悟之遲者如深泥也。雖勉力、舊染爲累、難進乎德。故學問之要、愼其始矣。汝等其記之。僉曰、唯唯。及午雪霽。季窺庭、狂喜曰、滿地一白、雪人可作矣。予曰、有是哉、苟能悔悟、改過遷善、奮勵自新、雖遲猶可及也。遂書以戒兒、幷以自警。

館森袖海曰、言言自肺腑中流出、親切著明、無愧古人。佩服佩服。

細田劒堂曰、洪鐘無纖響。

山田濟齋曰、自是教育家之言。

石崎篁園曰、庭訓如此、可謂有義方。

牧野藻洲曰、亦能近取譬。

池田蘆洲曰、譬況輕妙、絕不帶頭巾氣習。眞文章、眞訓辭。

讀六逆論

柳宗元論左氏所載六逆之說曰、少陵長、小加大、淫破義。是三者固誠爲亂矣。然其所謂賤妨貴、遠閒親、新閒舊者、雖爲理之本可也、何必曰亂。若貴而愚、賤而聖且賢、以是妨之、其爲理本大矣。而可捨之以從斯言乎。是三者擇君置臣之道、香雲點。下同。

二句濟齋點。

濟齋曰、一轉入本論、輕快無前。

天下理亂之大本也。執斯言著一定之論、中人以下、守是以致敗亂者、固不乏焉。因擧史實、反覆證之。余謂、是有所爲之言、非正論也。古人立言、自有體焉。其比方事物、唯就其事物而言之、不許他物之介入。聖賢之與愚、高下懸絶、固可別途論之。今以至高之物、加賤遠與新、所謂使寸木高於岑樓者、非立言之旨。孟軻曰、小固不可以敵大、寡固不可以敵衆。是唯比寡小與衆大而已。不然則以寡小勝衆大者、其例不可枚擧。凡勝敗之因、謀之善惡、士之勇怯、兵之精粗、與天時・地利・人和、不一而足。除此諸因論之、則衆大之勝寡小、固無論。立言之意、不俟智者而知。以宗元之明敏、豈有不知之。故曰、有所爲之言、非正論也。夫王伾・王叔文、得德宗之寵、暴握權要、勢威壓動舊。宗元黨之、爲世之所指目。是似遠新閒親舊者。然而宗元所期、在功業、有假以所自辯乎。而二王斗筲之才、一敗塗地。固其所也。宗元懷偉器、空爲窮裔之鬼。余悲其志。而竟不能服其論也。

渡貫香雲曰、柳州六逆論、僕未及細討。今讀高文、辯難精切、不遺餘力。而其筆鋒犀利、如斬奔馬。其中有斷制、有頓挫、最見法度森然。似善學柳州者。

山田濟齋曰、行文快截嚴厲、有秋霜之槩。但勇翁前評、頗過揄揚、有微憾焉。

讀墨子

周室既微、霸業亦衰、諸侯橫恣、殘賊相踵、彝倫攸斁、民不聊生。孔子出此間、慨然起匡濟之志、遍歷諸國、說以知命居仁、修己安民、先禮樂、後刑政、正名分、輕勢利。然而其道至大、天下無能容矣。乃垂汗青照後世。孔子沒數十百載、世運日塞、攻伐月慘、強併弱、大虐小、王侯事驕溢、黎庶泣飢寒。上下隔離、貴賤懸絕。墨子生是際、憤然立拯救之志、謂、人情澆訛、疾入膏肓、非用瞑眩之藥、則難以醫之。孔教緩慢迂闊、宜矣其無補世道也。夫以人治人、何權威之有。吾假天鬼以繩之。乃曰、主宰萬物者天鬼也。順之者受福、逆之者被禍。而天志欲兼愛交利、惡殊別虛飾。而以固本節用、爲興利之根。極口主張非命非樂。又以厚葬久喪、爲損財物害生產。其所志、在上下平等、均獲福利。是以其說一出、萬衆共鳴、天下風靡。竟至

香雲點。

濟齋圈。

竝稱孔墨。然而其論旨膚淺、偏重形骸、閒却心志。故能誑誘中人以下、而不能使中人以上首肯。忽遭孟荀二子排擊、滿身創痍。及炎漢一統、民隱漸除、衆心亦去、終歸澌盡灰滅。譬之、孔子養生者也、墨子療疾者也。養生則氣全、而疾自已。療疾者、非常時所用。且藥劇則餘毒損氣、或捐命。後之憂世者、愼所擇哉。

渡貫香雲曰、事理精明、論旨穩健。

山田濟齋曰、論旨確當、善讀墨子者。但墨子所說、與今共產思想、一脈相通。作者於本篇篇末、一議及之、或獲好掉尾歟。

原興敗

濟齋點。
香雲圈曰、一句破題。濟齋左袒。
濟齋點。

濟齋曰、而宰六十一字、割愛文脈文氣一貫、似可。何如。

明治中興、明良感會、百度一新、四維斯張、文武維揚。經營五
十年、能加世界三強國、列五大海軍國、勃興之迅、前代所未
聞。爾來三十載、上下滿假、羣小誤國、啓釁列強、一敗塗地。挫
衄之速、亦振古未曾有。其故何耶。曰、用西學之利弊也。夫祖
宗建國、以正德爲本。西學所主、在利用厚生。故仁義忠孝、行
乎我、而智術技藝盛於彼。一旦締交于彼也、制度文物、遠不
相及。乃以五事爲國是、而其所重、在破舊習求新知。是以改
學制、聘外人、講西學。又派學生於海外、攝取彼文華、補苴我
罅漏。於是西學大興、技藝之士、彬彬輩出、各以其所學、分擔
國事。而宰之者、多錬達而識時務者也。其講西學者、亦幼時
學正德之道者也。故其成也、和魂洋才、學德兼濟、以扶翼國

香雲點。

濟齋曰、而元二十五字削何如。

香雲點、且曰、狂狷二字、用處不妥、如何。四字削去似可。

濟齋既無至績乎點。

香雲圈曰、與起手呼應爲

運、所以政擧人和、致勃興如彼之迅也。然而勢之所趨、横流滔滔、新學後生、不聞正德之敎、目淳風美俗爲陋習、以仁義忠孝爲迂遠、爭功利、競智巧、棄我君子之道、奉彼小人之學。典型既廢、而新學未熟。壽陵餘子、豈不匍匐而歸乎。遠慮之士、或欲匡救之、杯水不勝輿薪之火。而元老亦急于造技藝之小器、而忘成達識自代之大器。是以及老成人亡、則代之者、唯技藝之雄耳。既無威重以服衆、何問經綸之才。黨人營私、不顧國家休戚。狂狷剋上、軍閥乘之、武斷爲政、杜塞公論。卒之驅匍匐餘子、構兵大國。其能不敗績乎。是偏重西學之弊也。夫攝取云者、取彼長以資我者也。故勃興如彼。偏重云者、棄我從彼者也。故敗績如是。鈞是西學也、而興敗之決、捷結筆力足斬蛟。濟齋左袒、且曰、結收有力、眞射鵰手。

於影響、在用之何如耳。憂國者可不深思乎。

渡貫香雲曰、西學無罪、顧用之何如耳。高文論理精明、切中時弊。聞者可大戒也。

山田濟齋曰、議論正大、行文陗仄、荊公一路文字。但較有冗複之恨。裁似可。

七九

天淵文終

昭和三十年十月廿五日印刷
昭和三十年十月三十日發行

東京都杉並區新町三一ノ一
著者　加藤虎之亮

東京都練馬區豐玉上一丁目
武藏高等學校內
發行所　天淵先生喜壽祝賀記念會

東京都千代田區旭町一三
印刷所　株式會社開明堂

天淵文正誤表

丁數	行數	誤	正
二三左	欄外	雩山香雲	雩山・香雲
三二右	一〇	内治、	内治ー
三八右	五	哇・于	哇、于
四一右	二	槩唯、	槩唯
四二左	四	懸頎	建頎
五二右	四	白瓣ー、	白瓣、（ーヲ削ル）
同		遠觀、	遠觀ー
同左	欄外	濟齋曰	天行曰ノ前ニ置ク
五八左	七	毛越	毛・越　五九右一同
七三右	一	之人ー	之人。　ーヲ削ル

天淵詩正誤表

丁數	行數	誤	正
九右	欄外一四	吻已	吻巳
二六左	四	狩勝嶺	割注トシテ本文ノ下ニ移ス
同	六	成海	成海。　○脱落
三九右	五	訂交	締交
四三右	六	山根	山根
四五右	三	決濬	決濬
五七右	四	一等・	一等。
五八左	一欄外	又曰	専維ノ上ニ移ス
六四右	五欄外	雩山曰結	次行ノ上ニ送ル
七三右	三	承天	承レ天
七四右	八	文武。	文武　○ヲ削ル
同	一〇欄外	下筆	下レ筆
同左	二	盛儀。	盛儀　○ヲ削ル
七七右	一	二節	節二
同欄外	八	用老	用ニ老
八〇右	一一	吟興	吟興。
同		詠觴	詠觴
同左	三	忌日ー	忌日ー
八一右欄外		惇齋曰、	惇齋曰。
同	九	二首ー	二首　ーヲ削ル
八二右	一	傳ニ月	傳ニ月

天淵詩

天淵詩

家世葆光醫農圃元氣鍾秀嶽陽土射虎將軍不封侯崛起便作文中虎
鼓篋振鐸度江湖中年飛騰天上府講說陰教侍壺闈修養四德根四部
流風覃被入天潢金支玉葉多學古出攜緒餘遊文場百發穿楊中自主
讀破萬卷能會通誰知良工心獨苦上窮周漢下宋唐攀躋鮑庾追韓杜
言底有物宗倫常立誠何必事綺組憂國憂民不違仁朱干玉戚堯階舞
齡垂大耋猶讀耕鍊石欲將天柱撐華封誦祝金石壽歸然天淵一先生

讀天淵詩呈加藤博士

昭和三十年乙未六月　辱交　豹軒鈴木虎雄

天淵詩　目次

一　望雲集　明治三十七年、負笈廣陵。至大正五年。　十首

二　移柳集　同六年晉京。鄺堂先生賜尋常人家翠楊柳、移入宮牆別是春之昔。至十三年。　三十五首

三　興於集　同十四年、入靑厓先生門、列興社。至昭和二年。　四十首

四　守樸集　兼列靑門樸社。至同五年。　三十五首

五　暗香集　喪侍、對遺愛梅、寄追慕之情。至同十二年。　五十六首

六　藤陰集　游江州、藤陰欽江聖人。至同十八年。　二十二首

七　梁壞集　同十九年、靑厓先生易簀。至同二十三年。　四十九首

八　鵑花集　鵑社同人、每月會鶉南莊。莊以鵑花著。自同二十四年至今。　一百四首

四言古詩　四首

五言古詩　三十九首

目次終

松平錦川先生曰。一氣呵成。

天淵詩

天淵　加藤虎之亮著

一　望雲集　自明治三十九年至大正五年

迎乃木將軍　明治三十九年

去年一戰奪金城。赫赫偉勳轟八紘。今日將軍振旅反。歡聲如沸滿都迎。

安部如月獲疾。靜養其鄉讚岐。賦贈。三首。　節一

篠川潮滿夕陽流。攜手逍遙春又秋。佇立望君天一角。晚霞靉靆擁孤舟。

似同室諸子

北溟堪比我黌寮。水擊三千志已遼。嘲笑何關蜩與鷃。

圖南機熟俟扶搖。

賀松枝君重三郎畢業　四十年

窗外春妍囀巧鶯。學成遊子錦衣行。柳眉如戚梅脣笑。
解釋吾儂送客情。

遊西京

洛外洛中東北山。櫺軒飛棟映潺湲。霸王千載興亡跡。
旬日都收杖屨閒。

陪眞軒三宅先生船越村看梅。四十一年

步屧乘晴淑景新。江山未麗少遊人。東風纔報梅花信。
此是詩家得意春。

有感似弟　四十二年

宦學纔成遊有方。晨昏不及季兮長。白雲生處無人舍。風樹聲中偏自傷。

轉廣島陸軍幼年學校。留別附屬中學校生。四十三年

風浴重攜難復期。多年端友忽分離。隔窗雲木飛蟾夜。咫尺自今千里思。與附屬校相距僅數丁。

辛亥中秋。靜岡縣人。會山文樓上望月。四十四年

東山月上金龍躍。酒醒洒人凭海樓。共是天涯千里客。一時擧首又低頭。

贈財津・丸山・小林諸子遊讚岐。

八島灣頭佪退潮。秋風落日轉蕭條。憑君莫話平源事。鬼黨當年恨未銷。

二　移柳集　自大正六年至十三年

丁巳四月。辭幼年學校。晉京。途過鄉里。六年

宦學多年紲此身。賞心嘗負故園春。故園春異洛陽陌。
啼鳥野花依舊親。

贈頼古梅

吟花醉月伴多年。一旦離羣各隔天。帝里春風非不好。
夢魂猶遶古梅邊。

奉賦和歌敕題海邊松　七年

老幹參天鸞鶴栖。垂條拂浪綠雲低。託根東海亦何幸。
一旦榮光入御題。

冬夜讀書

殘爐添炭對青燈。閒點唐詩萬慮澂。半夜奇寒透肌骨。
幾囘呵筆幾囘冰。

送津山君三郎外遊二首。節一

河梁欲別故依依。三歲更期攜手歸。鳴笛一聲載離恨。
輪船破浪去如飛。

送青山師範學校卒業生

花間嬌囀有黃鶯。業就繡衣遊子行。宣布皇風由小學。
闡揚王化自京城。昨頒官帑加優獎。今拜丹墀荷過榮。
報效他年君記取。育材爲樂是忠誠。

池上本門寺

破邪顯正啓羣蒙。傳法誰儔開士功。日暮靈壇人去盡。

千章松柏吼天風。

拜讀眞軒先生杜講恭賦奉呈 八年

杜詩善釋舊來空。千載解頤唯有翁。爪倩麻姑心竅快。針由岐伯頂門通。隨方立義論風發。據古證今疑雪融。片甲隻鱗未厭飫。鸞刀偏望及全龍。

贈財津學士愛象轉熊本高等學校 九年

學問文章冠弟兄。西雍夙博秀才名。門闌榱桷見材適。冑子藝儀期玉成。爲學習院教授 隔海雙親漸將老。望雲一旦得申情。遙思衣錦到鄕日。相映肥山紅葉明。

奉賦和歌宸題社頭曉 十年

青山佳氣鬱。枚實閟宮新。蕩蕩　先皇德。溫溫　故后

仁照臨懸日月瞻仰配元神經始監工吏來趨負簣民
罙椽知朴儉茅屋見眞淳爆竹千門曙和風萬里春宿
齋思報反明發祼嚴禋馳道通仙苑飛橋隔俗塵瑞煙
籠峻宇啼鳥悅晴晨　聖主尤崇祀孝孫誠享親龍旂
承吉饎犧象薦淸醇寥亮梟鐘響蹁躚鷺羽振鑾歆靈
是格錫賚嘏維純　大祖初登極歲星同在辛四彊爭
弱肉一統待全人虔默祈何事恩威洽八垠

有感似弟

貽厥孫謀澤溥哉多年辛苦闢荒萊入雲杉檜萬千樹
盡是先君親自栽

拜讀松平錦川先生感懷五首奉攀瑤韵

急流知勇退。高士有遐思。不見成功者。循環合四時。

神都新卜宅。盡日白雲間。適意山窗裏。時看夕鳥還。

斯文繼古賢。行誼何純淑。神庫寶書多。晨宵供展讀。

高堅久仰鑽。善誘師恩荷。博約禮兼文。不才吾竭我。

解官茲幾歲。藏拙守茅廬。吾亦風塵裏。優游讀我書。

辛酉晩秋。外姑來過。留旬餘。一日擧家陪遊湘南。獲七律四篇。

千里外姑遭枉臨。傾家陪伴訪湘潯。車輪穩穩如流水。兒女欣欣似放禽。連嶂樹紅張蜀錦。平田禾熟布黃金。始知快事存行樂。未到仙寰已會心。車中所見

樹柱海神功亦空。近依仙島卻人工。蜿蜒勢似龍橫壑。

迤邐形如虹挂穹。翠浪恬平知至治。蒼生熙皞見仁風。逍遙渡過半天外。忽到山頭玉女宮。 江島棧橋

瀟灑旗亭據介丘。湘南好景萃雙眸。照楣富嶽千秋雪。當檻滄溟萬里舟。把酒臨風波浩浩。烹螺吟句氣悠悠。團欒不必向庭戶。遮莫天邊夕日流。 觀嶽亭臨眺

源家覇跡那邊存。鎌府追懷眞斷魂。閟黑陰房傷帝子。曬黃老樹憶公孫。葛西扇谷生禾黍。圓覺建長餘寺門。右將荒墳堆墜葉。秋風落日叫哀猿。 鎌倉懷古

留別青山師範學校生徒諸子。以題爲韻。十二首。 節五 十一年

師生偕黽勉。中外自弸彪。不見青山學。天邊比伐留。

北飛亦時耳難忘是煙汀水碧沙明好莓苔兩岸青
立志須高遠青雲豈叵攀兎禽能塞海愚叟亦移山
扶運繫雙肩重任君自覺流化始京師闡猷先小學
學界眞遼廓無涯似太虛幽微誰闡顯惕若惜居諸

登妙義山四首 節二

一入山中忽欲仙風生兩腋氣飄然濺濺澗水森森樹
幽徑無人響杜鵑 山口作
巨靈劈剖果何年巍立石門憑半天縹渺上淸知不遠
出雲巒巘似羣仙 過石門

讀書樂二首 節一 十二年

涉經獵史樂融融益智怡神何有窮采藥不須東海去

長生術在讀書中。

奉頌 秩父皇子

修文講武德彬彬。日胤和光同衆塵。昨上靈峯小天下。
今巡焦土恤災民。

歲晚偶感

叨陪 帝子擬儒員。進講常藩弘道篇。向晚委蛇自公
退。團團明月映前川。

甲子仲夏。率武藏高校生。遊江南。八首。節四　十三年

萬里淩滄試壯遊。十餘年少氣呑牛。六朝遺蹟顏前討。
吳楚興亡眼底收。發軔

風入四蹄征袖輕。策驢探遍闔廬城。虎邱玄妙寒山寺。

到處何堪千古情。蘇州

堊館連雲猿鶴瞋。匡廬仙境涴胡塵。綠陰幽草濂溪路。
得得驅轎碧眼人。廬山所見

考亭遺蹟草芊芊。白鹿洞荒斜日前。野叟何知昔賢事。
漫將碑字換銀錢。白鹿洞書院

賀瀧澤青山師範學校長菊太郎七十

有德由來享福遐。古稀矍鑠喜無涯。力行垂範似儒士。
導引養眞如道家。四十餘年勤化育。三千後學吐英華。
賀筵正値秋佳節。黃白滿庭延壽花。

三　興於集　自大正十四年至昭和二年

梅下讀書　十四年

梅樹庭前正報春數花的皪淨無塵偏憐宋璟託根歎
欲傚盧仝克己新能傲風霜威凜凜更兼文質德彬彬
繙書端坐寒窗底古氣靈香慰學人

踏青二首 節一

氣和天麗帝城西輕屐探春傍曲隄日照清川明遠近
雪消遙岫翠高低家家皆出耕青畝燕燕于飛翫綠荑
極目萋萋豐草合紫騮騰蹀向風嘶

題艸廬三顧圖二首 節一

赫赫炎光歸燼灰漢家興復亦難哉戰場飛羽徒誇勇
霸略曹孫共競魁百里非才雛鳳去三分定策臥龍來
平生謹慎酬知己巴蜀別開王道恢

國分靑厓先生曰。不落纖巧家數。通篇妙于敍景。陰陽開闔。不易追視。結末規撫少陵望嶽。或病其少雄峭。題小則不能大做。

海棠

桃李嬋妍輸一籌。名聲夙博錦江頭。橋邊載酒韓持國。花下題詩秦少游。朝露霑枝脣半綻。春風拂檻態偏幽。憐渠帶雨增嬌色。匹似西施病後愁。

田園居

卜居幽寂地。眺望亦佳哉。屋後蓮峯峙。門前駿海開。犬眠無客到。樹動有禽來。往往閒農圃。吟詩又把杯。

早起 與武藏高校生。宿御嶽祝史家。

天雞驚旅魂。肅拜嶽祠下。山氣透人衣。曉煙罩碧瓦。風過密雲開。林末斷霞赭。少焉日東昇。赤光萬道瀉。天地忽生色。松杉綠堪把。恍如游太初。氣壓八州野。欲窮最勢使然耳。其質實不夸張處。如見作者其人。
田邊碧堂曰。綽乎有東山小魯之概。

高巔一覽小關左。

灌園

公暇省慈親。攜兒歸鄉村。阿孃髮戴雪。幾日倚衡門。入堂未及壽。欣欣已抱孫。渾家皆怡怡。團欒對酒樽。親戚與舊友。敍闊相問存。閒晤忘永日。況喜絕市喧。午倦收琴書。躡履涉前園。先君遺愛樹。陰陰枝葉繁。憶昔少年日。烈日威如燔。抱甕助阿爺。旦旦潤樹根。樹蕃人不見。仰天空銷魂。豈無風木感。雙袖熱淚翻。今夏帝揮威。草花泣枉冤。桔槔汲井水。欲施雨露恩。三兒能學父。提甕灌籬藩。滿園忽生色。花木露留痕。翛然憑吟榻。爽氣漲南軒。住個清涼國。不羨王侯尊。

青厓先生曰。蒼老遒勁。無一弱筆。氣之雄。魄之厚。令尋常詞家瞠乎後矣。〇起手如讀楚辭。中間數句。使事確切。不可移動。見學問淵洽。試就明人而論。前之

詠柹

顆顆經霜如渥丹。幾張火傘照牆端。村翁不似王戎吝。付與行人自在餐。

詠菊

九晼叢蘭敗。杪秋霜氣嚴。殿芳追孟反。愛逸件陶潛。冷豔依荒徑。幽香透小簾。悠悠茅屋下。相見不相厭。

詠虎 十五年昭和元年

吾生屬兔年。吾名乃曰虎。營窟雖則工。狡兔我不與。剛質而炳文。猛虎我有取。軀幹何雄偉。疎鬚森然豎。鉤爪又鋸牙。目光爛如炬。負嵎一咆哮。百獸魂悸沮。班超入虎穴。奇功懾羌虜。臯比蒙戰馬。晉文懲驕楚。渡河劉昆

而青田後之而亭林有此風格作者所規撫其在于此乎抑天分相近之所致乎近時希觀好文字矣〇相馬九峯有文名拾取字典虎部所有文字作虎賦數百言示之藤澤東畡東畡受而讀未卒數行口吻已生荊棘使九峯讀九峯亦不能讀因問曰某字何訓某字何詁九峯不能答曰爾時猶記臆今皆遺忘東畡大笑當時傳爲藝林笑柄今讀天淵虎詩

治救餓子文乳風從配雲龍大人變同汝不負山君名
賦性兼文武斗轉入虎年虎也詠虎譜時事眞堪歎隱
憂難復抒狐狸內跳梁豺狼外跋扈所願藉彪闞一聲
震寰宇

廣島幼年學校出身將校招宴席上作

呼弟呼師彼一時學成濟濟見威儀阿蒙三口人非舊
愚叟十年山未移我武維揚功屬汝斯文若墜責歸誰
團團和氣春臺上花送清香酒滿巵

次若槻相公華甲自壽詩韻恭賀三首 節一

陪侍明廷扇惠風恩光煦煦及魚蟲厚生長策舒民意
正德遠猷諧 帝衷王道揭來推聖頓武勳夙昔陋拿

偶爾想起此事。附記于此。

春石曰。林子平憂國志士。海國兵談。三國通覽二書。其熱血所注。而不用。一身廢錮。呑恨而歿。豈不重可哀哉。此篇委曲敘寫沈鬱頓挫。能盡子平心事。末段數語。有感慨。有抱負。決非徒作也。

翁堪輿瞻視今歸爾。氣吐橫天萬丈虹。

謝藤塚學士鄰見贈六無齋遺墨

邊防警世誰是魁。志士獨數六無齋。霸府隆治寬政際。
文恬武熙人蕩駘。擧世滔滔耽安逸。洋夷朶頤貪如豺。
維哲乃知消長理。陽氣已極一陰回。三國通覽識高邁。
海國兵談氣崔嵬。鷙鳩不知鯤鵬志。目爲譸張罵喧豗。
書焚身死廢錮裏。六無歌殘事堪哀。後十餘年世情變。
墓木未拱邊警來。閣老籌邊賴遺編。折衝空憶非常才。
藤塚學士仙北俊。與六無齋同鄉閈。先世夙締金蘭交。
裁書時時託鴻雁。學士私淑良有因。刊行遺墨惠一翰。
其筆超脫其語謹。展観豈敢手徒玩。方今人心日澆薄。

邪說暴行欲乘釁。痛憤誰與昔人同。學士贈意可窺見。
吾曹期先天下憂。扶植斯文與國運。

僧院看花。二首。節一

庭前櫻樹發紅煇。滿院花香透繡幃。講罷華嚴僧返室。
風葩撩亂灑緋衣。

送田邊碧堂翁之臺灣

樓船載筆度空青。豪氣欲衝南極星。風捲滄溟春浪激。
浩歌應使老龍聽。

小金華石歌

金華高插東奧天。山脚直入滄浪漣。凝嵐疊翠一窈窕。
朝霞夕靄象萬千。夜深神人醉沆瀣。天女來舞雲外巔。

維嶽降神質靈異。太白山人豈其人。慷慨憂國杜工部。
飄逸希仙李青蓮。壯歲好探四方勝。名山掇秀奇句傳。
歸來高臥草堂下。魂往雲山縹渺邊。自從帝京賦大隱。
扢揚大雅開講筵。帝嘉其意有所賚。收縮金華歸一拳。
五峯硉矹聳更秀。卌八溪巒開顏前。手撫心賞比拱璧。
常見几席生雲煙。山人今躋古稀域。鶴髮童顏如神仙。
耿耿一心不可轉。藐視功名持操堅。山人與石一何似。
不怪詠石多頌篇。金華石兮金華石。壽與山人長不騫。

題倪文正公秋景山水圖

閹豎誤國事可哀。善類屏息紀綱頹。侃侃何人持正議。
倪文正公清流魁。虛實兩策懸日月。經筵進講務廓恢。

可恨水魚相得晚明社命竭無由回秦晉山河禍機發
大同失守庸關沒重賞募士無應者闖賊殺到紫禁闕
萬歲山頭天子縊自責涼德面被髮倪公聞變起整冠
拜北拜南謝君親顚廈不支臣罪大一死殉國泣鬼神
倪公曾抱肥遯志戢山別拓閒天地寫山描水拂素縑
餘技丹青亦絕類田君碧堂海鶴姿嘗航禹域搜瓌奇
紫禁城秋傷落日十三陵荒陳哀思公靈感應酬遺幅
雲煙在手不吝貲歸來會朋同鑑賞墨痕淋漓足欽仰
數峯插天何崔嵬積水涵空青滉瀁江干落木霜氣嚴
有似雲閣拜遺像君不見滿淸末路慘朱明一塊肉存
宗社亡殉節如公果有幾焚香對圖涕泗滂

芳山懷古。三首。節二

四境峯巒綠蔚然。行宮西北繞長川。是山是水功堪勒。護得南朝正統天。

中興將士死成仁。憑弔南山感慨新。六百年前吾若在。必然殉難傳中人。

奉壽青厓先生古稀。三首。節二

起廢鍼膏振正聲。吟壇旗幟忽精明。策勳誰是中興首。陵駕當年李柳城。

西京矩矱健文章。慘澹工夫蔡與王。今日賴君扶大雅。巋然聖代魯靈光。

克堂相公華甲壽筵席上。恭賦呈。四首。節一春石曰。字字堅卓。語語挺拔。詩品在昌黎、山谷之間。

入爲宰相出騷人。魏闕江湖兼一身。此日薰風吹解慍。南山賦壽頌千春。

夏曉

曖曖丹霞籠上林。九天雙闕五雲深。溶溶湛綠御溝水。菡萏花開君子心。

詠筍

山谷響謝豹林藪生龍孫。繭栗擘香土。駢頭插籬藩。長鑱劚數莖。錦繃帶露痕。貧廚俄生色。兒女喜喧喧。纖手拆紫苞。潔白眼先鮮。金刀截嫩節。荊玉粲滿盤。羹膾調鼎味。團欒對晚飧。簌簌嚙冰雪。甘脆勝熊蹯。始知孝子志。冬筍薦慈親。又憶穿窬輩。墜溝愧平原。涪翁嗜苦筍。

脱衫垂饞涎。南軒愛筍脯。祕法私僕傳。喜登寒士膳。不願入朱門。蕭蕭山家雨。三日不窺園。攅迸忽列戟。參差犬牙分。過牆已十尺。矗矗勢凌雲。解籜輕雷發。柔葉南風薰。驕陽涼早到。下榻撫琅玕。不謀夏彪利。欲追子猷仙。夭壽本有命。玉折無深冤。稚子賑鹵饌。眞味養心魂。此君擁草堂。歲寒契貞堅。

克堂相公官邸招飲。席上攀瑤韵。恭賦呈。三首。節一

喜侍明公翰墨遊。麴街官第會名流。雲煙蓬勃湧毫底。珠玉闌珊飛案頭。

玉川觀漁香魚

泛舸珠川興不窮。香魚潑剌急湍中。洋洋歎水無宣父。

碧堂曰。五十六字。無一懈處。非具大神力者。安能如此。

默默垂綸有太公。廚宰割烹風味脆。吟朋唱和酒樽同。
流連忘返到天暮。皎月團團生自東。

下大同江

擊楫中流下大同。相從年少氣豪雄。牡丹臺廢煙霞在。
浮碧樓殘歌舞空。哀樂忘懷非漢主。興亡說史似吳公。
洲邊喜見太平象。羣女濯衣楊柳風。

爾靈山

孤峯突兀爾靈山。天險居然百二關。正裏藏奇攻勢烈。
死中求活守兵頑。三千煩砲一時發。十萬貔貅四面攀。
破虜將軍酣戰迹。空壕碧血尚斑斑。

丙寅晚秋。率生徒遊東北。獲七絕七首。節二

松洲如畫愜幽情。霧髻煙鬟看不明。吟倚海樓高百尺。金華峯上玉蟾生。松洲館

平泉秋色轉荒涼。三代榮華夢一場。風雨千年神鬼護。巋然猶見魯靈光。金色堂

奉送大正天皇靈轜　二年

弔砲破黃昏。鹵簿出宮城。月寒儀仗肅。風死旛不颺。觳觫輓靈轜。伊軋玉沙鳴。赤子齊虔默。拜送皆吞聲。天皇英邁資。恢弘業有光。敷化斯文起。誅暴威武揚。兵車會五國。衣冠列三強。垂統可繼述。豈惟云守成。振振麟之趾。邦基固如岡。三五　御宇促。六八　寶算盈。忽焉捐億兆。騎龍白雲鄉。抱弓哀罔極。悵望天一方。

袖海曰。洋洋大作。首尾完密。而敍二公事功。無復餘蘊。末段欽仰。猶顏子之於宣尼。至矣。

詠竹。二首。節一

王子幽居籠翠煙。夏侯林藪亦蒼然。此君眼底無仙俗。
匹似人間柳下賢。

謁彌高祠 在秋田。合祀佐藤信淵・平田篤胤。

北羽出二傑。藤君與田君。田君名篤胤。藤君名信淵。信淵豪邁質。學術兼漢蘭。利用而厚生。繼述光祖先。耕種辨土性。農政論根源。疏水追禹績。金原神駿蕃。魚鹽利蚕鹺。社倉備凶年。列侯執賓禮。請益治績新。夙知火技用。講武策防邊。足食又足兵。不負尼父言。南總避塵囂。述作垂後昆。著書三百部。豈惟云等身。田君氣卓犖。白眼看世間。向學念勃勃。慨然辞鄉關。遠遊訪良師。飢寒嘗酸辛一讀鈴翁書束脩誓墓前研究據遺著宿志自得申叱呵春臺妄舌端烈火燃諸道論大意博識絕儔倫巡歷拜　靈廟到處說惟神闡揚皇朝典大成古史文書經乙夜覽賞下　九重天著述餘一百門弟超一千厚生術不講凍餒奈民人正德道不明晦冥奈乾坤二公所務異偉績難軒輊照燿桑梓地均霑贈位恩連鑣生齊名一鄉死同禋生平嚮往久一來薦蘋蘩丹楓似晝錦碧瓦聳秋旻仰之功彌高鑽之學彌堅

白虎隊墳

獨木難支大廈顛國亡皆願一身捐靑龍守義壯娘子白虎殉忠傷少年秋老林楓紅濺血霜寒古柏翠參天

袖海曰。立意莊重。布局正大。中有變化。起結尤妙。蓋吾兄近業中傑作。不勝佩服。

飯盛山上低回久。酹酒焚香落日前。

恭拜　多摩陵

帝城之西玉川曲。丘陵起伏青簇簇。水澤蒸雲山障風。
神龍來栖靈秀澳。冢人奉命相兆域。此區入選協龜卜。
伏以　明治天皇乃聖乃神。幼沖踐祚　皇祖躅。去三
千年之京畿。東遷奠都新人目。西擁嶽蓮東滄溟。關左
八州爲甸服。揆文奮武朝萬邦。稜威赫赫如晨旭。又惟
大正天皇叡智仁孝。丕承先緒皇道恢卓。宸慮拳拳
存平和。恩德光被懷殊俗。一旦天地遇諒陰。四海遏密
億兆哭。千官百僚送　靈轜。東國始見　帝陵築。草莽
微臣虎之亮。欲謁　玄宮宿齋沐。此日正當仲春殷。子

來庶民趾相屬。失序雨雪疇昔晴。春日遲遲淑氣煥馳
道邐迤山村閒。野梅花開香馥郁。陂陀岡阜俯淸泉。未
芽林木柯如束。 寢宮據山正面陽。翠松引風奏天樂。
嗽口盥手正衣襟。肅拜 陵前久跪伏。橋山空餘舃與
劒。軒臣號泣 龍姿邈。 天皇嘗定陵墓令。垂範百世
從儉樸。減規殺制德何高。損上益下恩一渥。丹鳥銜土
氣氛氳。銀海玉匣不從欲。所祈 神靈赫鑒臨。鎭護邦
基錫萬福。

榎寺

丞相幽居碧草封。我來千里問高蹤。依稀天拜山頭月。
寂寞觀音寺裏鐘。

袖海曰。朝廷剏定明治節。臣民抃舞謳歌。我青厓先生楳社諸君子。賦詩奉頌明治聖德。誠足稱昭代美事矣。雍容刻厲莊重典雅。絕無鄙陋之氣。顧唐宋詩家有聖德詩。其詩雖美乎。其聖德不足道也。恭惟明治德業。冠

聽松男爵開繼華宴鮫洲川崎屋次韵四首。節一

皇化當年落日黃。忠臣此地策囘光。風流今夜繼華宴。欲爲先賢稱羽觴。維新志士會此室策囘天。

明治節

幕政失道紛内訌。外夷窺牆人憂忡。維神降聖欲濟世。明治天皇應天衷。歳在壬子十一月。初三出日紅曈曨。黃雲覆蓋九重上。降誕羣黎歡呼中。寶算十六繼大統。奠都關左羅羣雄。恢復朝權國礎立。誓約五事神明通。勤儉垂範足衣食。庠序謹教揚仁風。欽定典憲式祖訓。爲政聽民期至公。懷近來遠國交敦。推亡固存稜威隆。四十五年太平澤。蒼生擊壤歌時雍。哀哉鼎湖跨龍

絕萬邦。藻曜今古。所以定此嘉節也。
春石曰。敷揚有體。鋪敍有法。洋洋乎。渢渢乎。洵爲燕許大手筆。末段說及自己。極覺著實。

去。億兆號泣空抱弓。　大正天皇性仁孝。城西相地營閟宮。經始勿亟民子來。倏見廟宇撑蒼穹。外苑又築記念館。四壁丹青煇神功。憶昔　大帝御宇日。奉賀誕辰斟醇醴。乾坤大和瑞氣溢。菊花黃映楓林紅。五風十雨遂化育。黃雲滿目秋禾豐。耕鑿亦知依帝力。黎民鼓腹樂融融。德澤入人人不諼。願祝佳節無始終。　今上天皇踐寶祚。夙夜宵旰勞聖躬。新政先定明治節。　大帝誕辰傳無窮。山陬海隅歡聲湧。中外齊仰聖敬崇廟前賽者踵相接。振鷺奏舞鳴笙鏞。更看選士獻鬬技。龍驤虎搏爭戰攻。　神靈鑒歆錫純嘏。仁壽躋域斯民同。微臣幸生陶唐世。深沾堯天恩露濃。記曾秋天三備野。

陪觀大帝統元戎。鐵騎橫擊正正陣。金戈直犯堂堂鋒。戰罷御前親賜宴。君臣怡悅俱雍容。今逝佳節憶當日。恍聽和鸞聲雝雝。微臣職列風教末。闡揚遺訓思效忠。聖德廣運被八表。萬邦朝宗東海東。

題鬭雞圖

季芥郈金何用瞞。鬭雞威貌自桓桓。秋風刷翼彩籠底。太似英雄髀肉歎。

悼季子祥肆六十韻

誅茅在城西。熱鬧車馬聒。家貧多子女。無奈此陋室。今夏天少雨。炎虐太慘烈。非遠遊山水。鬱結恐生疾。沼南地秀靈。駿海氣鬱律。潮鼓常快耳。松籟青不絕。長汀玉作沙。曲浦望如玦。蓮峯撐蒼穹。仰見萬古雪。逍遙于此間。或使塵襟豁。內人攜兒女。快車凌晨發。相送到站頭。把手丁寧別。祥肆甫四歲。欣躍尤活潑。鯉雁日日來。消息得詳悉。泛舸追鳧鷗。泅水狎魚鼈。綠陰坐搖籃。鞦韆聲鴉軋。淹留倏浹辰。歸期且有日。世路多險艱。人事易蹉跌。先期肆獲病。請醫具診察。體羸氣亦餒。中食又中熱。兩日病勢漸。患痢瀉鮮血。病舍防傳染。隔離禁入出。餘子皆歸家。行李一匆卒。內人與助醫。看護連宵徹。主醫晨昏診。注藥盡祕術。鄉黨人情醇。每夜禱神佛。數日病少間。危機庶乎脫。此時吾往視。見我忽嗚咽。執手相慰勉。欲語吾口吃。殷勤進赤酒。力飲一杯訖。肆也疾速癒歸京與爺挈聽言一一領滿面喜色溢臨別又歔欷誰料爲永訣內人勞身心感染病唐突母子不同牀肆心悲煢孑終夜呼阿孃隔障啼不輟由是病勢革明旦淚焉歿飛電驚一家得訃皆戰慄其夜付荼毘攜還壺中骨豈作異物看抱擁不離膝肆也容貌溫賦性懷美質雙親鍾恩愛提捧兩心悅弟兄如手足友情日加密一旦病異鄉孤榻秋蕭瑟慰問無兄姊遊魂飛天末入門子女哭升堂老母惙天何奪吾孫慭遺此耄耋一語眞哀痛聽之腸欲裂內人藥有驗幸得脫鬼窟相共護遺骸歸葬先塋穴鄰里亦來唁助葬皆執紼疇昔哭先君追慕情惻怛如今喪幼兒哀傷念亦切海濱雖明媚

潮水不必潔。況又炎天下。沙礫如爍鐵。自非身強健。抵抗力或屈。幼兒體尙弱。難與成童匹。日射而食變。無乃作病孽。思慮不及此。使肆空夭折。悔恨不可追。傷心難再述。寄語天下父。愼勿踏我轍。

四　守樸集 自昭和三年至同五年

奉賦和歌宸題山色新 三年

鳳曆改躔開戊辰。羣黎又遇太平春。蓮峯迎日護　皇極。函嶺馳光環　帝宸。險阻撤關途坦易。嵩高配德勢嶙峋。賜題山色新三字。齊頌萬年天子仁。

袖海曰。渾渾穆穆。饒有雅頌餘韻。

戊辰歲旦

璿璣改度開新春。太歲今茲躔戊辰。戊位中宮萬物茂。

春石曰。立意宏大。措詞典重。洵

是盛世雅頌。可以被朱絃。可以薦宗廟。

辰啓羣蟄雷霆振。倉頡正名克副實。軒轅制曆寧無根。王者登極得斯歲。德業赫赫無窮傳。謹案 天智天皇聰明天縱。戊辰正月踐祚握乾。夙誅大姦立國礎。又定新制安兆民。採西土長補我短。併兼文質何彬彬。正德厚生教化洽。熙皞成俗蒼生淳。 中宗尊號非溢美。獨對 皇祖爲儔倫。又案 明治天皇睿聖文武。戊辰八月膺極御天。恢復乾綱四海一。拔坤輿粹皇猷全。大勸民業計富庶。更順五品歸眞純。法典文成義利辨。膺懲師興恩威伸。 皇運隆隆若晨旭。億兆尊崇侔 鑾神。恭惟 今上天皇乃神乃聖。丕承祖業對揚乾元。鶴駕曾巡歐亞地。德音遠被大西濱。萬機餘力及博物。稼穡

分艱躬耕田。郅隆有兆須看取。戊辰十月登極宸。盛德
大業配兩聖。一視萬邦垂同仁。君不見窮冬廿五諒
闇滿。蓬山初日光華新。爆竹聲中斟椒酒。齊祝聖壽億
萬年。微臣幸遭太平世。涓埃無以酬鴻恩。裁詩恭頌聖
明德。薰沐再拜獻天闕。

青厓先生曰。體格完整。布置穩順。淵雅中見厚力。

謁闕里文廟

古柏參天氣鬱葱。閟宮於穆五雲中。豐碑左右百王頌。
玉殿高低千世崇。稽顙奠蘋欽聖德。鞠躬拜像仰仁風。
神靈此日應來格。後學輸誠自海東。

春石曰。神完氣足。無一閒筆浪

至聖林

仲尼憂世見深衷。善誘疇民建厥中。炳炳文章懸皦日。

墨。用意更於結末見之。

春石曰。一起立意宏大。饒見筆力。通篇莊重典切。有條不紊。洵是得體之作。

巍巍道德媲喬嵩。三千弟子尊仁篤。七十侯王執禮隆。
今日倫常危一髮。何人希聖挽頹風。

奉賀　秩父宮殿下納妃慶典

乾坤定位。上剛下柔。諾冉造端。夫倡婦酬。繩繩孫子。經營八洲。民物庶富。國體金甌。於戲　親王。天潢派流。修文講武。將就彌彪。四海攸仰。周召相侔。一國攸期。伉儷旁求。侯家有子。貞專深幽。夭桃穠棣。色德并優。博學東西。聲播美歐。天成麗質。洵爲好逑。卜筮習合。鸞鳳得儔。擇吉則古。迨茲仲秋。六禮備物。百兩列輈。羣黎歡呼。瑞滿皇州。琴瑟和樂。福履是遒。陰陽交泰。華實共稠。儀刑內立。永輔皇猷。維城牢固。邦基如丘。臣虎葵藿。向陽在青厓先生曰。方虛谷有云。雪於諸物色中最難賦。蓋以其易陷陳腐淺俗也。二首雖不必倣白戰。而就題有法。熟處生新。筆力殊自不凡。

疇。涓滴思報。小忘蟻螻。會此慶典。雀躍嘲啁。恭裁蕪詞。
無疆頌休。

輓珍田侍從長。己拾二首。節一

夙賦皇華駕輶車。節星躔處瑞光舒。文章在手簡而切。
道德潤身謙又虛。越國修盟輕陸賈。秦庭禦侮壓相如。
四方專對獨君耳。歷事三朝馳令譽。

晴雪。二首。節一

六花麗勝百花春。白屋朱門一色新。掃道驅氓遄得食。
開樽會客共怡神。穆王黃竹愍黔首。曾子梁山思老親。
上宰有心爰降瑞。使人應分發純仁。

輓張雲鶴

雪中白鶴宛神仙。公暇從容獨樂天。久敎華音客瀛海。
曾振玉羽舉幽燕。四禽殉葬眞奇蹟。五日知終是宿緣。
一去冥冥沓不得。招魂悵立夕陽前。

袖海曰。我聞雲鶴豫言下世日時。屆期而瞑。當其送葬。所養之黃鳥四羽。一齊致死。可謂奇矣。今天淵不第悼其人。幷傳其奇。極爲深切。

春石曰。俯仰哀悼。幾於淚痕濕紙。五六定是實事。

送武藏高等學校卒業生三首。

雪案螢窗七暑寒。業成臨去意盤桓。晨昏懇撫三槐樹。
出入常纓雙雉冠。經國文章同誦習。光身學問共研鑽。
翺翔他日廟堂上。燮理陰陽天下安。

辟雍嚴選限生員。俊秀如雲鏕轡聯。當日伏波羞後距。
何人祖逖著先鞭。舉凡提要膽期放。入細穿微心欲專。
不數看花孟東野。春風得意馬蹄遄。

呼師呼弟亦前緣。誘掖七年情意全。解惑辨疑資後進。

春石曰。三首從實際著筆來。懃懃懇懇。誘掖後進之心。沛然溢於行間。是眞以師道自任者。

春石曰。一韵三疊。語語穩切。非空疎者所能及。

苔巖曰。第一首悼竹溪男。第二首敍其遺績。第三首道及遺墨。連三首而讀。不覺其疊韵。亦是奇構。

袖海曰。蘆洲教授二松。育英之功高矣。且著辭書。榮亦至矣。今天淵能見其大。所以有此作也。殊可佩服。

論文講道冀先賢。玄洋裏海春波穩。鹽浦松洲秋月圓。
秉燭團欒永今夕。離羣明日隔參天。

悼平山竹溪男。成信次金子子爵韵三疊。節一

綠葉猗猗淇水邊。不諼君子衞風傳。竹溪樞密濟生志。
赤十字勳垂萬年。第一首

賀池田蘆洲教授二松學舍四十年次韵三疊。節二

二松鬱鬱見喬遷。出谷綿蠻千里傳。中有老鶯音最好。
歌參絃誦四旬年。第一首
紫綬金章志不遷。蘆洲蟠舍道長傳。元龜御覽皆臣妾。
一部辭書惠萬年。第二首

新秋夜坐

苔巖曰。公希古賢、不背趣炎附熱。燈下讀書。眼光徹紙背。所以有此篇也。

西風驅溽暑。灝氣自高旻。韓愈希賢誠。張翰適意蓴。月前新雁叫。燈下古經親。今夜應飛興。開尊有故人。

觀楓

青姬弄技迹神奇。織出楓林千萬枝。潤水鮮明瓊起浪。
岫雲燦爛錦披帷。燒紅煖酒白居易。愛晩停車杜牧之。
今日風流誰得似。蒼厓吾亦欲題詩。

青厓先生曰。調穩格整。無一閒筆浪墨。誰謂歡愉之辭難工。

奉賀大島多計比古先生金婚

鳳鸞和倡見良緣。齊體同心五十年。勤儉持身經內外。
柔剛配德象坤乾。薰陶令嗣家聲颺。教育英才國本堅。
遙憶鎭西秋正好。金婚獻壽菊花前。

奉生徒度函關

自詫老來腰腳頑。秋風不歎鬢毛斑。贊歌一曲函山曉。
叱咤青襟度古關。

袖海曰。絕大題目。絕大詩筆。列敘遷宮起源沿革。及儀式之狀。正正堂堂。一絲不走。能盡曲折。明如觀火。蓋賦此題目者衆矣。恐無及之者。敬志拜服。

拜觀遷宮式 四年

天皇卽位之明年。勢廟功成　神靈遷。草莽微臣虎與晶。
薰沐齋戒觀嚴禋。維時十月初二日。節屬淸秋氣氤氳。
雨師蕭蕭灑神都。仙苑老樹封瑞雲。舍車度橋入神域。
故宮新宮東西聯。拜觀赤子坐越席。鞠躬待儀二宮前。
伏惟皇朝神明國。　諸冉開基邈淵源。　日神丕承臨
六合。明彩照徹光華新。江山洵美瑞穗國。統之御之降
皇孫。手授三器錫　神敕。斯器斯國無窮傳。就中寶
鏡最所貴。視此猶如視吾身。昭昭明訓垂萬世。　聖子

神孫遵罔愆。磯城聖皇崇神祇。同牀起臥非所安。乃託豐姬遷笠縫。崇祠奉齋神人分。纏向御宇命倭姬。相攸營宮鑾川邊。宮楹確立底盤根。搏風峻峙高天原。皇女常侍中臣祀。列聖尊崇 皇大神。殺身成仁神保食。五穀生體民飽餐。日神思功命配祀。雄略之朝遷自丹。從此內外兩宮峙。蒼生欽瞻仰且尊。天武創定改造制。廿年遷宮垂後昆。武臣竊權王綱弛。神宮不修風雨穿。慶光二尼慨然起。改築功偉方外人。復制奏天平信長。豐德率由效忠悃。明治天皇中興日。首敬神祇臨兆民。數謁 神廟親祭祀。式年立制尤儼然。
大正天皇循遺範。改修下議命宰臣。取材御林濃及

信。伐木丁丁幽空山。伐之伐之投蘇水。流到河口貯熱
田。爲桴爲筏浮于海。度波遙迻大湊津。解材一一載大
車。萬夫合勢邪許牽。匠人潔齋揮忌斧。斵之削之爲梁
椽。不礱不磨太初制。板牆茅屋純而淳。經始勿亟十裘
葛。大小宮祠改修完。灼龜煮雞卜得吉。　神靈度御當
佳辰。遷宮重次五十八。創制歷年踰一千。堪輿列國一
何多。連綿如此有幾焉。擊鼓鼕鼕報五點。虎賁八百進
廟門。此時雨霽暮色薄。電燭爛爛煇樹間。文官武官逐
隊入。繡衣峩冠金爛媥。明衣襘如巫祝來。蹜蹜擧足如
有循。肅雍天使與祭主。嚴裝束帶木綿鬘。諸員著位萬
籟寂。唯見門外庭燎焚。少焉諸員進內院。天使階下讀

祭文。祭主宮司攝齊升。奉開龕扉復舊班。雞人三聲報
八點。消燈滅燎天地昏。羽林一呼儀仗森。觀者跪坐儀
容端。鳳笙笳管道樂起。幽音搖曳從鈞天。　神儀出宮
向新殿。鹵簿肅肅又彬彬。秉燭先行照御道。神寶亞之
鉾楯鞬。十員祠官奉。　神輿寶蓋皓皓張。霜紈赤子一
齊拜稽首。合掌拍手如急湍。千官扈從委蛇過。電燭再
明庭燎燃。維昔　日神入天窟。晝夜不辨冥乾坤。八百
萬神開羣議。窟前奏伎解神瞋。　日神出窟大地明。羣
妖潛形萬物鮮。眼前拜觀此光景。恍覺身在鴻濛先。
皇上昨行卽位禮。萬國俱仰邦基堅。　神廟今擧遷宮
典。羣黎皆瞻古制敦。　寶祚隆昌豈徒爾。國運悠久誠

天淵詩　二四

有因嗚呼武藏高等黌多士濟濟追前賢學問思辨資篤行東西文化齊鑽研優柔厭飫國體美晨夕磨錬忠義魂客冬擧黌晉京畿拜大禮迹攀紫宸臣虎臣晶今陪典恭代黌員致敬虔所祈上下奉　神敕終古護持金甌全

弔上野不先齋連喪雙親

哀鴻傳訃自高旻起坐知君重駭神夙志蓬桑勤仕學常嗟定省缺昏晨天邊落月望雲切屋外悲風撼樹頻蟋蟀入牀秋瑟瑟三旬何耐哭雙親

歐亞飛行寄吉原・東兩機士

歐山亞水一眸中聯翼搏風度大空九萬里程鵬避舍

春石曰。出語渾成。典實有味。

満城先睹兩飛雄。

賀鹽谷博士進講經筵次恭齋韵。五年

鳳闕日昇光燦然。經筵忝召紫微天。儒臣挾卷參王業。進講虞書第一篇。

贈田邊碧堂翁次韵。

健筆衝雲勢磊嵬。古香馥郁壓寒梅。詞林荒落蕭條日。願挽東風破凍回。

贈杉浦舜君在神戸

一別參商隔兩天。琴尊唯有夢魂牽。甲南春色今應好。嫩柳橫塘綠作煙。

袖海曰。天淵絕句得妙諦。此欲奪碧堂席者。

勸農

今夏吾歸展。憂心轉相擾。老幼無生氣。邑里一蕭條。鄰
翁來訴我。貨路奈塞茅。半歲麥纔稔。十金直三苞。繭價
暴低下。三旬歸徒勞。製茶機不用。槍旗空風搖。瓜熟有
誰購。立標任人捎。酷吏責逋租。債鬼日咆哮。東家百計
盡。攜孥夜遁逃。西家主失踪。本因徧適交。數口支難得。
一村生不聊。儂欲拋鋤犂。別謀生計饒。聽言我浩歎。對
翁誠幸徼。城市金融梗。失業人忉忉。屋租無由辦。何處
求寓僑。糧絕兒泣飢。衣裂不蔽腰。母子仰毒藥。兄弟投
海濤。怨嗟載街衢。怊怊又嗸嗸。吁爾有屋住。有田可耘
蓐。五穀與蔬菜。足以賑廚庖。人生貴安立。愼莫學輕佻。
廟堂多賢相。蹇蹇輔唐堯。物窮又自通。治化見變調。雲

青厓先生曰。就事攄懷。託物見志。其筆直而達。其詞詳而明。況痛激至。愈覺動人。所謂言之無罪。聞之足戒者。末段乃見詩人忠厚之意。

袖海曰。此爲事實者。吾請以是進當路者。古云。與其有聚斂之臣。寧有盜臣。可不鑑哉。

散曉曦出萬物悅清朝

送若槻全權赴倫敦次韻五首 節二

窮武鄰強事大殘生民日夜泣飢寒全權遵奉裁兵旨

手把條章子細看

皇華反命迓君時闔國山河光陸離新卜神京佳麗地

何人爲建紀功碑

贈鹽澤梨齋翁三首 節一

生同鄉國不相知卻向騷壇見秀眉筆底波瀾田浦趣

胸中冰雪嶽蓮姿忘年莫逆行觴緩對月何論得句遲

東道無辭林壑約芒鞋攜手采蘭芝

拉武藏高校生徒游北海道十五首 節二

袖海曰。氣象恢廓。措詞有曲折。此非凡庸之所企及。

武高小子氣呑牛。杖履行探北海秋。雨霽千山青障列。
霜飛萬壑赤楓稠。干戈弔古五陵郭。耕牧知新十勝州。
釁課觀風堪補學。後來誰最策嘉謀。

狩勝嶺

蜿蜒鐵路入層穹。一出天門眼界雄。千島蒼煙茫渺外。
三州平野指呼中。陰陽變幻雲成海。氣象高寒谷起風。
萬里吾來秋正好。山山楓映夕陽紅。

豐平峽。次梨齋翁韻。

樂山樂水仁知基。平生登高臨威夷。舟車今日到北海。
豐平來探山水奇。峽是梨翁所闡發。青翁命名人始知。
溪流南來逆客去。導入幽境過嶮巇。丹厓青壁挾水列。

袖海曰。活用古語。出以新意。意到筆隨。自然成章。可謂巨觀矣。誠知廓堂先生之徒。喜誦不置。僕亦喜之。

巖角鶻飛栖巢危。翠樅白樺千年古。矗立指天雲葳蕤。
山容水態曲曲變。秋花璀璨被綠湄。山果結實綴珠玉。
撥喫育兒熊與羆。白日忽沒月初出。與人徘徊幽澗陲。
好景無盡游期盡。再到賡酬吾不辭。

東京尚志會館成。賦七古一篇。代賀詞。

鄒叟道破士尚志。居仁由義大人事。廓堂先生取斯語。
命名尚志同窗會。會員佩服日三思。率由不愆賢哲意。
伏惟王政維新初。首興庠序啓人智。歐美文物爭摸倣。
餔糟歠醨闔國醉。　明治天皇降聖敕。昭示所嚮揚邦
粹。成德達材藉良師。迺命有司愼重議。廣陵新興師範
學。祭酒印綬先生佩。先生端嚴咀道腴。克己復禮功夫

至平居尊重不言教躬行垂範勉默識大小教官亦同
心操守堅確情眞摯善誘有方能竭才諸生承風日淬
礪切切偲偲互責善對几研鑽敦交誼一旦離羣東西
散奉職相期仕學備索居無朋戀母黌同窗作會温舊
愛黌南新築永懷閣頌壽長仰先生懿論文會友同輔
仁銜杯把臂共勵義畢業生員年年加三千同學如雲
薈帝京由來風化源宣揚輔承得地利乃建會館爲本
據大張陣容樹旗幟一人倡議衆口和醵金七萬貲不
匱相地　明治神宮前經始維亟庚午歳四士盡瘁百
工勤竣功正値秋好季殖殖其屋覺其楹竹苞松茂堅
而緻館成先生不及見靈前告成垂涕淚開館卜吉明

治節秋雨新霽氣靉靆滿城紅樹曬錦繡菊花爛發芳芬曖請賓招師茲舉儀善頌善禱人噲噲醉酒飽德介景福君子萬年永錫類

聖皇降敕四十年奉讀聖諭輟習肄育材輔治積勞者授狀賜金賞成器

神靈鎭座十周年鹵簿肅肅臨大祭子來士民一百萬稽顙祠前奠帛幣天時地利兼人和會館之成多祥瑞爰笑爰語爰安寢相勖相謀相規刺當今澆薄人心危邪說簧鼓橫議熾授方指針不得宜後生何緣免顚墜惟精惟一允執中敎權所繫責務大尙志會員體聖敕扶翼

皇運萬萬世。

謝某君見贈甲產葡萄酒 次青厓先生長門峽韵。

袖海曰。此用高島九峰長門峽韵而賦者。涉獵古今。叙聖賢鑒戒。筆機自在。錬意亦至。讀至末段。使人醉於天淵詩。

博望仙槎窮河源。將來珍果聲名奔。軟棗茘支讓美味。
品質夙定魏文論。萬架馬乳笛川上。千畝鸞翼天目嶂。
峽中由來葡萄谷。大夏康居何須訪。津液釀成似春川。
醍醐鵞黄皆執鞭。太宗內方不足貴。神州自有祕訣傳。
景文把杯鬬博覽。說經共解文辭險。聖賢所戒唯沈湎。
不妨醉顔時紅染。一罏惠贈喜新得。交情不渝感舊識。
酬德我無百練縑。陶然醉遊槐安國。

輓市村訓導

外房之海水清洌。曲浦長汀鋪玉屑。都人士女如雲屯。
觀瀾泛舟心目悅。誠之小學育俊才。年年此地銷夏日。
游泳操練定課程。日炙潮浴鍛筋骨。梯頭投身學翡翠。

波上成隊似魚鼈。學童隨技幾班分。皀帽紅幘皆潑潑。
突風忽起捲狂瀾。嚙汀翻沙勢猛烈。學童相喚爭避難。
可憐兩童波底沒。市村訓導至誠人。敢然躍身氣激越。
先提一兒向陸回。更追一兒捷如獺。右手掀兒左手泅。
師生歡呼兩童活。訓導破顏立洲邊。二兒得生吾事畢。
一語未訖忽昏倒。羣衆錯愕惘自失。招醫注藥竟不蘇。
學童伏尸齊哭泣。訓導驚愕事倉卒。過勞劇動心破裂。
殺身成仁志士事。新報所傳感闔國。秋雨新霽氣爽涼。
校葬舉儀有司列。文相弔臨授褒狀。一千士人俱執紼。
吾嘗承乏青山學。厚顏稱師風浴挈。常謂後生眞可畏。
勤學肄業恭而默。一朝奇禍遽焉逝。聖語曾誦秀不實。

雖則不實死得所。庶幾能使素懷達。方今不必歎澆訛。
育英圈內見殉職。功勒貞石名不泯。聞風應有頑惰立。

靑厓先生曰。平鋪直敘之中。具有緬慕追思之情。孝子詩。使讀者油油入善。

題先府君畫像

卓矣先君子。志業何炳焉。處事必整齊。持身克儉勤。農桑嗣箕裘。殖產著先鞭。茫茫嶽麓野。墾闢作美田。郡村參會議。侃諤利邑民。鄉校視學務。僻壤聽誦絃。開路又疏水。遺澤人不諼。行年五十五。終始保天眞。岡君畫遺像。誠能得其神。端坐儀容正。溫溫口欲言。小子焚香拜。晨昏似承顏。繼述誰不勉。垂範在後昆。

五　暗香集　自昭和六年至十二年

遺愛梅　六年

青厓先生曰。至性至情。語語從肺腑流出。故能動人。

袖海曰。此園內有赤穗義士遺迹。故借古人以形主。可稱巧矣。林苔巖曰。芳暉園在麻布爽塏之地。舊長府侯藩邸。今歸增島日窟者。松柏鬱茂。池水清澈。可謂名園。園中有赤穗義士武林隆望自刃。及乃木將軍生誕遺蹟。是日席上予亦有作。曰。義人割肚血痕飛。紅

去春頌壽獻盆梅。白首欣然撫幾回。今日北堂人不見。瓊葩玉蘂爲誰開。

芳暉園雅集。五首。節二

矍鑠斯翁好奮飛。滄溟萬里拂征衣。觀風應得經綸策。不獨文犀滿槖歸。次主人韵

紫綬金章志不存。法曹泰斗布衣尊。主人操守淵源在。日窟長留忠義魂。席上分韵獲元。

山陽先生一百年祭恭賦

藝州出偉人。子成尤俊傑。十三詩言志。已見絕儔匹。講經藐先儒。往往出新說。遷固含英華。別拓三長筆。政記紀帝猷。皇統正派別。外史敘將門。王權悲僭竊。南朝殉

天淵詩　二　二三〇

染臨場幕吏衣。後一百年生虎將。忠魂莫是復來歸。

青厓先生曰。敷揚有體。敍述有法。事詳而驟。情眞而摯。的是一篇祭文。山陽先生亦應笑而受之。

苔巖曰。精詳的確。語無泛設。如讀山陽先生小傳。末幅波瀾極老成。

難臣。闡幽灑心血。北庭狗鼠賊。發姦加誅伐。樂府詠國史。扢揚勵氣節。談談筆吐火。欲補道義缺。通議及新策。品隲與題跋。讀書必提要。識見高硉兀。載筆遊鎭西。馬溪祕奧發。慷慨弔英雄。筑水儆舟筏。欲報罔極恩。迎母奉歡悅。二看芳山花。三棹大湖月。古驛來繫馬。酹酒楠子碣。耿耿憂世心。夙贊中興烈。經國藉文章。於公見眞實。予嘗宦藝城。聞風久心折。繼述有孫子。庭訓知詒厥。元緒公曾孫。同寮日親昵。月夕又花晨。詩酒情不怫。臨別贈遺墨。健毫倚寥泬。焚香時展觀。頓覺氣宇豁。公逝一百年。誰能繼明轍。節義掃地時。擧世追慕切。九原起公誰。遺稿付剞劂。忌辰卜良時。蘋蘩祭先哲。後學雖菲

青厓先生曰運古氣於逸調之中託隱憂於綺句之外尤見學識淵洽世之靡曼冗長以爲能事者讀此應爽然自失也

袖海曰天淵當代師儒品望高世今次韵曹詩感往徵今具述

才所志在繼絕遙拜望西天魂兮來髣髴

喜閑谷黌漢學復興 有引

岡山縣有漢學復興之議首開教員講習會于閑谷黌余爲講葩經及曹杜之詩乃次子建贈白馬王詩韵賦以似會員

芳烈懷偉器提封吉備疆經綸務根本治績冠山陽閑谷創建學育材任棟梁後嗣能繼述文武道兩長綿綿二百載遺教無壞傷

青山擁泮宮佳氣鬱蒼蒼飛甍連雲起石牆環黌橫剗夷九折坂鑿隧洞高岡輕車馳坦途不須玄馬黃

玄黃雖不病悒結心盤紆先賢忽焉沒空餘遺愛居講

懷抱措詞婉雅。垂誡不竭。

堂觀墨蹟行藏與道倶誠忠貫日月浩氣塞天衢汙隆數難免端士日凋疎古今人不及搔首獨踟躕踟躕多苦思傷俗何有極上帝降下民授正無偏側一旦邪說作大道忽淪匿妖雲暗天日鷙鳥振羽翼虎狼磨爪牙搏噬事吞食非有聖賢生羣黎難蘇息蘇息術奚爲先訓天不違明府與提學議諧得指歸授方資經傳解惑藉明師藩黌依舊制欲起漢學衰往者誰復說來者猶可追一縣知所嚮無爲徒傷悲傷悲休損神就新謀足陳閑谷開講筵朋來德有鄰論詩見溫柔樂羣知和親淸風掃邪思麗澤情慇懃焚膏以繼晷不讓而當仁切磋銷炎熱興旺忘苦辛

苦辛何所思。信道不自疑。典刑在夙昔。古人豈我欺。斯文西山日。挺身孰支持。承乏忝風敎。扇化對淸時。彬彬多才士。一堂結心期。囘天業不易。提挈非所辭。

詠史十首 節四

欲畱歌稿叩師家。惜別歸來月已斜。武運短長何用問。流芳千載舊都花。平忠度

一曲檀槽離別情。仁和寺裏切嘈聲。若州豈啻風流士。擇敵不隳身後名。平經正

樓上停雲橫笛音。任地敵騎附城陰。手中一管風流力。挫折先登勇士心。平敦盛

囘天壯志最超羣。難奈平宗落日曛。一語千秋生氣在。

久儲利刃試將軍。　平盛嗣

奉賦和歌宸題曉雞聲　七年

喈喈雞長鳴。東方天微白。祥雲罩。　神都鑾川浮瑞碧。
璿璣指壬申。靑陽啓新節。維昔鴻蒙初。　日神入天窟。
六合忽晦冥。魑魅恣殺伐。羣神抱隱憂。開議天安磧。鈿
女舞窟前。天雞調喉舌。　日神云霽威。照臨光赫赫。爾
來千萬年。　神胤綿瓜瓞。天雞亦息蕃。司晨未曾輟。羽
儀拔倫類。神采何奕奕。錦臆而繡頭。彩尾又翠鬣。雙距
如鋒芒。兩目朱光發。夙兼五德美。長音宮商協。警世中
夜鳴。祖逖氣激越。函關蚤發傳。田文感仁俠。慶曆去大
姦。失倫比距脫。尤惡季郈輩。金芥弄姦策。澆世道心微

人人事爭奪。聯盟議纔成。西鄰約未結。乾坤猶長夜。正義欲絕滅。何人能啓明。再使天宇豁。賜題曉雞聲。詠歌獻天闕。　宸衷眞宏遠。不許妄解說。所願藉天雞。一聲八垠徹。

壬申正月。武藏高黌愼獨寮試筆。二首。

試筆年年追例新。寮稱愼獨見精神。霜縑一掃雲煙湧。滿座和風別有春。

文化東西日日新。三章教旨揭精神。守成非易誰恢廓。迎得開黌第十春。

壽國分漸庵古稀。次韻。八首。節二

一向霜臺揮巨拳。申冤禁暴姓名傳。雞林司直法初就。

規範燦然垂後年。第三首

六親繁衍盛家門。和樂春風見德恩。酷似汾陽郭忠武。問安一一頌兒孫。第六首

詠時事。二首。

陸沈禹跡一茫茫。王氣銷磨足斷腸。剽掠匪徒如鵅鶚。貪惏軍閥似豺狼。渝盟不顧善鄰誼。排日謬論經世方。聖上同仁斯禁暴。來蘇士女獻壺漿。

行施倒逆蔣兼張。破棄約章何悖狂。星使臨盟披懵懂。王師敵愾折彊梁。角笳聲動遼西月。將士鬢凝漠北霜。何日鐃歌洗兵馬。萬方相率仰陽光。

遊洛北。五首。節一

老尼說古雪眉愁帝母隱栖臨澗流池水汀櫻今尙在
一篇平語寂光秋 寂光院

贈森少佐赳在長春

滿蒙長策奏楓宸朔北貔貅功絕倫雲散雪晴初旭
燿三千萬衆喜新春

奉賦和歌宸題朝海 八年

東海鍾秀美嶽陽開天池灣迴玉玦似波積碧琉璃松
青而沙白三峯蘸雄姿雞明步海濚潮平曉霧披東方
發五彩赫赫賓初曦乾坤忽生色瑞光被四陲滾滾百
川水朝宗日夜馳歲旦廢釣弋風日何熙熙鳧鷗及魚
鼈飛躍樂以怡帝德眞廣運萬物咸得宜宸題叡懷遠

薫沐摛新辭。豈敢謂應制。聊效傾陽葵。

輓瀧澤元青山師範黌長。二首。節一

哀雁呼天報上仙。奔喪懷舊柏棺前。持身儉薄過先進。種德優饒導後賢。爽旦常修寒水浴。深更不廢古經研。人間長見留規範。淸白生涯八十年。

三六會三十年記念席上。賦似會友。四首。節二

離索東西三十年。一朝相會感懷牽。學窗當日紅顏子。驚見霜華上鬢邊。

秋峯仙叟意殊寬。塵外養生芝朮餐。揮灑百縑須弟子。雲煙蓬勃湧毫端。

春石曰。平易如話。不用意處。卻有許多情味。學人之作。不必彫繢求巧。

輓池田蘆洲。次濟齋韻。三首。節一

袖海曰。三首哀痛。情深於辭。蘆洲可無憾矣。

薰育英才常自娯。溫知不讓古師儒。四旬餘歲循循誘。
如此功勳今代無。

四一會二十五周年記念席上作

一別參商廿五年。東西趁約有佳緣。青衿當日芸窗底。
白髮今宵綠酒前。枉駕六師光足接。騎龍十友命堪憐。
雄心落落難灰得。欲把殘生事養賢。

和牧野藻洲翁卜居偶述三首

先生卜築白雲居。晨夕凭欄看卷舒。後學競新多誤世。
古賢移氣不欺予。地高絳帳清風至。夜靜幽齋淡月餘。
匡救嘉謀何日用。便便腹貯太平書。
卌年造士稻門中。濟濟多才四術崇。經國文章無與比。

袖海曰。富麗超勝。其光闇然而長。足以榮藻洲新居矣。

憂時胸臆有誰同。詠歸曾點九春暮。偃蹇陶潛三徑通。
名教由來存樂地。先賢祠畔仰高風。
天邊濯出嶽蓮清。偶坐身忘近帝城。萬鬣長松翻浪韻。
千竿修竹碎瓊聲。客來共語希賢志。柬到遙馳憶友情。
乘興孤笻出齋去。江頭玩月步深更。

奉頌青厓先生喜壽

太白山人今謫仙。氣宇空闊無涯邊。織女分章錫雲錦。
氣如彩虹爛麗天。曾賦華嚴千丈瀑。銀河倒瀉震山谷。
劇稱不吝蒼海公。效顰徐凝皆瞠目。梨堂相國尤愛才。
晃山會客金尊開。先進鉅公無顏色。年少山人一座魁。
憂世結社論時事。詩筆縱橫干莫利。春畝首相送殷勤。

招飲不肯瓊閣醉。王師渡海懲滿清。王粲忼慨從陣營。
勞來諭成一枝筆。新附山河安羣氓。騷人胸臆小於豆。
猜疑娼疾事暗鬬。高擧蟬蛻二十年。遊山探壑挹靈秀。
大雅久歎委荒蕪。強起山人膺翼扶。盛唐風格力培養。
藝林花木一時蘇。水光亭閣涌絃樂。喜壽稱觴獻懇愨。
白雪入座鬢眉明。不騫不崩天邊嶽。

袖海曰。典重肅穆。一絲不紊。賀頌得體。可謂傑作。

奉賀 皇太子殿下降誕

日神錫敕寶祚無窮。天孫降臨發祥穗峯。皇建有極。
爰開鴻濛。 皇祖擧趾。六師向東。恢廓天業。養正啓蒙。
文武斯揚。恩威竝隆。 列聖承繼。邦基華嵩。一百廿四。
世代累重。三千斯年。一系澤洪。 今上御宇。禮敎新崇。

關雎化成。母儀肅雝。天授吉夢。維羆維熊。昭陽作噩時屬窮冬。日至之翌。陽復陰降。吉日辰良。呈瑞禳凶。早潮漸上。晨暾發紅。洊雷虩虩。聲震天空。黃離中正。重光照宮。禽舞魚躍。佳氣冲融。遐邇慶俱。人神歡同。庶　皇太子。岐嶷無雙。日就月將。彪外弸中。撫軍監國。景仰英風。國本愈固。萬邦朝宗。臣逢聖世。叨侍璇穹。擘經窮史。志在奉公。賦性駑鈍。毛髮無功。日夕省察。憂心有忡。今値慶典。不禁歡悰。恭裁賀章。奉獻微衷。

奉賦和歌宸題池上鶴 十年

維鶴羽族長。高標如神仙。火精帶金氣。常纏縞衣鮮。趾頸一何修。頂睛朱又玄。閱歲千六百。形定飲玉泉。深感聖皇德。來集瑤池邊。延嘴刷玉羽。傾頭臨碧漣。雌雄共高擧。比翼舞蹁躚。曾無金丸懼。長鳴時戛然。斗杓云一轉。山河入新年。池頭氣鬱律。羣鶴包祥煙。喜見新雛長。徜徉相後先。肅賦此嘉瑞。奉獻九重天。

樸社新年會席上口占

歲尾年頭塵事縻。三旬兩度執羈羈。新春趁約華壇會。慚愧囊中無一詩。

恭壽若槻前相公古稀。次韻。二首。

華甲當年壽晚春。芝山玉樹照顏新。相公能識四時序。今是古風庵裏人。

重臣禮遇厚恩光。未許閒園獨覓香。國叟壽康眞可喜。

春風聊獻古稀觴。

賀宇野博士哲人進講經筵次韻。

稽古宸衷尚聖賢。衆星咸拱北辰天。儒官知體斯人在。進講圓珠第二篇。

梨木神社鎭座五十年祭。恭賦奠。

難哉回天業。九重夙勞神。一旦明良會。億兆仰維新。當時濟濟士。誰能扶洪鈞。忠成與梨堂。父子功絕倫。幕府僭竊久。執政擅威權。忠成發深慨。欲燿天日尊。台鼎任鹽梅。三朝臣節全。志士聞風起。勤王激四鄰。忽觸柳營忌。幽棲一乘村。吟詠託風月。晨夕懷君恩。世擬菅丞相聲譽萃一身。大帝嘉功德。廟食垂萬年。梨街相邸址

春石曰。敷揚有體。條敍有法。事詳而覈。語整而鍊。使讀者起忠孝之心。作詩如此。大有補於世教。

祠堂聳巍然別格列官幣歲時嚴祭禋恩遇德無慚勸
奬興後昆梨堂繼志業倒幕先著鞭奉敕下闕左攘夷
命將軍廷議一朝變七卿俄西奔寒雨漲宰府陰雲鎖
防山轗軻四裘葛一誠遂通天　大帝新御宇祥光滿
九閽王政云復古臺閣列首班陰陽膺燮理中興推元
勳　聖上呼師父欽仰道義淳生賜正一位功業眞無
前大正恩敕下合祀配令椿純忠二神靈長護　皇基
安創祠在乙酉經過五十春齋戒擧大祭鞠躬薦蘋蘩
巫祝歌大招笙鼓動秋旻後學雖頑懦聞之志氣振薰
沐頌遺德獻衷忘不文時艱　聖皇勞內外事多端神
靈降良弼贊化靖乾坤

奉賦和歌御題海上雲遠 十一年

龍集在丙子春生東海東滄波平如熨迴眺一冥濛溟中遠山現無乃瀛與蓬山頂吐新曦閃爍海波紅少焉山浮動刻刻變形容映日五彩耀從風八朶重飄颻舞鸞鶴糾纏蟠蛟龍羲和鞭日御天女步虛空膚合如鯨鯢橫臥似羆熊倏忽浮圖湧矗立何巃嵸乃知山非山海雲作奇峯恍爾吾喪我變幻態無窮漁家皆開戶拜日有媼翁爆竹又爆竹歡呼簇村童閒鷗與人馴游魚樂融融天德洽上下和風萬里同慶雲生天末率濱瑞氣鍾海上雲遠處敕題入國風敍斯眼中景誰能獻宸宮薰沐賦古體長歌捧微衷小臣才譾劣臨文愧雕

蟲。 聖皇日新德宵旰弘天功。陶唐雲日表。旦旦光華隆。虞廷卿雲頌。縵縵和百工。陽光溢六合。萬邦日朝宗。

奉壽青厓先生杖朝。五首。用長門峽韵。節一

先生遠溯風雅源。夙登壇坫聲名奔。商周體格漢唐姿。咀正嚼葩子細論。蒼海訂交廊廟上。梨堂賓迎日光嶂。公伯愛才許知己。朱門不嫌布衣訪。赤手挺然支百川。扶輪日揮義和鞭。橫流文學忽歸正。功勳赫奕千古傳。壯愛煙霞事周覽。齡躋八十尙探險。南山配壽眞有因。鬢眉常見嵐氣染。文章齒德難兼得。先生獨受天公識。舉世瞻仰魯靈光。照燿東海君子國。

奉賦和歌宸題田家雪。十二年

煙匡曰。雪軒農話。及賢政由香山之髓。杜老之骨。渾成一篇。尤推謹鏊之作。

丙子歲云暮。得閒歸鄉村。更闌慵守歲。入寢夢始安。欸欸又欸欸。無風墜葉頻。喚僮起檢之。驚報雪紛紛。百八鐘聲度。天地入新春。擧家斟椒酒。歡對六花妍。鄰翁傳吾歸。相攜來問存。圍爐談桑麻。賞雪祝豊年。財界無生氣。農家久沈淪。客歲禾稼熟。蠶繭積如山。況復官蠲租。賜金屆五千。一村頓生色。家家喜飽溫。晏嬰說齊景。裘粟賑飢寒。衞君開倉府。感悟因負薪。爲政在平昔。臨渴不鑿泉。雖則不鑿也。因事亦發仁。衞君與齊景。不失爲先賢。少焉雪全霽。初日輝中天。聖世無大雪。誰復訪袁門。曾參泰山下。何用歎凍旬。乾坤淨一白。瑞氣盈山川。茅舍綴瓊玉。屋頭旭旗翩。拜年客陸續。田家俗眞純。所

願陰陽和黃雲漂秋田皇風罩六合稜威普八埏熙暤
忘帝力長爲太平民

離羣宴似精神文化研究員

國體研鑽惜寸陰業成高閣共披衿離筵幸樂花兼月
一刻春宵直萬金

煙厓曰。盍簪盛事。屬望前途。此筆亦直萬金。

奉謝一木男爵見贈其師岫雲遺稿後身詩錄

用岫雲送男爵遊學東京詩韵

崇仁守里不飛驂教育羣英期出藍倉邑冠童星向北
田家兄弟志圖南班朝節操馥而郁咏月襟懷輕又鬖
俊傑玉成由稟受一篇學記豈虛談

青厓先生曰。幕儒太田岫雲。乘鐸冀北學舍。當時冠童。今有梁舟男爵。此篇敍其來由。詳悉明備。讀去筆有芬芳。

武藏高開校十五年記念式用前韵

烟匡曰。學風校運。竝敘不遺。有情有景。見渾厚氣。

前川研堂曰。二律兩絕。何等精切。何等雅健。非學養兼至。不能有隻字。

聯勒學徒鞭逸驂。幾人個裏是青藍。智期淵博兼歐亞。
情主溫敦追雅南。濯水春回魚潑剌。玉橋風暖柳鬑鬖。
堪欽創業四君子。肅聽晁翁頌德談。

亦樂村莊雅會。次主翁韵。

倉卒村莊雞犬驚。遠來詩客恣幽情。毛山競秀層雲合。
刀水爭流大野傾。金谷豪遊追雀酒。李園雅宴結鷗盟。
不歎夏日易昏暮。當檻東山團月生。

吟朋趁約輹翁莊。繞屋園林引興長。結子梅桃珠點點。
摘芽婦女喜洋洋。卌町畝畝青連檻。萬个琅玕矗出牆。
顯晦能知周易理。主人與世久低昂。

滿園竹木手親栽。屋後石楠花正開。廿八騷人酬獻[illegible]

風飄香片入金罍。

挺身曾欲救雞林。經紀百方仁俠深。一旦英雄嘉遯去。此君契合七賢心。

率武藏高校生遊北海道。十八首。節五

中秋明月照無私。廿九青衿聯轡隨。知命猶餘豪氣在。三年兩度入蝦夷。發軔

大湖瀲灩作仙寰。山護雲呵造物慳。盪槳鏡中秋似畫。紅楓白樺照青灣。然別湖

風浴重來十勝州。少年修學喜新遊。偏依北道主人惠。飽賞萬山千壑秋。贈林十勝每日新聞社長

阿寒雨景畫難成。巒巘空濛湖碧泓。輕舸乘秋探玉藻。

煙匡曰。石楠門下。研堂。天淵尤善長篇。研堂曩出湘南行。天淵今做江州行。竝數百韻。或敍景。或推史。以及自家境。混混洋洋。不知所極。非有博贍之才。排奡之筆。安能至此。吾輩蜩鷽每望

水靈深潛不分明。阿寒湖

溫泉涌出碧湖湄。一浴能醫行旅疲。把酒倚欄看不飽。水光山色總相宜。仁伏溫泉

六　藤陰集　自昭和十三年至十八年

江州行。一百三十韻。十三年

巨靈揮妙技。一夜生湖山。萬仞拔衆嶽。八朶開天邊。積水無涯涘。滉漾涵乾坤。繞湖土肥沃。江州王畿藩。田租八十萬。治教培根源。東北扼三道。守護　皇城安。湖東與湖北。形勝宜行軍。右府又太閤。先後建武勳。湖西藤樹在。義方夙著聞。教化覃遠近。闔鄉人眞淳。湖南風光美。八景騷客傳。　中宗嘗定鼎。衣冠朝千官。江州神往

其㙋風之狀。瞠若于後耳。

地遊覽了宿緣戊寅夏五月中五晨光鮮東道得兩士杉君兼田君來迎米原驛相攜抵長濱豐公發祥地雄飛健翼振經營蹤何處墟荒水雲寒卻見機業盛勤儉民戶殷商旅皆幾敏豪富競鑣聯遺風訪工賈豐公雄略存泛湖期探勝辰牌上輪船湖光出奩鏡一碧不生漣蒹葭新芽長洲渚閒鷗眠處處設罾笱潑剌躍錦鱗湖畔植桑柘滿園南風薰一水自東注姉川名久親憶起當年事龍虎捲風雲織田荷天寵淺井恨綿綿轉眸望正北賤嶽橫翠鬟驕將狃勝夕豐公兵如神七槍併三刀武勇千古喧兩軍輸贏決憐殺鬼柴田少焉出湖心波平無濳黿縹眇三萬頃眼界何豁寬東南指安土

悵矣對嶙峋西南久決眥比良認孱顏比叡有耶無茫乎似雲煙沖島近可招多計遠難牽三人暫無語恍惚倚左舷忽驚衆歡呼笙洲現眼前移步立船首全島綠樹新投錨祠廟頭待客泊小灣山腳石壁立不畱斧鑿痕樹間雜修竹插天碧玉竿禽鳥栖樹枝喧譟千百羣祠祭竹扶命廟安辨財天祠廟左右對丹碧蘸潺湲北舳水欲窮大崎横巑岏巖奇怡心目迂回崎尖端湖邊新開路隧穴幾處穿輕車一日駕探遍太湖眞海津呑吐貨西南向今津松君來相迓握手共欣欣登岸日近午驅車小川村藤樹祠新建肅拜致禮虔　國母賜親筆匱藏頌德篇餘榮及身後欽仰江聖人去訪書院址

古藤清陰繁花垂幾百條隨風紫雲翻講堂雖非舊手
澤器物陳鞠躬拜遺像苦欲追餘塵玉林謁佳城苔碑
繞石欄母子兩墳列細草淨似茵行旅一匆卒偏憾缺
薦蘩大溝訪女學實科見精勤校名冠藤樹釋菜在去
春松君宰校務經營費酸辛割愛辭仁里飈車馳湖壖
晡時風色惡怒濤捲狂瀾乍見右方丘平土剷山根近
江創神宮祓地在半句。　中宗資唐制政教垂後昆
太子亦聰慧聖藻弘詩文兩朝欽奎運德澤深入民憶
昔滋賀都規制何宏焉堂構輪且奐樓閣盤又囷一朝
山河變春草生禁垣當時椽大筆傷古有人丸閟宮新
成日實枚贇高旻誰能敘盛事柹子起九原薄暮入逆

旅明窗臨湖濱八景在指顧歸帆帶殘曛燈下與對酌
湖魚配芳醇談清心莫逆氣旺酒方醺膳所中學校出
材一彬彬天台杉浦子早充觀國賓學德高一世操守
絕儔倫進講侍　東宮遺愛人不諼杉君今校長董督
期完全田君講漢學修明志慮專校運日月隆一州推
首班州內中等校教法俱鑽研教員數十百幹蠱依輪
番今次會膳中兩君任斡旋過受講師囑莅場子細觀
師生皆明目問學瀝肺肝覗顏忘魯鈍吾亦執教鞭衆
賢陳所見分袒互論難服膺教育敕具見心拳拳同窗
尚志會榜名屆五千江州設支部濟濟六十員恆例開
總會湖上張芳筵東來不速客闌入共團欒執臂敘久

闊。相視驚華顯。新知盡俊爽。風發喜談論。彦根新舊雨。邀飲八景園。江山入杯酒。款語忘更闌。藤君宰女校。一千育淑媛。應需說婦道。鼓勇上講壇。西鄰啓釁隙。渝盟逞兇頑。　皇師昨渡海。黽勉掃妖氛。戰局俄擴大。羽檄星火奔。親故擁丁壯。相送入營門。後勁桓如虎。不說國步艱。醜虜智術竭。投降在瞬間。豐公外征業。身死志堪憐。膺懲破竹師。足慰未死魂。　中宗資西土。文物一爛媥。如今昇天旭。末光被九垠。江州文武地。數日了一巡。覽古而撫今。感慨心欲然。禹域無明主。蒼生久倒懸。何人崇名教。仁愛繼先賢。東海君子國。樹德幾千年。　皇祖垂明訓。八紘一宇看。維武有七德。楚莊早立言。何當（イツカ）

戮鯨鯢。羣生樂春暄。帝德自廣運。皇道無疆畛。漢民四萬萬。齊承覆育恩。

遊江州

藤樹淸陰道氣濃。豐公雄略馭羣龍。薰風五月太湖上。探徧兩江文武蹤。

題芝蘭會員卒業十五周年記念帖

歐洲戰禍捲餘瀾。奇利驅人古道寒。丹節同袍期策鐸。青山攜手采芝蘭。輔仁文會春風煦。責善交情秋月團。十有五年如一日。夢魂不到紫絲鞶。

煙匡曰。芝蘭之誼。順理扇和。曾無誘世僞。是所以其可重也。

斯文會講論語。次長門峽韻。十四年

同心共窮洙泗源。清流滾滾晝夜奔。說起先進終季氏。

煙匡曰。志存菁莪。語有繩尺。臯

道儒範。竝能發揚。興亞大猷。應由是而具。

六月六篇講魯論。青螢參筵茗溪上。白雪照檻芙蓉嶂。斯文會友一百人。寒暑不厭來尋訪。邪說氾濫奈百川。決濬息距誰著鞭。神禹疏鑿孟軻辯。勳業赫奕萬古傳。坤輿形勢　聖皇覽。膺懲出師不憚險。誅暴除虐蘇殘民。於變時雍去舊染。時哉維時難再得。興亞大猷須審識。敬道崇儒遺範存。八紘一宇神明國。

玉湖雜詠。十首。節二

玉湖百萬步。澄澈一晶瑩。青巒擁四境。白鷗浮泳輕。呑吐玉川水。日日活帝京。勝會不誤期。恰值秋氣清。泛游又臨眺。隨處愜幽情。第五首

長堤電燭燿。燦爛映湖心。向晩雲乍合。細雨一陰森。把

杯問天上。嫦娥竟不臨。人生惡盈滿。神靈用意深。重期明月夜。來聽山水音。第十首

己卯紀元節恭賦。十首。節二

閩越暑炎糜體魄。幽燕寒氣劈肌膚。茫茫一萬三千里。總入皇軍新戰圖。第四首

神祖宏謨億載垂。八紘爲宇體仁慈。越南燕北熊羆士。臨戰常思不殺師。第八首

奉賦和歌宸題迎年祈世　十五年

洗兵果何日。征戰迎三春。履端期振肅。柏酒無醉人。松竹停舊儀。齊廢賀正文。丁壯皆執銃。老弱替力田。家家節衣食。獻貲見天眞。出征百萬士。艱苦難細陳。朔南皆

流沙戰區擴而延暑寒與疫癘猛威似彈丸聞令踏白刃奪壘流血殷氣絕猶操機壯烈泣鬼神敵將抗正義逞毒冥且頑共匪兼黨賊營私擅猾奸漢民有何辜易子骸爲薪嗷嗷歸無所慟哭仰籲天 聖皇德蕩蕩一視而同仁膺懲除殘虐所期在和親九重追先蹤賜題頒率濱迎年茲祈世宸慮洪無邊 神祖東遷業六稔平中原定鼎到今歲二千六百年舉國畫慶祝欲報皇祖恩昭昭養正訓拳拳須恪遵行者捐軀命海陸樹偉勳居者守職分堅忍事儉勤恩威豈無孚改過應自新干戈于此戢貔貅見凱旋 微臣洗筆硯裁辭擬曝芹所願妖氛散 皇風洽八垠

賀山本武藏高校長良吉七十次韻。十疊節二

憂世匡時賢哲同。陶甄終始扇皇風。彬彬多士出門下。藐視磊軒雲閣功。首章

頌壽儀成歡笑同。滿堂宛似坐春風。緋衣映發紅於錦。五十年間樂育功。敎職員贈七十賀緋衣表之。時恰屬秋。轉句故云。末章

游田子浦二首。節一

倐忽陰晴變。雲煙互闔開。風嗔潮萬疊。瀾倒雪千堆。遠遁馮夷懾。深潛海若欸。孟軻觀水訣。對此氣雄哉。

奉賦和歌御題漁村曙十六年

望樓警鐘曙。候夫發大聲。魚羣壓海到。擧村卽時興。快報破殘夢。漁隊部署成。丁壯走輕舸。張網作圓形。老幼

煙厓曰。宸題是作。寫實詳密。一事不遺。置人其境。予以爲卷中白眉。不必阿好。

也。

操轆轤迴轉牽網紘邪許助衆勢罟近浪沸騰長鰭又巨口羣鱗衆目瞠大魚三五尺小魚不尺盈沙際跳潑潑飛礫勢崢嶸少焉收魚盡堆積似丘陵東天時發紅初旭破浪昇瑞氣滿寰宇海山邀青靈元旦羣魚到今歲豐漁徵請擊大小鮮共敍新禧情老翁建此議衆口齊和膺宰割分其任軒轡或炰烹長汀展蒲席團欒擧巨觥潮鼓助酒興松籟替竽笙酒酣翁又起提言擬點睛干戈入五載子弟半出征比年水旱荐穀乏人兢兢吾儂雖老矣漁撈堪代耕近海委童豎遠洋屠鮫鯨皮以充犀牛肉以補稻秔況復海底藻蘋視菜圃青物資非不足所缺在勵精一億而一心執職效忠誠國本增

強富中外仰威稜西賊縱冥頑服罪且來庭翁言眞醇
實足稱漁父英小臣綴其語持以頌新正豚魚感至信
頑敵孚　聖明不疑妖氛盡堪輿樂太平

辛巳歲旦二首

兵禍連延歲入辛多艱天步孰扶輪近狼遠虎眈眈視
蹶起同心一億人

一億同心忍苦辛敵前詎後視雙輪所憂豈翅英蘇米
尤警流言蜚語人

奉賦和歌宸題連峯雲　十七年

金雞報元旦曆開壬午年齋戒坐庭上遙拜　神宮天
溟涬似太古昧爽色未分前方如有物郁郁而紛紛非

煙又非氣搖曳糾縵縵髣髴有虞世百工歌卿雲映發暘谷日五彩何絪縕承風姿態改一一奇足觀或如鸞鶴舞或如麒麟奔倏忽作車蓋瞬息作冕冠蒸騰爭上下角逐相後先時時生龜裂離合左右屯缺處認晴雪瞠目是嶽蓮變幻不可測出沒景萬千日升雲漸沈屏立現羣巒綠衣而白裳連峯競孱顏函山勢雄俊在昔天下關秩峯連確嶺崢嶸作籬藩維嶽鍾靈秀威容壓四邊衆山侍腳下跪拜似人臣映日山山燿歸壑雲自閒淑氣滿郊野人天頌新春米英咄何物悖逆啓釁端

天皇赫斯怒大詔宣軍民膺懲義何正宸衷出深仁

士勇空海陸忽奏曠古勳奇襲破敵膽緒戰功炳焉可

憫二大國。土崩彈指間。五洲如長夜。妖雲籠乾坤。魑魅逞威毒。無辜籲蒼旻。東海傳黎明。日上扶桑顚。陰雲一時斂。天地復新鮮。餘光被殊域。恩威普九垠。舉頭衆山小。拱揖八朶前。

奉壽逢原深井先生 勝五郎 八十

嶽陽生善士。逢原井先生。忠信而好學。至性事雙親。童丱助家業。刈草傍庠庭。停鎌聽講說。參誦讀書聲。庠長井柳村。人服烱眼明。早識先生美。配女襲家名。靜陵入師範。成績絕儔倫。奉職嶽南校。育成我菁菁。東京入高師。欲斟洋學醇。生來不甚健。過勞傷形神。慨然廢學業。還鄉養天眞。黃老長生術。一鄉悅回春。視學富士郡。蕭

督日勵精。師釁擴規制。女子部新增。先生任主事。拮据
膺經營。剛柔濟寬猛。鹹酸和如羹。代謝從四序。功成喜
解纓。富士高女校。優禮招聘頻。白頭照教壇。子女仰晚
榮。一旦賦歸去。清風衣袂輕。育英四十載。薰陶德有鄰。
柳村努教化。著績莫與京。文部隆賞典。門樹第一旌。二
世樂教育。養成幾才英。薰化入人厚。鄉黨風俗淳。棲遲
富士邑。舊廬絕紛塵。蓮峯千古雪。四時排闥賓。駿海萬
重瀾。夜夜奏鸞笙。樂山兼樂水。併得知與仁。有德天所
寵。難老永錫齡。鳳曆開壬午。先生躋八旬。兒孫擁膝下。
及門稱壽觥。虎亦嶽陽產。夙受誘循循。深高恩海嶽。何
日效寸誠。薰沐裁長句。恭賀初度辰。時艱思善士。後學

四九

欲儀型維嶽巍巍聳天邊長作朋。

恭攀瑤韵奉謝一木男爵喜德郎見臨小宴二首

心是古賢身是今。巍巍功業感人深。半宵何幸陪筵席。
一刻千金仰庇陰。

廿年雉校樂菁莪。推挽高情恩若何。晨夕服膺知己語。
讀書誓破五車多。

奉壽新見先生吉治古稀用長門峽韵

欽仰一系天潢源。普潤率濱日夜奔。幾千年來仁政迹。
闡幽顯微贊且論。低回撫古來因上。慷慨立馬落機嶂。
三長史眼兼東西。歐美山河親自訪。講說滔滔似快川。
廣陵辟雍執教鞭。三十六載絳帳下。五千弟子德音傳。

松平天行曰。莊重之體。瑰麗之

充棟汗靑務博覽。闕疑取信避危險。筆削今在大倉山。
相從才俊喜薰染。古稀頌壽獻新得。綠風稱觴皆舊識。
所祈不崩又不騫。長貢金甌無缺國。

奉賀一木男爵喜壽。次韻。四首。節二 十八年

道德文章不待論。齡躋喜壽酌芳罇。三鞭御酒黃金色。
分賜均霑雨露恩。
創業精神逐日新。守成黽勉氣如春。披襟賓主符年數。
廿二星霜廿二人。

七 梁壞集 自昭和十九年至二十三年

奉賦和歌御題海上日出 十九年

昭和十九歲次甲申。赤子追例獻詠頌。春海上日出。宸

辭。異光繚繞。雲爛霞煥。非此不足以賦御題。

題揭天。聖意深遠。拜察有因。米英驕慢。逞暴極殘。貪惏饕餮。惡虐不悛。遂煽蔣賊。共啓釁端。　天皇赫怒。渙發絲綸。將士敵愾。踊躍從軍。極南朔北。隆暑祁寒。陸破堅陣。海沈巨船。征戰連歲。攻防火然。居守勤儉。老弱力田。婦女勞役。製機作丸。節減衣食。獻貲忘身。勝者如此。敗者甚焉。宇宙長夜。妖氛滿寰。海上日出。乾坤一新。羣邪退散。百祥俱臻。靈耀赫赫。光被八埏。二十萬萬。浴煦育恩。熙熙皞皞。爲王者民。嵩呼上壽。天子萬年。

奉悼青厓國分先生

先生才藻比龍鸞。大雅扶輪功不刊。飄逸沈深兼李杜。
雄豪奇宕駕蘇韓。石楠莊裏騷人會。敬日樓頭棋局闌。

米壽賀筵期在近。仙游一夜斗星寒。

次巽軒井上博士九十所感韻。賦呈。四首。節一

白菊吟成聲譽飛。宣揚忠孝聖應希。齡躋九十渥天寵。
矍鑠如翁今古稀。第一首

奉賀大橋先生純二郎喜壽

樂只先生祐自天。喜齡矍鑠貌如仙。夙調律呂追師曠。
晚學丹青慕輞川。六德薰來鄉校下。三山湧出硯池前。
堪欽孫子稱觴處。攝嶺紅楓照眼鮮。

偶感。九首。用前出塞韻。節三　二十一年

捷書日三奏。誰知軍閥欺。宰臣不通變。講和屢失時。
至尊憐生靈。渙汗發綸綍。貔貅六百萬。泣收蚩尤旗。第二首

濟齋曰。此是壓卷。
香雲曰。痛絕恨絕。

鳧脚似頸短。鶴脛同首長。米歐主民人。神州尊君王。憲章妄改竄。害浮削封疆。廢家又晨牝。時事使我傷。第六首

密賣日公行。閭價高於山。脫衣如剝筍。彷徨死生間。尤憐在外士。空手何處還。蜀道不足比。險途難可攀。第七首

濟齋曰。一誦令人慷又慨。何勝再誦三誦。

雪山曰。首首出自肺腑。無一虛構。無一泛語。慨世傷時之衷。自溢楮表。

香雲曰。感時慨世。深切沈痛。筆底有淚。但激憤之餘。詞往往涉淺露。可惜也。

拉東洋大學生。訪金澤文庫。遂遊江島。六首。節三

曾相幽區遠世紛。藏書萬卷護斯文。史家千載誅鎌府。閒卻稱名四代勳。第二首

故紙閲來書四千。權門消息跡森然。一函能補史官缺。持護幽光六百年。第四首

十五年前仙島遊。水煙封處管絃流。如今天女祠邊路。空把江山付白鷗。第六首

雪山曰。好史論。

香雲曰。著想奇雋。

香雲曰。第二第四詞意風格。共推出色。

濟齋曰。後半無限感慨。

又曰。首首有佳趣。瀟然韵遠。

雪山曰。體格堂堂。與題相稱。
香雲曰。格律森嚴。莊重稱題。

雪山濟齋批點。
香雲曰。引用切實。軻言不朽。補圈。

恭奉命進講　大正天皇御詩

先皇叡藻綴金珠。體格天成與世殊。孝敬垂楷風化美。溫敦布教率濱孚。詩書乙夜觀興廢。遊豫淸晨察瘠腴。末學微臣叨辱命。宿齋進講上雲衢。

奉謝　皇后陛下賜蠶綿　二十二年

二月念八日。昭和丁亥春。臣虎進講畢。鞠躬下經筵。女官傳懿旨。召虎賜蠶綿。餘寒猶凜冽。用此護老身。臣虎感激極。歔欷不能言。是日講孟子。鄒叟諭滕文。善鄰貴自主。外交忌依存。大邦不須懼。爲善與子孫。君子爲可繼。成功在彼天。嗟我一挫衄。山河含酸辛。宰相誤國事。九重宸憂殷。都鄙苦桂玉。凍餒奈斯民。善後萬年計。復

雪山批點曰語語確切不可易一字
濟齋加圈

母儀至振振雪山批點
楚莊至與淵濟齋批點
香雲補圈曰用典精切非邃于經史長于詩才者不能著一辭
雪山圈曰謙辭成結尤得其體
濟齋亦加圈

興何物先厚生資正德道義利用根上下宜深省滿假是敗因改過以遷善德業逐歲新我　后好學問經史積鑽研臣虎叨寵命廿載登掖垣日就而月將順承德配乾親桑莅蠶館女功法　日神孳孳樂爲善六宮懷慈仁母儀擧世仰化光暨率濱螽斯欽揖揖麟趾頌振振楚莊勉凍士挾纊感三軍我　后親賜纊德音重加溫仁恩有小大感孚天與淵臣虎才譾劣僭踰希前賢磨鍊功不足無成白紛紛從今著溫袍蠶綿常負暄慈誨日三復庶幾保餘年爲善不敢當所願學采薪壯心策駑馬十駕酬殊恩

川田雪山曰纏纏三百餘言如蠶吐絲特恩及身不

香雲曰。罵得痛快。
又曰。史眼高人。筆鋒犀利。

可少此作。

山田濟齋曰。我 后慈恩如海。感激諷誦。以裨時敎。亦講臣之責也。準一誦三嘆。不覺淚之所由也。

渡貫香雲曰。感恩傾悃。肅穆稱體。用典之精切。敍事之樸實。一筆不苟。詩有精彩。非尋常詩人所企及也。

詠史。八首。節三

談天炙轂又雕龍。稷下羣才舌似鋒。俗士由來喜奇激。不知荀孟是儒宗。 稷下士

窮鳥入懷拋上卿。大梁拂意極零丁。滿腔義俠存餘力。一部春秋法聖經。 虞卿

越人仁術孰爭魁。望色聽聲起死回。遺恨神醫醫國手。

難防娼刃襲身來。扁鵲

東山別殿拜謁　秩父親王殿下十首。節三

東山佳氣鬱蒼蒼。玉葉金枝掩殿堂。啼鳥行雲奏歌舞。當軒鎭日樂　親王。第二首

雪山曰。完璧。

閒臥幽莊養宿痾。六年體氣兩諧和。豈惟神術依兪扁。山水精靈共護訶。兪柎・扁鵲。古神醫。　第三首

芙蓉天外迓羲陽。五彩斕斑八葉香。甘露湛壺親搾乳。曉臨溪水飲山羊。第七首

雪山曰。石湖集中。往往有這樣詩。

香雲曰。感恩紀實。穩勻藴藉。

一決輸贏後。十五首。節七　二十三年

一決輸贏後。經綸事事非。金甌無缺國。岌岌臨危機。憲章新改定。慷慨哀何勝。赫赫　皇天胤。呼成國象微。

雪山曰。慨乎言之。
又曰。古今通患。
又曰。奇想。
風外曰。逆襲杜句。奇策可驚。
濟齋曰。有賣徒入詩。自吾公始。

道喪如長夜。三更牝告晨。裳衣顚倒客。亂舞漲風塵。
殄國先除士。深謀亦黠哉。罪科名戰犯。一網盡人材。
白浪排官海。綱頽目不張。所羅唯小物。遺恨逸呑航。
濫伐山形改。横流水脈渝。少陵愕眙視。國破山河無。
不論螢雪苦。勞役學修倶。放課菱巾子。街頭有賣徒。

川田雪山曰。可憂可悲者甚多。今一一以五絶出之。是非尋常手段。力量自見。

山田濟齋曰。一蹶百事皆非。果誰之罪也。慨又慷。

荒浪煙厓曰。時態如此。眞不耐長大息矣。

渡貫香雲曰。議實事寄深慨。筆挾風霜。警破俗膽。殄國一首。剴到切至。字帶血痛。誦罷慨然者久之。

雪山曰。眼前之景。口頭之語。一一入詩。眞樸可喜。

濟齋曰。辭雅調古。喜氣滿紙。可以飾家門。

雪山曰。貽訓詒謀兼備。其惠亦大哉。

濟齋曰。家風可尚。

香雲曰。出語眞率。不加雕琢。學人之詩。風骨自具。與詩家之金玉其外。敗絮其內者。夐然異撰。

家嗣祥正歸鄉開醫院。喜而有作。十首。節三

舊廬僻在邑東隅。石徑逶遲艱步趨。何物最先除疾苦。
移居宜占坦夷區。第三首

先人遺愛竟難諠。仍舊棟梁規制存。不用磨礱輪奐美。
似將樸素戒兒孫。第四首

當軒富嶽四時親。入檻田灣不速賓。一任他嗤居室陋。
二樂兼收智與仁。第八首

七十自述。十二律。

遠祖西來相土田。辛勤日夜闢新阡。蓮峯擁後根蟠地。
駿海開前波接天。氣暖人和雞犬穩。物豐食足馬牛鮮。
卜鄰人聚漸成邑。孫子繼承三百年。敘鄉貫

雪山曰。螢雪二字。用得敏活。
香雲曰。穩雅。
又曰。完整。

嗟我少時多病身。數羅大患累雙親。纔終鄕校秉鉏鍤。日役傭夫徂隰畛。夜讀晝耕三務課。寒來暑往五回春。勤勞適度健膚體。鬱屈雄心俄欲伸。敍農耕

列籍師黌感至恩。殷勤提命井逢原。一朝抛擲祖宗緒。終世泝洄洙泗源。晁水風淸螢入戶。幾山月苦雪堆軒。業成鄕校咿唔裏。生育菁莪樂滿園。入師範黌

廣陵新學盛名奔。超脫時流師道尊。鑽仰高堅條廓叟。驚歎深博宅眞軒。擬探禮樂文華址。期入詩書德義門。朝課已終開牖立。比治山上日暾暾。學廣島高師黌

敎職七年官陸軍。俊髦四集氣超羣。凌晨揮劍共修武。繼晷繙書倶學文。善戰猛夫多似雨。好謀智將衆如雲。

廟堂一旦謬籌策。勇士無由奏偉勳。（奉職廣島幼年學校）

邪說誣民風燭危。綱常委地孰扶持。確齋（織田）機外（平沼）欲匡俗。毅叟（秋月毅堂）廓翁（北條廓堂）要救時。神習（文庫名）藏書明國體。無窮創會護皇基。望塵肅拜諸公後。奉命周旋不敢辭。

入無窮會。調查漢籍。

雪山曰。敘事明快。用語精切。學力筆藻。共可觀。但結末不振。可惜。

濟齋不服。七八加點。

武藏新制七年魁。（七年制高校魁首）旗幟精明校是恢。津叟（根津理事長）投貲施設備。木公（一木校長）垂訓義方開。東西文化勉融合。南北英髦欣遠來。日執詞章與經史。半生樂育棟梁材。

教授武藏高校二十年。

東洋大學久馳名。承乏叨擔董督榮。劫後復興須刻勵。目前再建費經營。國家敗衄誰匡救。人道危微孰一精。

雪山曰。拗折處。尤見力量。

香雲曰。一結大妙。

濟齋曰。結二句。無曠職之譏乎。

成德達材非我任。故園松菊待歸耕。東洋大學長

雪山曰。使筆如舌。

香雲曰。有此學績。何謂無所就。

潔齋薰沐上椒墀。近侍 中宮進講時。二十春秋欽典學。三千禮樂仰光儀。親書國雅仁心渥。寵錫蠶綿恩意滋。承順配乾坤德厚。率濱一口頌螽斯。進講皇后宮

投鉏挾册冀儒先。經藝孳孳代力田。館記筌蹄貽後進。周官按勘學前賢。吟花詠月詩千首。慨世論時文百篇。七十生涯何所就。空望天末白雲邊。回顧自反

雪山曰。有此淵源。有此結實。天道果好還矣。

香雲曰。全家清福。歸往祖德。一結大振。

戰災慘慄泣黎元。國破 皇城似曠原。廬免劫灰書足讀。身攘邪氣命猶存。室家和樂五兒子。璋瓦遊嬉十一孫。福履如斯得無忝。祖先積德有淵源。念祖德

秋菊送香金滿籬。又逢覽揆感懷滋。創痍日劇邦家苦。

雪山曰。一結千鈞。

濟齋曰。後聯奇想奇對。

桂玉月騰黎庶飢。從簡兒孫催內宴。節羞媳婦獻清卮。
團欒一夕青燈下。先念三恩君父師。自壽小宴

渡貫香雲曰。高古精深。一筆不苟。而有起有結。法度森然。此是一篇有韻先生自敘傳。其十一十二。用力收斂。律體中希覯妙手筆。佩服佩服。

荒浪煙厓曰。自出身事功。敘到家慶。就實著筆。無一虛構。尤是好自傳矣。

山田濟齋曰。十二律。莊重典實。情摯旨厚。戛戛逼漢唐。可以報君父師。可以訓兒孫。眞乎人與辭千古矣。

同東洋大學教職員登相州大山。雜詠。九首。節三

降車山下驛。氣霽似春融。輕屐人誇健。短筇誰作雄。可

雪山曰。有氣有色。尤推妙構。

香雲曰。宛轉流利。尤見才情。

又曰。各首有妙致。金谷宴一首。求奇不俗。前聯譯歌俳。爲好景。字字靈活。後聯奇想妙構。才敏可驚。

濟齋曰。牆閱閨謀。今猶古。噫。

香雲曰。謁日野公墓二律。筆墨

憐紅一點。異彩白三翁。長嘯巉巖上。羈禽出竹籠。

七十猶頑健。行行究絕巔。巖稜傷蹇足。石級歷吟肩。黃禾金敷地。翠巒瓊列天。清風翻短袂。身似步虛仙。

欲追金谷宴。才藻誰推雄。落日憐殘柹。（一等。成石課長俳句譯。）澄心聽嶺風。（二等。林課長和歌譯。）石林爭殿最。沈宋（佺期・之問）判勳功。悲喜飛觥爵。酡顏賞罰同。

鎌倉雜詠。五首。節三

湘南形勝地。藜杖古情饒。牆閱憐源氏。閨謀惡北條。高廳無斷礎。大道絕華鑣。六百春秋去。山河霸氣銷。

太平東下記。一誦泣潸然。海暗鯨魚吼。風嗔鳳鳥遭。挺身期討賊。獻策欲回天。忠志空蹉跌。餘哀在菊川。

蒼勁。共推完整。

雪山曰。古調新聲。弔俊基詩。當推此爲白眉。

草白孤墳寂。葛原秋氣鍾。丹心霜後樹。高操雪前松。臨劉空三界。望天訣九重。幽魂聊足慰。萬古對蓮峯。二首

謁日野俊基墓

賦橘香莊神木一百韻。

雪山曰。起得甚佳。

皇天降百果。品質各葆眞。黃柑及綠橘。香味獨絕倫。一夜樞星散。託根楚江濱。後凋媲松柏。四時漂碧雲。初夏訝霜雪。滿園白花紛。窮陰鎖天地。蘭敗菊亦殘。此時方結子。翠柯黃金懸。滿目荒涼裏。喜見大塊文。桀蠹時爲害。賴有赤蟻勳。包裝貢萬里。虞廷夙薦新。歷朝追舊蹤。佳顆怡至尊。賜宴蓬萊殿。黃綠堆玉盤。霜刀劈金苞。白瓣噴芳芬。瓊漿潤唇舌。恍惚解酣醺。萍實付末葉。茘支

又曰。甚筆。

總評

雪山曰。神木一篇。敘柑橘來由。有滔滔一千言。有條不紊。加以字鍊句烹。非腹笥便便者。不能道。

隻字。敬敬服服。

濟齋曰。渾渾灑灑。如珠之走盤。如水之有源不竭。卽亦波瀾委曲。細微熨貼。非胸有成竹。筆有機杼。何以至此。敬服曷勝。

香雲曰。近來希覯快文字。非有學有識。才藻富贍者。斷不能著隻字。

煙匡曰。一篇橘賦。中挾人事。纚纚千言。用典自在。玆種之作。他人決不容追隨。

雪山曰。讀到此一節。使人解頤。

拜後塵。衆口之所歸。競買不愛錢。史遷傳貨殖。利澤及後昆。江陵千樹橘。富等列侯班。橘性本耿介。守土不他遷。渡江忽化枳。鄰苑容茶然。陸郎至孝志。袖之貺慈親。香山戀闕情。棟貢表誠丹。靈均敍嘉橘。頌揚筆如椽。杜陵詠病橘。諗罪廊廟員。柑比橘刺少。顆實大而圓。分布及閩廣。蕃衍荊蘇溫。乳柑味最美。產出自泥山。肌、理、如、澤、蠟、甜、甘、不、雜、酸。食、瓣、不、留、滓。無、核、齒、牙、安。不負瑞聖、奴、聲、名、四、方、傳、。元素夜侍坐。唐突奉綸言。忽致江陵柑。神術驚唐宣。賈生手親植。晉時樹猶存。致瑞元嘉政。兩柑枝相連。張磐斥贈遺。清節砭貪紳。姦商居奇貨。慷慨劉青田。洞、庭、春、色、釀。芳、冽、壓、醲、醇。柑、橘、本、同、族。優、劣、何、又曰。好典故。不可少此一節。

又曰。一篇精采處。

香雲曰。挾此一節。忽生精彩。詩於是乎不陷平板。

須論黃甘與陸吉。爭功楚王前。陸吉語遂塞。黃甘寵榮
專。維昔　垂仁朝。果德遠升聞。奉敕但馬守。乘槎向西
天。茌苒十裘葛。探訪嘗苦辛。將來香具果。哀哉　帝上
仙。陵前復命畢。慟哭殉。　聖君嘉樹畱遺愛。暢茂年又
年。配櫻左右近。（左近櫻・右近橘）花果貢紫宸。紀國畿甸南。地接攝
河泉。峻嶺屏北境。黑潮暖南邊。氣蒸十雨順。風和四序
均。壤土宜柑橘。風味勝荊閩。闢左創霸府。豪富聚江門。
假武歲月久。奢極貞元間。膳羞陳異味。爭求四方珍。龍
神一旦怒。風雨暴連旬。商旅不行得。惱殺府下民。紀文
快傑資。射利冒險艱。懸賞募死士。相與蹈狂瀾。滿載投
擲果。巨舶指東奔。士女傾城出。額手俱欲顛。臆度正的

雪山曰。成島柳北曾譯此俚謠曰。滄溟暗處白帆懸。知是載柑南紀船。風調絕佳。亦足參照乎。又曰。敍小笠原氏世系。詳而不俚。是良匠苦心處。宜著意看。

中一攫金萬千。堪比獲驪珠。探頷入九淵。謳歌一時起。
嬌喉合管絃。海暗白帆見。此是紀柑船。成功人豔慕。讚
歎衆口喧。紀文又紀柑。相得名炳焉。庵原駿勝區。土肥
人朴淳。背負高山翠。腹抱清水灣。邑中有右族。姓氏小
笠原。先世在甲斐。系出清和源。移居三百載。九代事耕
耘。篤信報德教。深謝天地恩。七世彌三郎。執事洵謹循。
弱冠隨道師。高野行禮巡。南紀民物庶。欽視香橘村。細
心相地質。騁眸觀山川。山川風土美。與駿無輊軒。紀柑
移吾邑。豈無碩大蕃。杖頭提五株。試植翠微巔。糞壤愛
護到。枝枝黃玉爛。移植歲歲力。勸誘德有鄰。鄉民競栽
培。香霞靉陵巒。利潤倍五穀。闔鄉無一貧。傳播延三州。

又曰。結得亦好。

濟齋批點曰。劈頭仰孝情。

年產億萬斤。銳意改品質。聲價海外振。九世民治君。木訥儉近仁。勤勉先僮僕。祖業能述遵。家道致隆盛。積善良有因。予友不先齋。慕風新結姻。迎妹爲媳婦。屬予月下人。昭和戊子夏。相攜訪香園。五株今存一。繁榮八十春。七幹皆拱把。偃蹇蚪龍蟠。翠陰覆十步。修條綴琅玕。兒孫視衆橘。居然樹中神。甘棠不足比。鄉黨奉精禋。瓌麗神木記。不先著先鞭。予亦呵禿筆。古調欲效顰。妣蜉撼大樹。蜩鷃學鵬摶。百韵言云竭。遺愛情不闌。

先君子四十回忌辰。　椒宮賜林檎及線麪。恭賦以奉謝優恩。二首。

晨昏追慕四旬年。又値忌辰倍愾然。遺訓殷勤猶在耳。

雪山批點。

濟齋批點。

雪山批點。

覆載以下濟齋亦點。

溫容髣髴訝臨筵。家風難挽慚先祖。儒術無成愧昔賢。
唯喜深仁及泉下。薦新恩降　九重天。

無疆坤德九原通。魂格君蒿悽愴中。孝子羞籩嘉果滿。
儒臣薦豆潔粢豐。頒榮線麪覃親故。分福林檎泣媼翁。
覆載　皇恩何日報。葵心竊願捧丹衷。

川田雪山曰、孝思忠肝並見。作者性情可以想矣。敬佩之至。

山田濟齋曰、克孝克忠、作者本色。

荒浪煙厓曰、兩律懇衷、所謂深人無淺語者矣。

渡貫香雲曰、字字出于至情、感人特深。

八　鵑花集　昭和二十四年至今

雪山曰。句出於靈臺。故不求工而自然工。
濟齋曰。春容有大雅之致。大戰後不容無如此作。

奉賀天長節　二十四年

禁垣新樹映朝陽。鬱鬱蒼蒼發瑞光。閶闔洞開　九重上。驩呼黎庶祝天長。

雪山曰。色韻雙絕。
濟齋曰。著想不凡。三首中。此爲優。
香雲曰。巧縟而無綺靡之嫌。

遊相模湖。三首。節一

莫乃仙妃明鏡臺。磨光澄澈面前開。四圍巒巘新粧就。翠黛螺鬟照影來。

雪山曰。韻響沖澹。
香雲曰。後半調諧可誦。

歸鄉

怡顏老樹午陰濃。快耳鄉音款語翁。五月芙蓉山下路。滿襟爽氣度薰風。

雪山曰。眞樸動人。意在筆先。故然。
香雲曰。字與意滾下。渾然又藹

移園

古木苔巖映檻青。橐駝用意太丁寧。移栽排置渾依倣然。濟齋曰。兩首語意渾厚。自見人品。

濟齋曰。五五三三對仗絕妙。

香雲曰。序正響交承。前起後本題綱領。躬儉道尊。二句包括浴化。騰聲前後數句。結末四句自家立脚。感恩獻壽。作法完整。

又曰。排律一篇頌皇德獻聖壽。命意莊重。措辭典雅。如讀唐賢應制諸作。非才學並高者。不能著隻字也。

雪山曰。穆肅典莊。一字不苟。如讀漢魏賀章。自是作者一家機杼。敬服之至。

濟齋曰。前二家評悉之。僕不添蛇足。

雪山曰。獨具隻

宛約先人遺愛庭。

奉賀銀婚御儀

歲星躔己丑。令節仰銀婚。五五春秋泰。三三德業敦。夏禹九功皋陶九德光華雙日月。覆載配乾坤。序正陰陽合。響交琴瑟繁。敷仁臨社稷。守順穆閨門。麟趾振振厚。螽斯蟄蟄騫。普天齊浴化。率土徧蒙恩。家國力恢復。士民勞駿奔。簡儀躬履儉。約禮道加尊。氣霽騰聲涌。風和旭旆翻。微臣迎吉旦。禿筆綴芻言。伏上南山頌。恭稱萬壽罇。

詠史。五首。節三

將壇推擧志興劉。入賀甘言爲漢謀。大義賣朋蕭相國。淮陰千載有恩讎。蕭何眼。香雲曰。恩讎二字。綰合起承二句。正是一首眼目。著想已妙。結構有法。

香雲曰。古調新意。才力不凡。

雪山曰。盡信書。不如無書。古人不我欺。高論尤推卓見。

香雲曰。中間四句。雙關對敍。不涉議論。妍醜互見。起結呼應。歸疑古書。締構有準繩。

雪山曰。情景共見。

濟齋曰。起不可無此筆。

又曰。後半眞情眞語。所謂語淺意深。

左武右文誰比肩。漢家創守兩勳全。將軍治國別才在。日酌芳醇烹小鮮。老子曰。治大國者。如烹小鮮。 曹參

項劉面目孰傳眞。史漢千秋疑義新。猾賊元來非猾賊。寬仁畢竟不寬仁。江頭對客深羞我。車上擠兒何忍人。成敗論心三長事。馬班褒貶兩眉顰。 論項劉

渡貫香雲曰。詠史五首。史眼高人。著意卓落。道破有力。七律一首。推爲壓卷。其軒輊兩雄。筆極痛快。所謂截斷衆流。有獨造之力者。泉下馬・班。不知爲何顏。

荻村莊雅集絕句十五首。有引。節四

多歲參商各隔天。今宵何幸次同躔。白頭相見無言語。把臂先欣共健全。 第一首

雪山曰。字字有根據。學人之詩也。

自彊創會象天行。提命三師授義方。西子條公前後逝。
荻翁獨仰魯靈光。第七首

濟齋曰。結七字不動。

雪山曰。百八一千自然照應。

嚴妃祠殿玉蔥蘢。奇巧補天靈秀鍾。百八迴廊浮海上。
一千燈火照魚龍。第九首

香雲曰。三四輕妙。

濟齋曰。後半不用巧而自巧。

雞林卅載育英才。弟子彬彬梁棟材。今日西望感多少。
淒風葉落夕陽頹。座上呈島飼生駒君 第十二首

龍口寺讀書會畢。開小宴。席上口占。

雪山曰。敍述如繪。

淡煙濃霧蔽湘灣。仙島依稀無有間。知得雨奇勝晴好。
銜杯飽賞去來山。

己丑臘月。之金澤。訪女壻。謁北條·三宅兩師墓。
遂之柏崎。視內山知也生之疾。獲十絕句。節四

雨過站頭紅日鮮。四孫相迓足歡然。伯兮十七叔兮六。
雀躍鳧趨擁後先。第一首

陰風陣陣捲玄雲。鴉噪寒林萬緒紛。攸斁彝倫誰敍者。用尚書語
焚香泣訴舊師墳。謁鄭堂北條先生墓

雪山曰。二篇皆出于哀情。焄蒿悽愴之狀可想矣。

魂乎降格氣悽君。讀誦女僧聲入雲。欲起眞儒九原下。
六經榛莽奈斯文。祭眞軒三宅先生

濟齋曰。六經與斯文稍複。

孳孳勉學似生稀。後勁可期誰復疑。千里我來相慰問。
衰顏含笑發光輝。

贈藤井種田赴任福岡大學田川分校。七首。節三廿五年

廣陵當日學優游。敬愛相推許侶儔。英漢異科俱責善。
弟兄同志每分憂。風簾倡和江波月。霜葉吟哦嚴島秋。

濟齋曰。通首摯情繞筆端。甚矣。人不可無友也。

香雲曰。附言七首。語意不複。情

景既眞。神韻自足。

雪山曰。一結頗意十分。

香雲曰。字烹句錬。前半特峻潔。

又曰。氣韻芳潔。溫藉入古。

雪山曰。情至筆隨。不容應酬作視。

雪山曰。二聯似不費力而成。實則鍛錬之句。河井氏功德。昭昭可看。

香雲曰。句句據實。筆筆入神。餰

四十餘年彈指頃。追懷往事夢悠悠。第三首

餘生報國任薰陶。一片丹心忘二毛。今古彝倫明本末。東西哲理辨纖毫。春風滿苑菁莪長。秋月懸大玉樹高。欲聽武城絃誦曲。割雞言偃試牛刀。第六首

聯翼翺翔上紫微。一朝逢變兩情違。講經慚我學才短。明道欽君勳德巍。樽酒對花懷昨是。屋梁望月歎今非。鎭西東武幾千里。只有宵宵魂夢飛。第七首

奉賀河井先生八彌再選參議院議員二首。節一

飛電傳來欣欲顛。綠風度樹旭光鮮。先生綠風會重鎭聲名繫得三州望。駿遠豆地區燮理能操兩院權。報德精神培國本。大日本報德會長植林畫策養源泉。大日本山林會長齡超七十身逾健。赤手迴旋

練蒼勁。音節自古。第二首亦佳構。

劫後天。

雪山曰。實況如親。卷中白眉。
香雲曰。巧敘似放翁。

盂蘭盆會歸展雜感。七首。節二

小兒襁負大兒攜。促步歸寧誰氏妻。怨望溪流欣一叫。
雙親家在石梁西。所謂藪入日。農婦省親。

白頭歸展反頑童。事事一新懷舊風。記得送靈明月下。
火輪百八舞天紅。青少結炬于繩。向天振之。且行且振。謂振炬。望之如火輪。

雪山曰。意筆淡蕩。韵致翛然。
香雲曰。前半及七八精練。五律妙處在此。

歸鄉

嶽陽秋到早。灝氣正崢嶸。繞屋蟲聲湧。臨軒月彩晶。招
朋談竹馬。擧酒忘霜莖。暫脫樊籠苦。舊栖歸鳥情。

雪山曰。祐天下馬。奇對又確對。

訪香雲翁

七載乖離參與商。一朝相見喜洋洋。降車問路祐天驛。

戴雪成霜亦妙。不可易一字。兩翁面目。躍躍欲出。

雪山曰。一意到底。無絲走滲漏。

香雲曰。烏雞雀錯落有致。

雪山曰。結末稍不振。

香雲曰。三四雖筆力不振。作者深憂在此。故補點。

香雲曰。是余所欲言。乃見博士著鞭。

雪山曰。肉食者誤國。與軍閥何異。可嘆哉。

香雲曰。忘恩者。豈獨肉食者。醉

杖策敲門下馬莊。倒屐主翁頭戴雪。開顏吾輩鬢成霜。
兩心莫逆談風雅。不覺歸鴉帶夕陽。

時事偶感。七首。節三

羽擊啞啞西與東。饑烏誰克辨雌雄。堪憐落日雞林晩。
羣雀失栖徨曖空。

爭雄晉楚運奸謀。鄭國山河滿目憂。東里無人誰禦侮。
閱牆兄弟似深仇。

仁政無邊編版圖。鮮民日日樂樵蘇。至今始識　東皇澤。
一遇西風萬木枯。

勤勞感謝日

新嘗祀典邈淵源。嘉穀豐穰　天祖恩。肉食由來忘報西俗唱文化者。不知報本反始之義。眞可痛嘆耳。

香雲曰。仁者之言。

雪山曰。雖不過應酬之作。字句則精鍊可誦。香雲曰。典雅工秀。章法尤精密。加圈。

香雲曰。兩聯隔句照應。不是虛

本懷將醇俗誤元元。

早雪。五首。節二

玄帝誇殊技。奇寒曉雪堆。楓林紅未謝。錦上六花開。
老叟未曾聞。寒來今歲早。韓山對陣人。墜指心如擣。

賀藤井・北浦兩家成婚。余執媒妁之勞。

合巹禮成儀肅然。誓詞恭告大神前。儉勤併力家門穆。
敬愛輸誠膠漆堅。螽羽羣飛欽福履。貽文偕老頌祥緣。
秋高楓葉曬紅錦。獻壽菊花陪賀筵。

眞軒先生夫人十年祭。恭賦奠夫人樋口氏。名
直子。釋諡曰清光院淨室明赫顯照大姉。

十載駸駸駒隙奔。又逢祥月憶洪恩。天成美玉磨加琢。

構。

香雲曰。第一解拜謁。第二解軍閥誤國。第三解國敗政失。第四解民心改悟。敍事插議論。其痛罵時弊處。警句續出。筆挾風霜。堂堂大作。不見一浮字。不聞一惰響。非才力雙高者。不易到此。又曰。以奉謁神宮而起。中間插以大神發慍。而以大神霽威爲結。有法森然。

自立修筠滋且繁。內蘊淳和光滿室。外彪猗蔚翠陰軒。
薰香一炷悽愴下。髣髴容顏平昔溫。

奉謁　皇大神宮。五十韻。二十六年

昭和廿六載。月正二吉辰。草莽微臣虎。奉謁　皇大神。
降車山田驛。先拜　外宮尊。薰沐致誠敬。奉謝粒食恩。
輕車向宇治。鬱蒼　神路山。　神橋通天界。彩虹臥鑾
川。肅肅進　神域。潔齋嗽靈泉。羣衆皆敬謹。玉沙無纖
塵。老杉列左右。重陰翠蓋天。正襟且凝念。端坐　神門
前。肅拜而稽首。默禱訴天閽。明治開御宇。龍虎會風雲。
乾綱振解紐。國運如晨暾。出師再奏捷。萬國瞠目看。羣
黎自滿假。驕溢不修身。　大神降譴罰。震火蕩京濱。倒

又曰。官僚無遠識。寧無氣骨也。

又曰。禍機實在此。

又曰。千秋恨事。

又曰。忠義之至。孝仁之極。彝倫之最大者。忠孝已廢。何怪乎人

逆尙未曉。禍災頻頻臻。政黨爭牛李。營私忘黎民。邪說乘釁起。惑亂中正論。列強亦疾視。排日結盟聯。內憂又外患。有志碎心肝。刓上過激徒。白晝戕重臣。官僚無遠識。姑息事偷安。軍閥倒政黨。武斷秉國鈞。嚴法箝衆口。妄進啓兵端。和議數失機。頽日臨虞淵。大神竟發慍。入窟閉天門。六合忽冥晦。魑魅垂饞涎。罔兩逞威毒。改廢國俗淳。欽定不磨典。棄擲同敗箋。統治叫民主。侵犯神聖權。神祇廢祀典。廟祭無祖先。揚拏抑家長。牡伏牝司晨。教學隳舊制。都鄙異論紛。農地布苛法。鄉村爭議喧。既廢忠與孝。何問義與仁。奸商射巨利。暴力斁彝倫。臨食紾兄手。爭衣親側肩。結黨忘勞務。啁喝騰倂

爲豺狼。又曰。頓挫宕開。妙不可言。又曰。所謂日夜所息。萌孽生者。望無牛羊牧之也切。

濟齋曰。作者人格與信仰。發越作此大文字。方今誰能比肩者。使吾徒斂襟低頭。

錢。哀哉萬物靈。甘爲虎狼羣。雖則爲虎狼。豈無性本然。常聞及半紀。耿耿人不眠。悔恨齊噬臍。改過期自新。昨日參拜者。無慮七萬人。今日奉謁者。鞠躬禮致虔。赤子改悟狀。庶代稱辭文。伏禱　神霽威。出窟照乾坤。妖鬼倏忽散。熙熙羣品歡。禱畢徐開眼。新旭出樹閒。杲杲又赫赫。萬象一時鮮。

香雲曰。眞如本願。自道心二字來。作好對句。老成手筆。

又曰。各韵妙押。縝合自然。

又曰。首首穩貼。不見次韵之痕。洵推老手。又云。雍容寬厚。與首篇相呼應。

賀蘇山上人七十七。次其自壽韵。十疊節二

北海南臺雲水通。壯年巡錫道心雄。雪峯輝映眞如月。蕉樹薰生本願風。

蘇水溶溶落脈通。排天翠黛尾山雄。滿門桃李春駘蕩。七十七年功德風。

香雲曰。穗峯聳雲。梅花依舊。而國情一變。祀典欲絶。可不慨而慷乎哉。

又曰。前半敘盛事。後半入感慨。感舊二字。承前起後。極頓挫之妙。

又曰。人衆天定。兩句分用。多少姿致。又云。天定是何日。一往愴神。

香雲曰。中間四句照應妙甚。

二月十一日感舊。五首。節三

奉頌歌殘寥九天。穗峯空想聳雲邊。紀元節歌首句
繙來慷慨擲書紀。羨見古梅依舊妍。

率濱齊倡紀元謳。萬國衣冠傍御溝。
草莽微臣空感舊。二重橋外涙雙流。

人衆勝天悲憤多。綱常委地可如何。
偏期天定勝人日。暤暤熙熙頌大和。

晩川田雪山四首。節二

春風生座與人諧。品藻常推絶匹儕。
周易窺玄攀羽嶽。根本通明號羽嶽 詞章學法傍梅厓。山本憲號梅厓
窮通委命雲煙眼。吐屬含芳冰玉懷。
孤鴈失羣哀叫切。滿腔懊惱奈難排。第二首

又曰。中間四句實。前後四句虛。以虛濟實。不陷平板。神情圓暢。收結有力。律體所希覯。
濟齋曰。後聯亦巧亦俊。匪夷所思。

心交卅載共忘形。竹外淸風阮眼靑。興社詩盟蘭桂馥。以文會友蕙蘭馨。嗟將存稿爲遺稿。悼使兄齡輓弟齡。悵立空庭寒徹骨。天邊月犯少微星。第四首

渡貫香雲曰。四首精鍊。句句切于其人。而不著一悲愁字。滿紙皆淚痕。不見墨痕。又云。第一首功業。第二首學術。第三首育才。第四首交情。而各首歸到輓意爲結。

山田濟齋曰。作者之於雪山翁。兄弟不啻。宜矣。眞情眞詩。切于其人。第四首。惻焉欲絕。

后宮進講二十五年。恭賦奉謝優恩之辱。二十五韵。

香雲曰。博士本篇。構思精密。一筆不苟。肱三折。稿幾改。莊重典雅。藻彩四射。而對偶之妙。步趨之健。非有學有才。筆墨老成者。斷不可及也。濟齋曰。香雲評。僕亦云。

微臣辱恩命。叨昇講經筵。惶懼慚淺學。戰兢臨深淵。內訓列女傳。婦德見善遷。女訓馬后傳。陰教積精研。閨範先哲訓。默識證眞詮。孝經唐主注。意會握靈鍵。大學政規模。中庸道幽玄。論孟咀英華。希聖又慕賢。史乘主論贊。仰高而鑽堅。優游樂風雅。溫敦安誦絃。終始念典學。晝夜怕逝川。窮陰掖垣冬。晴雪照文氊。驕陽離宮夏。淸風薰瑤編。緝熙日就將。琢磨月端妍。睿智明庶物。坤德儷　皇乾。母儀上下戴。懿範中外宣。螽斯集椒庭。景星麗帝躔。四海兆民慶。九天三光全。微臣霑恩寵。祁寒賚蠶綿。親筆五朶雲。御歌二篇箋。室燿光煌煌。感極淚濺濺。懷舊千萬緒。曠職廿五年。荏苒愒歲月。報效無塵涓。寬容闊如海。仁覆宏似天。虔綴芻蕘言。奉獻玉階前。

皇后宮賜鳳凰硯。恭賦奉謝優恩之辱。五首。幷引

虎以讓劣、叨進講　皇后宮二十五年。今茲辛卯四月二十日、特旨賜鳳凰硯、以慰其勞。不勝感激。硯長方形、縱八寸、横五寸五分。池上刻鳳凰。尾沿右緣而垂至底。左緣配桐花、背鐫朝鮮平壤府五字。所謂高麗硯之餘裔歟。有蓋、雕平壤城、上題長城、一面溶溶水、大野東頭點點山一聯。匣上題鳳凰硯。謹案、源光圀奉　後西天皇命、銘　先皇遺愛鳳足硯。　天皇嘉賞、賜以

濟齋批點。

香雲施圈。

香雲施圈曰。氣格深穩。藻彩華

御製一首。序中有備武兼文、絕代名士之句。光圀感喜、刻諸印章、以紀恩榮。小野長愿、嘗獻庶民圖詩於　明治天皇。　天皇嘉納、賜以端硯、併賞其壯時盡瘁國事。長愿感泣、築賜硯樓、作詩以誌光慶。和之者十餘人。世傳爲美談。今我后仁意同。　兩聖唯虎菲才、不能繼二臣遺音、以發揮餘光。無任慚惶之至。

覸顏叨汙講經筵、廿五春秋一夢遷。坤德就將欽典學。樗材忨愒恥鑽堅。鳳凰銜賜　椒庭上。竹樹生輝草屋前。覆載鴻恩何日報。鞠躬只合逐先賢。

平壤硯巖聲價隆。匠人鐫刻奪神工。池頭鳳鳥垂修尾。

麗賜研樓諸律中不見此傑製
濟齋批點

香雲批點

香雲曰第二句包括全篇七八兩句總收有力尤見締構縝密

加圈點

濟齋點結聯

香雲曰以扇揚聖意報殊恩爲五首之結構法得體

蓋上長城峙大空光似驪珠瑩秀潤質如泗磬響玲瓏
紫端玄歙避三舍感泣覃恩及賤躳
人間難駐隙駒馳樸學孜孜歲月移藐視鍾王輕筆硯
疏將屈宋遠文辭恩含規戒情偏渥喜和慚惶淚自滋
定課從今策衰朽孳經染翰又臨池
後西　明治二天皇風雅光包道德光鳳足命銘欽孝
順黎⿸疒褱嘉詠賞忠良紀恩刻印聲譽大賜硯扁樓榮遇
長懿旨優隆同　兩聖非才何以繼遺芳
東洋文化遂淵源潤澤齊家治國根先聖傳經新可法
後宮勸學故方溫三千禮樂待人述億萬圖書充棟
存願擧殘年任斯道對揚慈意報殊恩

山田濟齋曰、賜硯殊榮、不可無此作。五首大抵典重縝密、可以炤耀後世。

荒浪煙匡曰、典重縝密四字、確評。

豐島岡奉送　皇太后靈轜

昭和辛卯夏。五月十七日。　上帝降巫陽。　西宮遽匆卒。日月忽失光。山河含憂悒。億兆齊慟哭。四海音遏密。伏惟　皇太后。九條攝家出。明德夙升聞。擇爲東宮匹。孝順而貞專。好逑諧琴瑟。關雎化內成。螽斯輯蟄蟄。麟趾皆振振。薰陶得要訣。正位乎　后宮。壼閫肅靜謐。婦功垂模楷。親蠶貲黼黻。屢次臨女黌。材德奬啓發。中外頌內助。　母儀仰崔崒。　先帝久不豫。看護身心悉。

太子幼攝政內事努匡弼升遐悼　先帝愼終儀禮畢西宮侍　御影奉仕極密勿二十有五年未嘗一日缺聰明通下情仁慈出天質省用賑窮乏割帑充救恤燈臺犒守者瀨院憐癘疾總裁勸蠶絲　台臨山陬邑上下所感戴鴻恩筆難述一旦遭大故赤子怙恃失六月廿二日雨霽氣鬱律斂葬備崇儀　鹵簿肅肅列沿道子來民拜伏哀永別豐丘葬場殿鞠躬捧誠壹衣冠左右分屏息氣欲絕道樂傳哀音淸商笙篳篥驊騮牽靈轜玉沙鳴伊軋　至尊與　親王扈從一儼儼千官拜禮虔歛泣又嗚咽殿上誄歌興　神饌恭進設祭官奏祭詞　御誄語切切　皇后與　皇子追序行拜謁

首相上誄辭。頌德致悼忱。　尊貴咸退場。休息入便室。官民逐次進。　靈前拜磬折。　靈轜再發軔。　鹵簿啓清蹕。一往　神宮傍。驛站改車轍。鐵路向多摩。鎭座神仙窟。連接　先帝陵。終古相親暱。追號　貞明后。日月雙照徹。　太后好清白。守儉示普率。　至尊遵美意。主哀不奢物。羣黎拜大儀。怵惕戒驕溢。居恆愛平和。善鄰灑心血。和議今垂成。傷哉不及見。　神靈奏　上帝。下民降陰騭。

同石川濯堂訪山田濟齋翁。四首。節二

穆穆清風德自馨。憂時一語正襟聽。放翁家祭有遺憾。不見復興吾不瞑。

香雲曰。三四兩句。自承句而來。翁憂時一語。眞情全露。可佩可服。

又曰。措詞溫秀。精意完密。押韻之妥。筆力之健。推集中白眉。結句長字精錬之極。

香雲曰。二聯自才不凡三字出。前質後虛。對仗精確。一筆不泛。七八寄懷本意。惜賢情深。最服押韵妙當。可推老手。

伉儷雙蹤八十齡。童顏鶴髮頌康寧。高梁山水護人瑞。風月長臨君子庭。

山田濟齋曰。山中辱遠訪。不啻空谷跫音。老懷頓蘇。更賜好絕四首。詞采流動。情意殷殷。信矣。人不可無金蘭友也。時正微恙。捧誦一過。二豎遯竄。快甚。感謝曷勝。

寄高田陶軒

插天英彥石巖巖。維嶽降神才不凡。北闕進經登講席。東雍振鐸得官銜。文壇擬折千章桂。（廣瀨桂林莊）學海期凌萬里帆。（帆足萬里）廢錮善人邦國瘁。林宗下野執長鑱。（陶軒遇追放之厄。七八故及。）

壬辰元旦書感　二十七年

濟齋曰。掖庭講臣。觸發自殊。優見入格。

春禽啁哳日曈曨。椒酒難斟鶴髮翁。楊柳迎新眉不展。
至尊今在亮陰中。
渡貫香雲曰、九重在諒闇中。迎春不展愁眉。豈唯御溝柳枝。高作隔句呼應。體物入感慨。法度可見、含蓄可味。

香雲曰。穩勻精切。
濟齋曰。結聯十四字。令漸翁鼎呂重。

賀漸菴國分翁九十次韵。二首。節一

祥氛搖曳葉山春。君子修齡躋九旬。夙志斯文清操固。
進航官海宿心伸。三朝司直饒懷舊。雙璧聯光慶履新。（翁有元旦自壽詩二篇）
堪仰椒宮恩眷渥。殷勤賜謁臥雲身。

香雲曰。敍實精切。聲調穩整。

輓佐野和一君。三首。節一

生同鄉貫學同窗。責善切偲情意厖。況又婚姻連二姓。

香雲曰。觀花爲主。珍羞是從。似顚倒。如何。但詩則完玉。以風調勝。
又曰。觀花餘事。及亡友遺稿。有茱萸缺一人之恨。
濟齋曰。想到匪夷所思。
香雲曰。僕有同題長短各一篇。將以次回乞槩政。

姪甥偕老一雙雙。第二首 前後二首叙追悼意。

鶉南莊觀杜鵑花。次主人韵。六首。節二

趁約驪山高士家。主人投轄懇停車。珍羞兼得好風景。
滿眼杜鵑千朶花。

雪山才藻夙成家。讀破惠施書五車。遺稿空留瓌麗筆。
鶉南莊裏賦鵑花。

忍婦

三千罪罰屬何科。體解所天投逝波。人性由來非暴虐。
心炎逆上作狂魔。

訪橘立章於修善寺筠軒。軒材皆用竹。奇巧驚
人。

香雲曰。名聯不磨。

故人卜築白雲陲。竹舍經營創意奇。尺八柱楹貞節貌。丈三榱桷歲寒姿。楹圍一尺八寸。桷長一丈三尺。壁懸欹欹此君畫。楣扁猗猗淇澳詩。來訪七賢流亞士。淸談鎭日腹心披。

浴後詠風

菊號溫泉洗浴埃。浴餘攜手傍溪隈。修禪寺古狐禪坐。所謂野狐禪者 疑雨樓新舊雨來。五十三年前。同學宿疑雨來館。館今改築。回首昔遊多入鬼。六十四人。僅存二十四人。披襟同學共傾杯。春秋五十如彈指。度水鯨聲暮色催。

奉賀　皇太子殿下行立太子禮幷成年式典。

癸酉臘月。來復一陽。蘭殿傳慶。天日重光。姿表玉潤。截路金聲。匍匐岐嶷。聰慧夙成。升學敍齒。三善兼幷。師保

香雲曰。肅穆莊重。用典不苟。這種筆墨。博士擅場。他人不易下一字。

傳相明道正名冑子俊選切磋研精格物致知心正意誠詩書禮樂日就月將端士正人輔翼元良文思恭讓厥德馨香慈仁孝順厥行昭彰丕承天序萬國以貞爰迨孟侯令日定祥赤旄黃麾早朝　宮城臣僚賓客陪班朝堂冠禮則古加服改裝壺切傳劍豈翅含章撫軍監國稜威維揚守祧主器靈祇之望鈞天樂起鐘鼓竽笙法酒以次金罍九行既醉既飽其喜洋洋上林張錦玉墀菊芳御溝魚躍禁苑鶴翔瑞滿四海禎被萬方微臣上頌卞賦難當種德深厚受福久長恩覃異域澤洽羣萌內外輯睦　皇運隆昌黃老養性眉壽無疆君子萬年常保尊榮

香雲曰。老哭知己。人生恨事。余亦有小詩。恨未悉胸懷。高作括盡濟齋翁一生。巨細不漏。筆墨簡老。氣格深穩。洵推傑作。使余欲焚筆硯矣。

今關天彭曰。眞有哲人其萎之感。天淵先生之責。從此重矣。

輓山田濟齋翁

高梁木遽壞。其萎悼哲人。哲人吉備產。聰慧絕儔倫。夙蒙明師識。簡拔繼名門。學溯姚江派。道窮洙泗源。文章資經國。風雅尙天眞。辟雍修古典。彈琴立杏壇。薩南久造士。溫故而知新。主宰二松學。多才何彬彬。平生首丘意。一旦賦歸田。祖君畢生業。遺稿積等身。拮据努編纂。方谷全集完。旌表文化章。榮光燿山川。齒德與勳卲。魯殿獨巋然。末學予辱知。鷗盟三十春。酬倡互言志。共期起斯文。客秋敍久闊。高堂拜溫顏。不見國興復。此目斷不瞑。慷慨語在耳。底事去溘焉。國家纔獨立。孰能當經綸。人心危岌岌。孰能膺作振。旻天不憖遺。號泣訴秋旻。

風外曰。不弄璋。而有元朝弄瓦之重慶。可不賀哉。宜矣。祥氣繞筆。

香雲曰。博士前年侍讀左右。辱蒙知遇。忽隔幽明。惘然自失。有五內爲裂之恨。眞可想也。宜矣。詞氣凄惻。滿紙皆濕。

煙厓曰。辭旨懇到。具見忠懷。

土屋竹雨曰。下筆謹嚴。敘事周悉。親王盛德偉蹟。乙乙不遺。末幅奉悼甍去。淚

癸巳元旦。貝沼春山擧長女。次韻以賀。二十八年

屠蘇三椀快心腸。乍聽呱呱起後房。春鳥喜晴佳氣靉。
元朝弄瓦賀重祥。

奉悼　雍仁親王殿下

親王高貴三光同。親與至尊天倫通。豁達剛毅信道篤。容物愛衆明兼聰。立志武事繫軍籍。捧身家國期奉公。畢業陸軍最高學。韜略從橫藏深衷。牛津大學修藝儀。切磋磨礪德符充。穆穆蹌蹌威容盛。中外齊稱文武雄。東都北奧二聯隊。勵精執職忘厥躬。運籌參謀帷幄裏。決勝千里能樹功。登山涉水錬神骨。英氣潑刺衝大空。總裁競技體育會。世上仰慕司堡(スポーツ)宮。英國皇帝戴冠

墨交至。讀訖有餘痛。

式。虔奉　大命辭　宸楓。　雙星使重代　日月照臨
盛儀。光曈曨。歷訪西歐之諸國。交歡敦睦和氣融。善鄰
會同任主宰。一視寰宇無西東。于嗟天道是耶非。大厲
齎疾降兩童。秦緩祕術百方盡。元氣日銷身疲癃。湘南
避寒愛冬日。嶽東追涼游鴻蒙。針藥不及十二載。二豎
深入膏肓中。一夜鵠灣魚龍駭。巨星隕墜自璇穹。　九
重雲鎖天日慘。萬方憂滿民忡忡。微臣嘗拜進講命。侍
讀左右承恩洪。聞變錯愕五內裂。一心無主如倥侗。拜
跪　櫬前豐島岡。寒雨蕭條天冥濛。薤露歌起丘樹震。
哀音幽咽悲無窮。相海涵虛碧洸瀁。富嶽戴雪皚巃嵸。
斯山斯水留遺愛。終古使人仰　英風。

香雲曰。簡練老成。用典又精切。

謝田島宮內廳長官道治書紀恩帖題簽

鳳皇韓硯燿家門。賡和佳篇榮紀恩。珍重郁公題字賜。
卷頭先覩五雲翻。

壽水野風外杖朝次韻

遷喬黃鳥巧歌邀。幡谷新居佳氣饒。尊酒樂天躋八秩。
文章報國貢三朝。闡幽詠物鍵先握。論古垂箴節後凋。
相賀親朋皆韵士。江山不用伴漁樵。

香雲曰。絕好比體。全篇不離征鴻二字。最見老匠苦心。

風外曰。予獲以八十自述二首。際諸友。求高和。天淵老有此寄。

北去南來春又秋。征鴻何必爲身謀。沙明水碧同羣好。
月白風清倦翼休。豫海悠悠猶入夢。帝鄉蕩蕩足消憂。
驚人高調兩編詠。仰看聯翩雲外遊。

奉送鶴駕赴歐米

感佩無已。詩則唾棄凡想。與他異。結構用比體。處尤妙。但第一首第四句。第二首第七句。不敢當。慚慚愧愧。

三月三十日。昭和癸巳春。　東宮奉大命。凌滄赴英蘭。內府新舊吏。奉送　宸宮前。方霽夜來雨。清道洗埃塵。御柳展愁眉。宮櫻開笑脣。去鴈向北地。啼鶯弄綿蠻。君代奏樂起。發軔車轔轔。諸員呼萬歲。答禮擧手振。堵列夾沿路。百萬子來民。面異而心同。齊祈一路安。下午報四點。巨船發橫濱。壯行不二嶽。積雪煇西天。魚龍擁左右。煙海無波瀾。順路過布哇。登陸米利堅。橫斷加奈大。颷車度山川。更航太西洋。薰風入倫敦。六月初二日。女王履至尊。備儀臨古刹。新戴黃金冠。祝賀幾十國。參列人萬千。衣冠粲景星。車馬爛卿雲。匹似瑤池上。王母宴羣仙。　太子威儀盛。高邁欽風神。揖讓進退節。萬衆香雲曰。古今變遷。遠近盛衰。一一指掌。如接一大奇圖。一結發揮本領。簡而得要。

目瞠焉。南歐視風土。霸圖懷西班。連棚紫雲漲。法蘭葡萄園。故墟訪羅馬。帝業悲敗殘。丹青與彫塑。猶認文華痕。插天阿爾卑。踏破憶千軍。瑞湖開鏡面。清影浮乾坤。法都社交地。衣裳流行新。英京守傳統。習俗古風存。蘭白疆域小。民人事儉勤。勸農又奬工。財物自阜殷。德國閲牆甚。兄弟西東分。王氣銷沈盡。復興果何年。驅車弔戰蹟。星移空怨恩。悲歌猶幽咽。感慨下來因。北歐地峭拔。溪深山嶙峋。士女鍊軀體。養生全心身。北米開國淺。地曠物亦蕃。厚生利用策。先著祖生鞭。所過察風俗。開誠接士人。國交新復舊。善鄰春風溫。國際聯盟約。加入期同仁。梯航三萬里。一見超百聞。元良一人德。萬國以

二七六

貞純異撰尋常游。觀光資經綸。來鴻自北地。灝氣滿高旻。半歲巡游了。西風護　駕還。千山錦繡燿。萬戶旭旗翻。擧國歡呼裏。復命朝　楓宸。

奉賀天長節。四首。節二

香雲曰。君臣一體。雍雍穆穆。又曰。十年前後。誰知有今日。天日昭昭。祖宗神靈在上。

羣黎上壽見葵傾。曒日臨階照寸誠。賜宴千官儀復舊。天長佳節氣淸明。

九重日麗五雲屯。萬國衣冠朝　紫闥。　皇運隆興應刮目。巍巍　聖德配乾元。

鶉南莊雅會。和主翁韻。四首。節一

香雲曰。目食二字太奇。

振鬛喬松奏樂頻。游魚出聽與人親。逍遥厭飫林泉美。目食十分優八珍。

風外曰。第一謂家風與志業。第二謂才藻與人品。第三謂遊踪與頌壽。第四彼我雙提。首尾呼應。針線最密。而第三第四、用老杜互文法。非老手不能。統而見之。則祥雲繞筆。喜氣滿紙。敬服之至。

風外曰。布陣整整堂堂。有劍氣衝天之槩。而其氣象雄偉絕特。第一首全篇綱領。以下首首品

賀東船山喜壽。次韻。四首。二節

大雅扢揚曾不休。雄心載筆四方游。窮高雲屐踏蓮嶽。
希聖樓船航兗州。八朶鍾靈扶彩藻。三綱拯溺仰珠旒。
親朋獻壽生申日。鳥雀欣欣吟屋頭。第三首

締交未得拜聲容。去鴈來鴻情所鍾。哮闞我羞文苑虎。
騰黿君擅藝淵龍。驪珠璨璨有盈篋。錦繡斑斑無矖峯。
東武西肥共同樂。衡門鎭日白雲封。第四首

輓渡貫香雲詞兄。五首。節三

水城治敎混原泉。感會明良希聖賢。提命牖民忠孝一。
切磋勵士武文全。正名史乘照千古。秩禮典章垂萬年。
國體精華人悉仰。扶桑杲日上東天。第一首

二　七七

得香雲爲人。細大無遺。非有神交者。安能至此。

先生挺出在東藩。濡染早知斯道尊。慨慷憂國陸游志。忠厚思君杜甫魂。胡角響雲歎落日。銅駝沒草奈中原。奠祭何年告興復。空望天外暗聲呑。第二首

夙振木鐸育羣英。仙北豐東還帝京。博喩諄諄提耳語。善鳴隱隱叩鐘聲。規箴徹骨秋霜凜。風浴披襟春服成。文質彬彬何限樂。萬千弟子國干城。第四首

三島中洲翁三十五回忌辰。賦奠。次韻。二首。節一

學問文章照史書。薰陶啓沃兩如如。堪懷當日春風坐。石上寒流松下廬。第二首

風外曰。二首圓轉自在。不留次韻痕迹。後首詩氣佚蕩。結七字用句中對。風韵獨絕。頗耐諷玩。

惇齋曰。鉅篇五百餘言。嚴重宏

玉蟲歌。上秩父宮妃殿下。奉謝優恩。

玉蟲兮。玉蟲兮。白玉爲質光璨瑳。鑽鑿凝巧貌古雅。身

麗眞大家手筆。曷勝景仰。
天彭曰。奉讀大作。蘊蓄閎深。敍述精詳。竹坨銀槎兕觥之歌。未免小兒弄筆。

惇齋曰。以上玉斝形狀。考證鏤心刻意。極蒼老雅馴之妙。

長半尺口向天。二寸贏縮口形楕。虚腹能容一合強。三
足踠曲踞丌坐。丌是南海材紫檀。四邊彫琢疊波瀾。身
鐫蓬勃雲紋樣。昇降五龍雲中蟠。覆之大蚪當人面。雙
角跧踻修尾彎。彎尾爲鋬角是足。名工意匠痕可觀。漢
土古來禮儀國。崇祀神鬼又社稷。六粢三牲俎豆豐。五
齊三酒尊彝實。飲器三代名稱各。夏琖殷斝又周爵。斝
畫禾稼戒喧騷。獻酬成禮嘏福穫。謹案禮圖周斝三足
如劒長。曲鋬開口兩柱昂。彫鏤雲雷又饕餮。虎紋山樣
發古光。漢代虎斝形象變。失柱掩口流伸吭。玉斝兮。玉
斝兮。爾形體禮器古圖之所無。別開生面不屑守朽株。
秩父親王資挺拔。聰明英智意豁達。嘗奉勅命抵滿

又曰。一句伏末解。

又曰。突如聞變一解。遙接湘南一夜。開闔極妙。

又曰。玉茟領來。可謂得其所。

洲。大臣熙洽來拜謁。先獻玉茟禮致虔。　親王嘉納愛不歇。湘南一夜海運起。蚪龍騰躍黑雲裏。四溟波浪傳號咷。八洲草木含瘡痏。憶曾鞠躬上講筵。近侍左右繙簡編。盡日操練勞軍務。半宵黽勉追前賢。貞淑慈仁親王妃。室家諧和琴瑟絃。內訓女訓高后傳。進講陪臨掖垣邊。爾來寒暄每祇候。　兩宮垂眷恩如天。突如聞變九腸斷。擗踊哭泣淚潸潸。爪角留在豐島岡。佳城新成據舊典。撰文拜命慚不才。恭誌片鱗鏤銅版。何料宮使臨柴扉。庭樹生色綠依依。特恩優隆感激極。下賜玉茟光布衣。虎嘗嗜杜康。尊前遺百慮。又好聖賢書。所志在溫故。賜物思攸宜。降恩勵當務。虎今老且癃。絕飲又曰。末解總收。筆力千鈞。

風外曰。歸鄉雜感十五首。孝子操安車。親子團欒。以致承歡之意。人生樂事。莫過之。而途上光景。寫得歷歷如睹。或致思農功。或詠懷古迹。或追慕先人。左縈右紆。極與趣淋漓之致。

守法度。拜賜憶往時。無成歎遲暮。幽賞古器奇。徐味個中趣。玉斝兮。玉斝兮。親王遺愛澤氣存。寶重愛護傳兒孫。

歸鄉雜感。十五首。節六

嶽麓遙遙三百程。團欒親子快車輕。高秋九月歸鄉路。錦繡山河忙送迎。第一首

操縱自在巧馳車。白髮雙親意晏如。孝順天賚嘉克子。殷勤迎入故山廬。長子祥正操車。第二首

五世雄圖古意稠。小田城址足回頭。單身仗劍條長氏。睥睨已吞關八州。第六首

函山秋老氣清涼。樹樹紅黃交錯光。阪急車遲還適意。

徐觀精巧織姬裝。第七首

重來歸展感懷新。邱樹鬱然依舊親。貽厥孫謀三百載。
餘慶遺愛憶先人。第十一首

混混原泉湧玉池。晶瑩明澈住龍螭。芙蓉峯下八千頃。
潤盡穰穰嘉穀滋。第十四首

賀姪孫勻成婚。余爲媒妁。

婚姻行禮淺閒祠。咫尺神威奏誓詞。蓮嶽馳光臨宴席。
玉池開鏡照容儀。高標好象參天貌。上善須期潤地姿。
樂起觴飛銀燭燦。階前黃白菊花滋。

風外曰。起結照應有法。前聯莊重典雅。光采奕奕。喩之無物。後聯用杜老互文法。與前聯爲表裏一體。更出新意。尤妙。

悖齋曰。頷聯蓋適切于翁其人。

輓水野風外詞兄三首。節二

風外山人藝苑雄。才華煥發錦成叢。後生可畏槐南子。

又曰。前後二聯盡情景。妙不可言。

又曰。愛惜如斯其切。翁偉器可想見。余晩辱入鵾社。不及一接其謦欬。爲憾耳。

先進堪追太白翁。近詠皕篇兼物史。遐齡八秩忘窮通。芸窗斜日無涯好。鳴鶴翰音登紫穹。詠物・詠史兩篇奉獻天朝。七八故及。 第一首

興鵾藝圃以文疇。切劘耦耕三十秋。慨世樂天希李杜。起衰論黨學韓歐。花明水碧驪山上。月白風清神苑頭。難奈帝傍才筆少。巫陽下召淚雙流。 第三首

奉悼藤村乍人先生。四首。節二

挂冠忘老赴燕京。一片丹心報國誠。東北山河纔熄戰。西南天地尚構兵。庠黌創制開文教。干羽舞階期武成。脣齒善鄰千古計。襟懷坦坦任經營。 第二首

廣陵親炙五星霜。提命諄諄誨有方。萬葉古今歌道府。清編紫語女流光。江波月涌催吟興。巖島風薰陪詠觴。

回顧當年恩罔極。幽魂難復涙滂滂。第四首

顯妣二十五回忌辰。恭賦。二十九年

從背慈顏廿五春。還逢忌日感懷新。儉勤治內挽衰運。提命訓方期古人。宵紡蠶繅傍授卷。晝劚雲鋤時開蓁。一家淸福賴餘慶。半百兒孫知所遵。

惇齋曰。妣君賢德如此。庭訓有素。宜乎先生之大成也。

歸鄉重過函關

客秋楓葉錦斕斑。今日櫻花白滿顏。垂老頻懷首丘念。半年兩度過函山。

七月朔書感。三首。節一

義和馭日迫崦嵫。難反魯戈誰復麾。學問無成霜上鬢。文章不就雪堆眉。深更猶勘周官語。永晝潛稽論語疑。

惇齋曰。感慨所係。使人想望。反覆嘆誦不措。又曰。篇篇氣度雍容。聲調舒暢。允爲大家手筆。

一日得生勤一日。庶鞭衰朽秉民彝。第三首

在京廣幼同窗會席上作。七首。節一

修文講武慕前賢。志學鯤鵬氣突天。咏月秋高茶臼嶂。中流彈劒太田川。第三首

渡貫香雲・水野風外兩先生追悼會。席上賦奠。

兩雄筆陣掃千軍。鵬社當年立偉勳。雅頌光新風外燭。溫敦香吐樹邊雲。二編彩藻誰成匹。三絕才華夙拔羣。後學蘋蘩追美日。青山秋霽菊花薰。

惇齋曰。頷聯詠入二翁號。不留痕迹。何等巧妙。

輓荒浪煙厓詞兄。二首。

煙翁生誕偃川濱。智動天成自有因。造語新奇驚韻士。寫言敏速歎通人。四方請政雌黃彩。上院敍紛靈筆振。

玉稿長畱兩間在豐碑巍立貢鄉鄰

白社締盟三十年佳晨良夜每牽聯游樓鬬句飛觥爵駿海追鷗浮舸船入戶淒風寒白髮懸梁缺月照青氈幽明境隔呼無返空仰天涯獨悵然

乙未元旦三首　三十年

旃蒙協洽曆回慶喜見羣和三十羊前馬跳趫相踶齧後猿狡捷互披猖守中善美遠邪辟修外妍詳招吉祥長夜十年眠正覺東天赫赫仰晨光

齡躋喜域感親深幼少多痾憂兩襟卜筮豫言疆不惑巫醫何料過從心兒孫廿五是家寶弟子三千皆國琛椒酒醺然撚髯笑新詩自就獨微吟

百八華鯨傳月正。曈曨新旭海東生。小民飽浴全身澤。
傖父難酬掄髓誠。覆醬文詩刊未就。掃塵挍勘稿將成。
昇平有象足欽荷。一物不遺天地情。

楠公墓畔徳川義公銅像立。恭賦輪鑽仰之誠。

菊水精忠今古無。西山高節薄天衢。顯彰文績常藩史。
恢復武勳畿甸區。諸葛盛名難擅美。伯夷清譽不誇孤。
金人貞石凜乎峙。長敍彝倫起懦夫。

賀太田青丘獲文學博士學位。二首。

夙講國歌家學傳。又修風雅逐前賢。茫茫上下三千載。
和漢文華收一編。
學行孜孜期兩全。晨昏定省又鑽研。榮冠三月親無見。

泣奠椿堂遺影前。椿堂水穗君。歌壇重鎭。以今歲旦逝。越三月。論文通過教授會。

内山知也久病。今春快癒。就職新潟大學・長岡分校。喜而賦。三首。節二

六年湯藥養心身。一旦痊瘥安老親。凍解長岡登校路。濃花啼鳥喜回春。第一首

惇齋點。

師資情誼一何敦。去雁來鴻存問繁。不歎參商難會面。同心切劘進儒門。第三首

惇齋點曰。可以見與汝俱進修之心地。師懇誠如斯。爲弟子安得不感發興起。

廓堂北條先生二十七回忌。恭賦二首。節一

微雨蕭蕭引恨新。德源院裏憶端人。傷魂擗踊猶如昨。二十七回迎忌辰。

乙未八月六日。讀歌集炎。不堪悲慨。賦贈白木裕

惇齋曰。取集名炎字。來縱橫排宕。道盡原爆酸鼻狀。末段以不殺同仁爲結。諷刺極剴切。詞章何等精腴。神彩何等飛動。眞可欽仰也。加圈點。

君。併道謝。

炎。兮炎。兮勢何烈。讀之使人五情熱。國風六百綴悲哀。
鬼哭啾啾一悽絕。裕君振鐸官藝城。伉儷相得子女哲。
況又北堂有老親。一家團欒日歡悅。昭和乙酉八月六。
突如萬雷原爆裂。藝城全邑被劫炎。幾萬生靈一時滅。
此日二愛與令正。出動加義勇隊列。三人三處被猛炎。
相尋絕命足號咽。長愛新婚纔二旬。琴瑟絃斷忽永訣。
變生不測北堂驚。追婦孫後悼難筆。身傷心痛退急流。
歸養桑梓解鬱結。今僑東都養二兒。吟咏樂道遠兀臲。
被炎。于茲十周年。恰迎裕君周甲吉。及門親故相與謀。
撰集詠藻付活刷。一卷贈來情殷勤。餘炎。赫灼難閱悉。

炎兮炎兮抒事詳。篇篇悲憤淚和血。藝城當年鎭山陽。
一旦焦土秋瑟瑟。空對遺影憶懿親。幽明隔境僚友恤。
慈母懷兒遺骸爛。白骨難辨葬同穴。一斑足以窺全豹。
滿街慘狀應戰慄。方今列強虎視眈。瀆武無饜似饕餮。
水爆威慘原爆威。怕把坤軸歸摧折。寄語貪惏餓鬼羣。
讀炎宜知炎可疾。出乎爾者反乎爾。智巧須畏天斧鑕。
誰講神武不殺師。同仁輯睦八紘一。羣品庶類各遂生。
寰宇熙熙謳寧謐。

天淵詩　終

天淵文詩跋

今茲乙未余居喜齡端友良朋諸彥謀刊余生平所爲文詩余謂賦性譾劣文詩非所用力臨事率作乘興漫吟耳庸陋蕪穢覆醬不啻請辭既又思文抒意詩言志志意邪正見於文詩不可復蔽傳余面目莫近乎此與其藏諸篋笥充蠹魚之腹不如刊之使子孫知祖先有若而人乃敢庇賴諸彥仁俠刻成書一言於卷尾謹表深謝之微意云爾

昭和三十年乙未仲秋駿河加藤虎之亮

昭和三十年十月廿五日 印刷
昭和三十年十月三十日 發行

東京都杉並區新町三一ノ一
著者　加藤虎之亮

東京都練馬區豊玉上一丁目
武藏高等學校內
發行所　天淵先生喜壽祝賀記念會

東京都千代田區旭町一三
印刷所　株式會社開明堂

天淵詩續稿

天淵詩續稿

序

加藤天淵先生之學主經學而詩文其餘技也雖餘技猶傾注全力是先生之爲人也見先生在世中所刊之天淵文詩而可知矣先生學詩於國分青厓翁世稱爲青厓四天王之一嗚呼詩言志者也而先生之詩金玉共鳴多載道者尤可見其志也乃鈔其日記中之詩以刊之是頗有裨世教者也昭和甲子十二月二日丁天淵先生二十七回忌辰茲其嫡孫加藤忠正氏欲上梓先生遺作之詩以供靈前計舊門人於是戸田浩曉企劃之編輯内山知也鈔錄之於日記中豬口篤志施之題而梅借爲之序

昭和甲子孟夏

門人　石川梅次郎敬撰

天淵詩續稿 目次

天游詩續稿　二　二

目次終

天淵詩

天淵　加藤虎之亮著

一　乙未日錄　自昭和三十年八月十一日至十二月三十一日

次九鳥氏韻卻呈　八月十一日

琴書日日俯清灣。三伏忘炎臥故山。藜杖追涼時散步。依然邱樹鬱怡顏。

乙未十月三十日。良朋端友。爲余開喜壽宴於參議院會館。賦此道謝。併請誨政高和。

氣霽天高迎誕辰。齡躋喜域感懷新。呻佔學舍五旬載。進講椒宮三十春。海嶽鴻恩何日報。師資厚誼奈難陳。生平志業未成就。庶向魯論傾一身。

周官挍勘幾星霜。晨夕對讎心目張。唐宋珍書開石室。
元明祕籍發幽光。先儒考據皆當窾。後學研鑽多取方。
五五百枚旬二冊。竊期一得値商量。
良朋端友醵金捐。上木新成壽喜年。巴調慚聽三百首。
聱牙覆醬六旬篇。對花看月風言志。慨世憂時道欲詮。
呈露姸媸難掩得。留吾面目賴羣賢。

卜得　先皇降敕時。霞臺參館會威儀。當年學子邦楨
幹。疇昔親朋國繫維。話舊談新悲雜喜。飛觴飽德頌兼
規。菊花零露同吾意。願殿羣芳長秉彝。

夜草似登美山會員

維昔藝城桃李顏。如今相見二毛斑。篠川湛碧楫堪繫。

茶嶂凝嵐屐可攀。兼學武文親校舍。兩全忠孝念鄉關。
廟堂一旦誤籌策。落日空懷登美山。

周宮殿下賜喜壽賀詞。感激之餘。賦七律一章。
十月二十九日

白川皇女辱臺臨。分派天潢恩澤深。陪宴嘉賓齋整貌。鞠躬寒士只驚襟。和光仰見同塵俗。忘貴虔聽賜玉音。灝氣悠悠秋正好。九重章菊燦黃金。

賀橘立章躋喜壽 十一月四日

靜陵師範伴多年。情誼陳雷膠漆堅。君善丹青開後學。我繙典籍逐前賢。含杯共賞山東月。攜手同浮豆北泉。遙想筠軒春到早。兒孫獻壽喜齡筵。

讀小倉正恒談叢有感賦呈　十一月十二日

高著辱惠貺。正襟讀談叢。經濟主勤儉。富強在其中。皇朝說道德。根本歸孝忠。才能與技術。我敢輸異邦。勞使論協調。頭足一體同。玄妙禪寺劍。奥義難可窮。偉哉山銕舟。電裏斬春風。住友重傳統。顯揚先輩功。西鄰近世士。鸞刀解五雄。品隲中肯綮。游刃神氣充。中共論形勢。考察啓冥濛。先達述遺德。鑽仰及六翁。漢詩一夕話。風雅豁心胸。陶杜又韓白。酣暢斟醇醲。義山與東坡。子細尋高蹤。縱横截亂麻。十篇八面鋒。氣宇曠今古。識見兼西東。後學嚮往久。對卷倍尊崇。杖朝加餐飯。壽福媲華嵩。

讀平沼騏一郎回顧錄

憂國思君機外公。畢生行誼出誠忠。仕官司直秋霜凜。補袞登臺春日融。顧往一編欽偉績。開來萬語仰高風。陵夷不振無窮會。紹述後生顏發紅。

讀一木先生回顧錄

倬矣梁公蓋世功。絕羣冀北號神童。講經髫齔人驚耳。釋褐弱冠官匪躬。臺鼎鹽梅酸苦具。楓宸啓沃地天通。端然開卷清風起。穆穆餘薰散大空。

斯文會先儒墓前祭。追仰寬政三博士。六十韻。

十一月二十三日

倬矣三博士。學文樹偉勳。寬政隆治際。聖堂任教官。粟山讚州產。夙入林家門。學成上京師。授徒主洛閩。知命膺幕命。東下任儒員。五科修學政。造士立本根。蘐園復古學。風靡七十年。都下靑衿子。囂囂謗栗山。滄州膠漆友。致書獻異論。拙齋同臭士。論學書諄諄。斷行鬼神避。學風遂一新。生平重節義。音激談笑間。詩文亦俊逸。筆鋒掃千軍。博洽無涯涘。才識眞絕筆。精里西肥產。頭角夙嶄然。當初泝姚江。中轉濂洛津。學問揭標的。修己而治人。深惡崎門陋。渟滀期洪淵。又病理學者。往往輕斯文。文是載道輿。坐之到聖賢。苟不通文理。難酙經傳醇。唐宋八大家。明示文法眞。構廈取規制。百子資梁椽。取材便便腹。下筆如有神。經綸助藩侯。匪躬事主君。幕府辟命下。後顧出鄉關。堪欽孝義錄。萬古敍彝倫。二州豫州產。居區靜寄軒。浪華千里笈。北海望朝暾。首講復古學。中道向新安。程朱爲正學。斥陸王葉陳。正邪何所辨。徵人兼質天。人天是性理。洛閩之所傳。遂上昌平學。絳帳春風薰。俗儒亂名分。著稱謂私言。韓柳與歐蘇。尸祝致謹遵。孟文議論雄。近古歸震川。恬淡喜簡易。文就吐芳芬。博學務守約。經史歸一元。漢文東來久。模仿有搢紳。五山緇流輩。力作傾心魂。慶元開奎運。祿保百花攢。所憾缺洗煉。佳篇混垢塵。三士揮椽筆。文章始可觀。體格茲確立。彫飾更加妍。修辭外內整。文質一彬彬。字義精細討。孔孟道炳焉。學問挈要領。修齊養根源。方今學風變。文法付二雲煙一。博搜又旁引。文義避二鑽研一。窮レ史迷二津梁一。擘レ經無二蹄筌一。涉獵勞二心目一。難レ捉二道德淳一。噫我斯文會。恒例祭二儒先一。後學列二下風一。鞠躬薦二蘋蘩一。秋闌日方霽。灝氣滿二高旻一。嚴霜夜夜墜。樹樹錦爛熳。叢菊殿二羣芳一。晩節尤可レ憐。時艱懷二先哲一。苦思起二九原一。英靈翩然下。鑒臨饗二禮虔一。冥冥垂二祐助一。永護二斯道尊一。

偶成五首　應二石橋岳陽需一　十二月十三日

戰後道心歎二敗頽一。淳風美俗棄二塵埃一。歲寒全レ節何人是。欣見軒頭一樹梅。

濁浪排レ天航海難。風掀二孤艇一肺肝寒。橘媛見レ義拋二身命一。誰感二龍神一鎭二疊瀾一。

東西對峙互爭雄。冷戰多年憂不窮。偏禱仁人振神武。
五洲一宇樂和風。

夙出郷關航異邦。雄圖落落志無雙。加州新拓別天地。
敦樸成風滿客窗。

挫衄十年如越王。臥薪今日迓青陽。同胞隔海相聲援。
祖國山河新發光。

奉賦和歌宸題早春三首

老陰已去少陽催。蟲豸驚醒開蟄雷。東作無人南畝寂。
輕塵不動谷風來。

一出都門淑氣新。餘寒未去少游人。青笻植處吟心動。
竹外梅花已報春。

天末猶看積雪山。踏青士女畏レ寒慳。詩人得意擅場在。
幽興無レ妨杖屨間。

讀二清和吟社詩叢一有レ感五首

三十三英吟社叢。清和吐屬氣融融。窮陰涸冱寒窓底。
喜見滿門桃李紅。

金城自レ古尚二風流一。詩伯文豪遺愛稠。欽羨清翁紹二前烈一。
薫二陶後進一日優游。

擘レ經窮レ史有二淵源一。華彩含レ芳情厚敦。寄レ語世間浮薄子。
立レ言構レ思學二清門一。

成育纔躋志學年。才華煥發貌鮮妍。爆風凄絕折二蘭蕙一。
少女何辜吾籲レ天。

三十年前哭幼兒。形容在眼忘無期。人生慘事逆緣在。
同痛相憐雙涙滋。

謝九鳥惠乾柿 十二月三十日

滿眸火傘暮寒尖。剝採連珠懸屋檐。八十六翁親所曝。
峽中乾柿惠長髯。
長髯喜啓密函嚴。珠玉凝光食指拈。吟榻茶煙輕颺處。
賞心味得十分甜。
昂騰血壓忌糖花。唯許甜甘乾果嘉。珍重殷勤天末贈。
新春會友欲煎茶。

二　丙申日錄　昭和三十一年

元旦參內奉賀

丙申元旦上二楓宸一。淑氣清明與レ歲新。咫尺　天威雙日
月。鞠躬奏レ壽內廷臣。
龍顏含レ喜賜二慈言一。天上生レ春和氣溫。階砌宮梅香亦發。
向陽皇化育二元元一。

過二先師深井先生舊居一　一月八日

耳提面命眼常青。疑惑冰融堪二感銘一。芸室依然儼如レ在。
一年三度拜二尊靈一。

賽二鈴川多聞天一

弱冠起請壽康全。隨二喜多聞一志不レ遷。五十餘年月初八。

隔㆑天遙拜向㆓鈴川㆒。

過㆓外家㆒

成童寄寓上㆓鄕庠㆒。竹馬紙鳶戲有㆑方。相得羣兄皆入㆑鬼。
憖遺一老淚滂滂。

過㆓靖國女壻家㆒ 一月九日

元吉夫妻本樸純。滄桑遭㆑變守㆓天眞㆒。儉勤衣食有㆓餘力㆒。
喜見茅廬修葺新。

訪㆓中村氏㆒

至性能酬罔極恩。承顏定省事㆓晨昏㆒。義方庭訓傳㆓孫子㆒。
二百餘年稱㆓孝門㆒。

卽事 一月十日

夜來寒氣烈。今旦見堅冰。鐵管生龜裂。泉流絕騷騰。曝陽憐凍雀。擁爐似衰僧。仁德希徹地。蟄蟲無戰兢。

泉源俄杜塞。涓滴不流通。比屋炊煙歇。闔鄉寒食同。工人修管鏞。烹熟實腸空。虎去狼還到。電消無燭紅。

賽天滿宮　一月十二日

衞護鄉村天滿宮。神靈如在一隆隆。相攸鎭座孤丘上。環境淸陰瑞樹叢。劫後岌乎支薄俗。而今穆爾起淳風。改修經始庶氏力。欲仰輪焉祠宇崇。

過楚邑。曾有靜岡縣教育道場。余爲夏季講習會講師凡五年。戰後廢毀、遙望舊址。不堪感慨。口吟。

一月十三日

教職研修處。五回爲講師。朝禽參誦讀。晚吹拂書帷。一旦滄桑變。千秋廢址悲。洋夷更百度。魔手斁倫彝。

過峽中　一月十四日

入峽風光變。道邊皚雪堆。寒威砭透骨。花信未催梅。樹海柯如束。晴湖鏡乍開。蓮陰三十里。快走一佳哉。

相模湖二首

仙姬開鏡面。日夜照坤乾。風度行雲泛。星稀皎月懸。都民繫生命。游子賞幽玄。偉矣人工力。桑滄壓自然。

水本柔和性。蹈之還至危。舟人貪淺慮。學子溺深悲。悔恨今無及。慨慷多苦思。欲招青少鬼。老眼淚雙垂。

講論語於交詢社口占　一月二十日

新春銳氣續鑽研。程課魯論公冶篇。財界多年樹勳士。朋來亦樂十三賢。

次東船山八十自述韻三首　二月二日

知足里仁家有儲。腹中又貯五車書。高歌發處氣如霓。
海內文章名不虛。
踏破春秋八帙關。回頭萬嶽勢孱顏。秀靈嵐氣養心骨。
佳什名篇留兩間。
回曆新迎出海曦。彩霞搖曳太離奇。杖朝皤老開筵處。
在野親朋獻壽時。奎運漸衰如可歎。靈光尚在不須噫。
溫溫君子加餐飯。永護斯文樹德基。

立春　二月三日

鬼者外兮福神內。家家喚聲滿閭閻。炒豆亂飛如急霰。
人人爭拾收腰帒。此是節分追儺儀。迎新祥而除舊穢。
邦俗由來尙日新。遷善美風不曾廢。塵念消滅玉玲瓏。
先王經綸仰遺愛。明發律變入立春。條風解凍淑氣新。
蟄蟲始振魚上冰。雉雊雞乳東君仁。青衣青旛東郊外。
角唱羽舞樂佳晨。五辛盤堆朱門膳。農耕晚早策牛人。
此是漢土古來俗。欣迎立春與我均。四時代序各勤恪。
功成名遂卽時卻。循環垂範示人間。執職解官宜深學。
人心向背見幾神。庶免追儺驅鬼柝。涸陰冱寒十稔冬。
東方傳春寰宇廓。穀雨習風致中和。羣黎齋奏鈞天樂。

吉子東曰。某氏有子名元之。用二字於詩中。垂教

訓。乃賦贈之。 二月十九日

元是騏驎唯一兒。横行千里豈無期。始終相顧典于學。十駕金言三復之。

又得恭賦早春賀大淵中學校某生甲第卒業

積雪未消遙嶺擎。窮陰已去氣晴明。南枝喜見傳春信。聽得黃鸝第一聲。

賀常木岡部兩家成婚二首 三月十六日

偕老契成儀儼哉。嘉賓獻壽共稱杯。華筵點蕩春如海。兩個黃鸝相喚來。

常榮松木傍岡邊。淩雪傲霜貞節堅。喜見仙禽巢杪上。羣雛成育百千年。

次豹軒韻賦呈　三月十八日

奎運扶輪誰樹勲。溫敦忠厚獨推君。辟雍振鐸綱常擧。吟社揮旗才俊勤。探究葩經三百奧。退休佳什七千軍。霜戈所向攙搶滅。永仰天邊雲漢文。

天滿宮竣成式典。恭頌神德二律。

改築新成天滿宮。相攜老少致尊崇。半千民庶浴神德。廿紀春秋仰聖功。干羽舞興簫鼓響。粢盛薦備豆籩豐。氣晴日暖人駘蕩。降格誰疑景福融。

丞相誠忠夙絕倫。先人仰慕此迎神。仲春五五日和煦。賽者三三禮謹遵。孫子無愆承祀典。弟兄不閲奉嚴禋。鑒歆降祚介全邑。雞犬弗驚欣里仁。

歸鄉車中次豹軒韻 三月二十三日

快走輕車春吹颸。江山迎送悉皆詩。縱操安坐父兒合。款語笑談形影隨。相海煙波催夢穩。函山雲霧掠顏奇。一年三度歸鄉路。知足鷦鷯不解悲。其一

到頭麥圃媚春颸。氣霽湘南堪入詩。東作欲興家室出。農犂已備壯丁隨。悠悠遲日婦齎饁。渺渺青霄雲現奇。眼見豳風圖一幅。皡熙羣庶不知悲。再疊

古驛新街過處颸。徂來幾度滿囊詩。山河皕里熟塗迓。行李三春家嗣隨。磯海田城爭獻秀。函山美島競呈奇。逍遙半月風塵外。欲忘浮生喜與悲。三疊

和風滿面喜颸颸。欲報東皇無好詩。暫去都門桑梓返。

間尋故舊酒尊隨。天邊蓮岳照楣淨。眼底駿灣排闥奇。竹馬紙鳶童丱樂。回頭今日有餘悲。疊四

故山依舊度新颸。展墓欲題巴調詩。邱樹葱葱先德峻。孫謀顯顯後昆隨。垂年三百勉傳述。繼世十餘奈數奇。埒酒薰香虔拜處。黃鸝叫斷替人悲。疊五

過小田原箱根有感次韻　三月二十四日

小田城址滿新颸。憑弔嘗吟懷古詩。蓋世英雄孤劍仗。知幾俊傑衆心隨。霸圖五代開基固。游獵千兵建策奇。遺恨螳蜋車轍斧。綿綿不竭奈餘悲。

老杉成列喚青颸。關址嚴然堪入詩。譏察吏員豺虎畏。參勤侯伯士徒隨。垂髫探勝雲煙幻。戴白觀光山水奇。

四海一家今古異。治平撤塞不須悲。

天滿宮祭祀獲一律　三月二十六日

嚴禮已畢禮何虔。明發依然雨似煙。撤餅古儀羣衆競。扮裝新劇霓裳翩。八音伴奏雲搖曳。卅齣徐行場斡旋。來格神靈降景福。邑民誠意庶通天。

神武天皇祭偶成　四月三日

皇祖登遐日。拜西堪恐惶。邦家停祀典。億兆憶餘光。樹震寒風嘯。氣嚴冰雨狂。復興天運會。永賴舊時章。

偶成二首

滯鄉旬有四。三日僅晴天。闇慘如梅雨。飄颻戀柳煙。農家休力作。鄰叟歎園田。燮理陰陽錯。偏懷宰相賢。

暮暮櫻蕾發。樹樹曉霞紅。一夜催二寒氣一。六花飄二碧空一。老鶯收二巧舌一。騷客愜二幽衷一。錦上綗衣戒。欣瞻青帝功。

似レ妹　四月四日

老來頻感レ物。魂夢及二連枝一。遺體吾兼レ汝。現容嚴與レ慈。歸鴻雲路遠。故渚素襟披。款話永二今夕一。明朝天一涯。

喜レ晴

淫霖今旦霽。鳥雀喜二陽光一。遲日溫二櫻蕋一。惠風傳二煖香一。東皐牛馬勇。南畝壯丁忙。諷詠藜筇下。歸鴉暮色黃。

函根山口老松成レ列髣二髴舊時一。乃口吟。　四月五日

老松夾レ徑翠陰濃。海道要衝靈秀鍾。維昔參勤衆侯伯。欣然立レ馬望二蓮峯一。

本日　兩陛下發東京。七日將　親臨山口縣防府市植樹式。是數年來行事。洵堪欽仰。而望函根諸嶺。多童然無樹木。感慨成吟。

函根八里路崎嶇。左右峯巒皆禿顱。毛髮綠雲何日是。造林作業倩誰扶。

口占

坂急寒威次第加。斑斑春雪半天葩。輕車過處風光異。腰脚櫻花巓六花。

神武祭日。淺野謹四郎君結婚。賀之。四月八日

神前結契喜良緣。讚美歌興儀儼然。琴韵諧和金屋穆。冰心投合玉壺圓。子孫蟄蟄頌螽羽。家室怡怡祈鶴年。

皇祖祥辰春蕩蕩。相呼黃鳥繞華筵。

椒宮進講三十年。恭賦奉謝優恩二首。五月四日

進講椒宮三十年。無爲老大歲華遷。母儀日就弘含物。坤德月將能配乾。經典精研希古聖。史書誦讀逐先賢。仰鑽寶算超知命。猶惜分陰親簡編。

非才叨辱侍經筵。惕若鞠躬期罔愆。窮史由來難發潛。擘經畢竟不鑽堅。天空海豁竊頤志。任重道悠爭仔肩。唯喜清風掖垣下。仰望窈窕月華圓。

椒宮謝恩詩三首　五月五日

神靈降譴誘其衷。劫火湜威都邑空。冠履倒顛頽美俗。鳳雛交錯紊淳風。可憐黎庶迷攸適。欲發羣朦知所崇。

昏闇醒來一時夢。昭昭祖訓日生東。

開國三千年久悠。天潢一脈九重流。恩波普潤扶桑土。惠澤遐覃瑞穗州。禮樂陶民敦教化。稜威服遠廣鴻猷。先皇遺烈今安在。願藉經墳垂範疇。

后宮典學秉倫彝。三十春秋心不移。經籍史書增睿智。文章禮樂盛容儀。肅雍閨範普天仰。赫奕光譽率土知。感激餘炎及臣虎。優恩海嶽淚空滋。

鶉南莊看鵑花。次柳井寒泉翁韻二首。

幽賞鵑花卅七年。倡酬興旺醁醽前。羣賢代謝今非昔。顧望低回紅樹邊。

主人愛客闢朱門。俱對紅葩舉綠尊。賡和吾無才七步。

怕下將二巴調一汙中名園上。

重獲二疊韻一二首　五月六日

山莊幽靜日如レ年。賓主盤桓花木前。感慨他時何物切。
蜀魂啼血望舒邊。

鷗盟多歲每敲レ門。鬪句衆賢歡引レ尊。向レ晩彩霞無レ限麗。
紅花映發賁二芳園一。

贈二後藤孚君一。君爲二恩師深井逢原先生第三子一。贅二
後藤氏一。　五月二十二日

柳村爲レ祖父逢原。三世繼承師道尊。餘澤流風淸蔭下。
扶持同井見二溫敦一。

丙辰會卒業三十五周年祝賀會。書レ感道レ謝六首。

五月二十三日

雙鬢秋霜照酒巵。三旬五載隙駒馳。丙申初夏丙辰會。
想起青春颯爽姿。
維昔青山師範黌。羣才切劘氣崢嶸。帝京今日育英業。
共荷雙肩博盛名。
澤翁薰化入人深。勤儉之規淸白箴。喜見彬彬文質士。
杏壇鼓吹嗣徽音。
高會尊前愁緒多。寵招遺老髮皤皤。舊僚先後騎龍去。
把臂披襟有幾何。
魔風淅淅襲神州。倒逆人心奈百憂。賴有絃歌武城宰。
欲聞鼓腹太平謳。

靑山昔日講斯文。蓬勃羣英才似雲。懷舊談淸茗臺閣。
羽觴飛處晩風薰。

觀劇獲二絕句　五月二十四日

邂逅奇緣伉儷情。維盛夫妻悔悛蕩子一心淸。權太深謀報德鎌
公意。賴朝萬衆飮聲千本櫻。
奥義相傳奈亂倫。拋庭雙帶紐情新。恢恢天網疎無漏。
穴隙鑽來有間人。

時事　六月一日

牛李鬩牆如寇讎。登壇誰克運深籌。成堆議案何時決。
外侮重來奈百憂。
李冠幾正履瓜田。勝母過來飮盜泉。鄒叟懇論人性喜。

梁頭君子見喬遷。
拘留議長奪壇場。暴力誰儔邦選良。民衆瘡痍非所問。
唯期私黨勢炎揚。
無偏輿論自公平。野黨暴威雞犬驚。渴望政權長夜夢。
會朝空待見清明。

寄河井前參議院議長二首 六月二日

壇場亂鬪似修羅。一國選良降惡魔。參院諸公無氣骨。
靦顏甘受警官訶。
裁決如流仰令儀。普沾河井絕倫私。登壇今日君猶在。
統制喧騷輿望隨。

田家即目二首 六月五日

連日淫霖一旦晴。家家出レ畝喜二清明一。半年勞作今方報。
滿目黃雲刈レ麥情。
兩足平疇宜二插秧一。嬌娘妙婦喜洋洋。田田相答幽歌曲。
纖手和レ聲操作忙。

喜レ晴　六月十一日

淫霖新斂夏初天。黎杖乘レ晴度二陌阡一。滿面薰風吹二麥氣一。
搖曳黃雲望レ無レ邊。

聽二簡翁碩鴻養成論一賦贈

簡翁行誼夙超レ羣。多歲經綸樹二偉勳一。碩學鴻儒養成論。
砭二針癈疾一起二斯文一。

臨二東洋大學本館落成式一二首　六月二十三日

東洋釁運日隆隆。本館輪焉插碧空。頌禱嘉賓竣成宴。
綠杯傾盡醉薰風。

承之當年歎式微。劫餘一髮繫危機。三千從學萃門日。
今是幾人懷昨非。

寄懷河井氏六首 七月四日

逐鹿爭雄參議員。中原誰克制機先。老吾慷慨忘衰朽。
欲爲斯翁聊執鞭。

紅紫凋零花苑空。滿顏新綠度薰風。是非堅執公平見。
牛李交爭勝敗中。

先生學德夙高揚。一世慕風俱仰望。推擧不疑參院選。
凱歌齊倡國之光。

聖賢爲政在民和。衆智羣才皆網羅。借問方向選良擧。
幾人持節絶偏頗。

東海三州形勝區。古來英傑決贏輸。中原逐鹿方酣戰。
逸足誰成王霸圖。

議壇裁決變陰陽。是是非非得義方。老朽重期當選日。
綠風薫處凱歌揚。

重贈河井候補二首　七月七日

參院能匡衆院傾。損多益少任持衡。堂堂論陣當難得。
千里横行無與爭。

登壇老將叱風雲。政戰多年樹偉勳。餘勇當今猶可賈。
重期箏箒掃妖氛。

七夕雨

朝來細雨竹含煙。乞巧女兒歎彩箋。天漢水盈難度得。
雙星相想恨綿綿。

田園卽事

黃麥收終稚稼青。滿顏朝吹十分馨。耕耘除艸舉家出。
盡日勤勞在野坰。

坐颷車書感

孝子年年親送迎。函關走破往還程。如今快氣颷車客。
依舊山川慰旅情。

河井先生不膺選。邦國前程不勝隱憂。賦七絕句。

七月十五日

棄擲瓊瑤拾珷玞。三州民衆奈春愚。金權黨利營私曲。
擧世滔滔道欲無。
革新標語扇民心。狗肉羊頭巧縱擒。一旦登場無計策。
使人悲憤淚盈襟。
矯激成風世趣新。貪惏何暇辨醨醇。輕浮選擧人非任。
壇上依違效衆顰。
臺閣諸公無遠猷。偏期獎救獻嘉謀。選良如此慊慊甚。
何日得聞堯老謳。
清廉潔白守其身。識見高明亦絶倫。推擧失當慷慨足。
綠風不競奈斯民。
惡貨流行良貨廢。貪人跋扈善人藏。不容然後見君子。

顏氏一言千古芳。

邦國前程荆棘多。復興事業易蹉跎。偏遲拔本巨靈力。
不許考槃邁在阿。

歸鄉雜詩 八月十一日

父子祖孫同快車。淸風一路向鄉閭。歡談笑語涌泉似。
七月火流秋立初。

女住横濱育六孫。一家無恙喜和溫。年年歸展志追孝。
先德聿修長不諠。

潑剌二孫元氣雄。季纔髫齔叔成童。鄉庠已見出羣績。
欲繼先登曩祖功。佐佐木氏高綱雲仍

平田夏稼午風青。雲表函山列翠屏。下地上天生意滿。

朱陽赫灼一惺惺。

溪流噴雪坂羊腸。清蔭交柯雜樹蒼。冷氣溫泉兼兩美。
降車宮下暫彷徉。

濃霧纔消湖鏡開。翠鬟照影曉粧催。鴻蒙輕重浮沈日。
匹似仙妃天末來。

老松挾道翠攙天。清蔭生涼身欲仙。維昔參勤交代士。
鐵驪鞍上且停鞭。

展墓　八月十三日

八孫五子謁先塋。恭祭六旬同族精。篝火燒天明似晝。
盂蘭盆會聿修情。

歸京回想在鄉中事四首　八月三十日

獄裏鑽研易理諳。深知太極氣函三。風雲在手吉凶訣。
欽羡乾坤一代男。讀乾坤一代男高島嘉傳記。

莫是織機天女爲。萬條成列白絲垂。銀河濯練功方就。
懸曝秋陽怡秩姫。陪秩父宮妃殿下。觀白絲瀑。

風光洵美井頭湄。流水成層九十池。千億鱒魚於牣躍。
爭奔撒餌乍生漪。觀井頭養鱒所。所堰懸流、作八十九池。層層相承。

三球演技嶽蓮前。擧國青年爭著鞭。　秩父宮妃自天
上。賞杯下賜萬雷傳。富士宮第十回全國都市三球競技大會、秩父宮妃殿下臺臨。授優勝杯。

舊久彌宮妃俔子殿下以病薨於日赤病院。爲
椒宮侍。　椒宮直馳車今曉還啓。親臨傷之不勝
恐懼。　殿下誕辰與虎同年月。痛悼殊深。得一律。

九月十日

哀雁突如凶報傳。妖氛俄鎖九重天。宮車破暗急星火。國母奔喪度陌阡。月黑更闌情惻惻。風悲蛩泣恨綿綿。扁倉無術命乎命。高貴不饒傷上仙。

藤川君贈照相。且送絕句請加朱。次韻八首。九月二十一日

輕裝瀟灑絕紛塵。醫輔美髭溫似春。四十年前聯几席。風神髣髴舊時人。

溫泉水滑洗炎塵。下呂山中別有春。浴後陶然倒樽榼。飄颻身似步虛人。

笑對綠杯忘世塵。飛州奧境氣如春。北窗枕上清風爽。

身作羲皇以上人。
滅卻心頭空六塵。娑婆別拓一家春。常安寺裡入禪定。
匹似如來再現人。
心師賢聖避煩塵。窮史攣經秋又春。樂育功成追四序。
青燈夜夜讀書人。
儒釋本來期出塵。殊塗各占日華春。從心規矩不踰處。
呼做菩提大覺人。
廣陵黌舍學芳塵。成育貔貅俱占春。回首當年秋寂莫。
同僚多化九原人。
西江東武喜音塵。風月交通秋與春。富嶽太湖觀不改。
煙波嵐氣慨幽人。

岡山名菓鶴子來。芳原君所レ惠。卽刻賦二三絕句一道レ謝。九月二十四日

鶴子點心松壽軒。升聞聲達九天尊。翩翩來集茅齋下。感佩芳君贈意溫。

幽齋氣霽颺二茶煙一。翁媼欣欣媒二菓前一。名下無レ虛今始識。淡甜風味忘二言詮一。

山陽秋霽氣清凉。紫栗脫レ苞松蕈香。緬想學童程課外。相攜諷詠陟二高岡一。

椿生成婚壽詩

華燭煌煌嘉二結婚一。白黃輝映壽二葩蕃一。廛居二陶貨一營二商業一。身學二辟雍一修二士魂一。偕老契成新婦麗。同棲誓固玉郎溫。

一家祥福八千歳。欲媲莊周上古椿。

川島清堂送七十覽揆自述六首。請次韻。卽呵筆。

九月二十八日

齒德兼高世不多。先生二者兩超過。康寧壽考天攸錫。七十髭眉雙未皤。

循循善誘仰良師。千里聞風足恧怩。樂育英才同志業。撞鐘佔畢慨多時。

不招而至自然名。富貴浮雲過眼情。豈止裁詩凌等輩。解頤講說駕匡衡。

泝源洙泗志超然。縹帙牙籤晨夕研。何問人間榮辱事。青氈不厭五旬年。

天淵詩續稿

中京多歲扇儒風。赫赫聲名飄大空。一髮千鈞經藝岌。
扶輪洪業賴斯翁。

滿門桃李色怡怡。爭擁古稀松柏姿。末學小生忘譾劣。
恭攀瑤韵獻巴詩。

臨在京有信會秋季大會三絕　九月三十日

良朋有信靜師黌。離索東西交誼淸。畢業後先何用問。
帝京同籍弟兄情。

舊識新知溫懇親。三朝三十有三人。名詮自性兼經歷。
笑語團欒見篤神。

茗溪會館醉芳筵。同學提攜歡夙緣。言志披襟忘日夕。
堂堂浩氣欲衝天。

一木梁舟先生十三回法要恭賦奠六首 十月四日

先生捐館十三秋。滿目西風霜鬢稠。戰破山河形勢革。
彊删衆庶涕洟流。彝倫日斁孰能敍。禮法年頽無復修。
大廈支持思一木。黄昏悵立九原頭。

劫餘國步歎間關。多感儒生紅淚潸。憲典新成嗔掣肘。
衣裳顚倒足攀顏。津梁絶少人迷渡。楫櫓過多舟上山。
珍寶千金拋不惜。掌中何日浦珠還。

奔放青年絶軌途。三千犯罪敢嬰誅。教科夙昔除倫理。
修養如今失範模。瑞穗芳醇慚舉盞。米州毒酒競傾壺。
醉魔入骨治難得。先覺既亡空歎吁。

辟雍垂教學才優。後進從飛鸞鳳儔。禁闕多年宣聖化。

廟廊屢次賛皇猷。三朝報效百官準。四紀功勳千祀流。萎茶人心欲蘇息。先賢不起奈神州。

豐玉新開宰武釁。三條教訓點龍睛。一曰、融合東西文化、二曰、作雄飛世界底人、三曰、養自學自修之風。研鑽自發融文化。統合雄飛窮八紘。多士彬彬民範式。羣才濟濟國干城。星霜卅五仰成果。先哲肇基無與京。

報德精神三世勳。繼承恢廓夙升聞。儉勤治產俗逾樸。恭敬持身風益薰。後虎前狼危岌岌。酖醪毒酒醉醺醺。邦家興復賴何事。要讀先生弘道文。

燈下憶北浦　十月十四日

秋雨齎來訃駭魂。凄風添勢撲寒軒。同庚緣結兩家契。

偕老盟堅二姓婚。風痺多年肢不動。病床鎭日口難言。
黄昏執紼品川上。天外沓沓斷鴈翻。

石川濯堂贈其鄉那珂川產鮭。脆美勝於前年。獲
五絶句贈之道謝。十月十八日

珂江水潔上鮭魚。施笱設梁晨夕漁。潑潑壺天喚喁裏。
皇都百里託輕車。

吾兄不忘逐前蹤。分福年年情誼濃。堪謝寒廚乍生色。
媼翁向膳共懽悰。

常藩往昔曳吟笻。珂水渡頭望筑峰。今日無端辱嘉貺。
魂飛煙鳥翠嵐重。

歲寒勁節綠陰穠。淩雪傲霜靈氣鍾。大廈支傾任一木。

天淵詩續稿

中州遺愛護二雙松一。

東洋文化泝二淵源一。多歲切劘斯道尊。靜養偏期神氣復。
無窮會館執二經論一。

交詢社講二論語一有レ感　十月十九日

同志盍簪研二魯論一。交詢館上氣溫敦。多年閱盡世途險。
始識二高堅聖語尊一。

功成高蹈樂二餘生一。錦繡映輝欽二晚晴一。別有二聖賢名教苑一。
千枝萬朶向二欣榮一。

輓二加藤精神君一　十月二十一日

斷鴻一夜劈レ雲鳴。凶報齎來破レ膽驚。學園長老造二多士一。
密教權威濟二衆生一。雞聲臺上誦絃盛。南藏院中眞語清。

月苦風凄秋瑟瑟。陰蟲唧唧不堪情。

詠時事五首 十月二十二日

兩度全權試折衝。深知狡獪敵人胸。病軀無策臨尊俎。
欲學隆車蜋斧蹤。

言論浮薄乏眞情。意氣何人感至誠。弄策身邊斗筲輩。
難任再造國干城。

異祖士民論是非。驅人名利誤神幾。前車覆轍追無寤。
輔相進言藏禍機。

臨行壯語氣衝天。尊俎從違徒脅肩。空費路資八千萬。
何顏欲見國民前。

羽舞色丹終不還。蹂躪輿論黎民癏。趙庭無復相如在。

連壁留㆑秦雙涙濟。

觀㆓力士若花十二連捷及病臥映畫㆒　十月二十三日

新進若花神力完。疾風奔電技空㆑壇。連天餘勇發㆓心火㆒。床上空歎逸㆓月冠㆒。

詠㆓南極觀測隊壯行會㆒

南溟觀測孰能爲。坤軸冰堅封㆓四時㆒。列國爭㆑魁著㆑鞭急。壯行二百健男兒。

寄㆓大淵小學校長㆒。賀㆓校訓碑除幕式㆒三首。　十月二十五日

頭仰㆓高天㆒足履㆑坤。進修偏望守㆓斯言㆒。碑成除㆑幕値㆓佳節㆒。文化日黽勉護持文化尊。

鄉黨少年安小成。志望狹隘奈才英。高深須學窗前景。
天半芙蓉脚下瀛。
貞珉題字足留名。深感家鄉畫錦榮。自恐言高行難逮。
謾使兒童獨勵精。

哭加藤精神君二首 十月二十六日

黯雲催雨氣蕭森。學葬嚴修哀痛深。十二緇徒衣攝袖。
三千弟子淚沾襟。悼詞頌德音傳後。弔電稱功光照今。
長谷雞臺遺愛地。英靈冥護永來臨。

貝沼春山來泊。賦贈誌喜七首。十一月一日

春山馳碧入柴扉。滿座和風自翠微。老大無爲秋已晚。
見君都忘歎今非。

雞聲臺上積二精研一。雪案螢窗日俛焉。借問當年陰騭録。
全功何日克成レ編。

儒釋并研明與レ玄。修齋濟度兩期レ全。菁莪日日欽二生育一。
將レ見三伽藍涌二出天一。

仕學優優經二十年一。公餘退食獨鑽レ堅。斯文岌岌西山日。
誰麾二魯戈一回二半天一。

中京先輩樹二斯文一。後勁誰能紹二偉勳一。大雅不レ興奈二敦厚一。
抎揚恢廓一期レ君。

國家元氣頼二青年一。鍛錬須レ期剛又堅。珍重名高定時校。
錚錚十百著二先鞭一。

名高夙博辯論雄。選士舌端呼二迅風一。優勝杯煇演壇上。

連年獲得頌聲中。

謝春山見惠葡萄養命酒三首　十一月二日

葡萄養命兩瓶醇。淡紫濃緇光彩新。玉盌盛來香馥郁。
中山千日比陪臣。

陶家嗜飲出于天。貰酒不嫌情可憐。秋老新寒上衾被。
醉餘一枕喜酣眠。

獨酌陶然遠世紛。榮華富貴付浮雲。醉中不忘斯文任。
壯志何須歎夕曛。

偶成二首　十一月三日

擧黨無人奈總裁。病軀宰相有餘哀。羽山落日秋蕭索。
唾手誰能策挽回。

總裁派閥足レ顰眉。誰執二國鈞一張二四維一。不レ問黎民休與レ戚。
所レ期汲汲在レ營レ私。

車中偶成 十一月四日

無中生レ有事何難。排二斥三臣一不レ薦レ桓。齊霸歸レ空人責レ管。
良材伐盡暮山寒。

賀二前川研堂喜壽一七首 十一月九日

勢陽古來稱二奧區一。山水鍾レ靈神攸レ都。氣和人傑風俗美。
賢侯建レ學民歡虞。鈴翁精華發二國粹一。羣儒倡和教化敷。
氣象陶蒸生二才俊一。研堂筆陣握二虎符一。
志學嶄然見二頭角一。強記博覽材超卓。國風夙傳鈴翁音。
經藝又追羣儒躅。應制宸題戴二月冠一。匡邪救弊據二禮樂一。

匹似清香君子花。亭亭植立出汚濁。
獻身多歲樂育英。薰陶成器答聖明。昆谷黌舍才濟濟。
三田學苑莪菁菁。溫敦提命風雅趣。敬義切磋外內成。
國家今日急再造。喜得後生足干城。
吐囑芳芬欽絕異。萬卷讀書藏腹笥。龍虎相得會風雲。
夙向青門虔執贄。興社樸社每扶師。朱墨紛披任書記。
吟壇落日秋蕭條。何人能樹囘天幟。
妙齡傾倒白香山。出入陶杜歐蘇間。七步曹植避三舍。
萬首陸游欲無顏。春蠶吐絲連不絕。長篇續出誰追攀。
吟詠樂天忘寢食。不管秋風鬢毛斑。
遺挂在壁空追憶。悼亡安仁感淑德。義方垂訓獨可鰥。

操節終始一心直。令嗣濡染克室家。學成辟雍執教職。
孝門穆穆樂團欒。福履優隆無窮極。

西郊間居對岳蓮。雪照艸堂瑞色鮮。覽揆令晨庭鳥喜。
日晴顥氣漲旻天。親朋聚門頻獻壽。兒孫擁膝張賀筵。
紅楓黃菊相煇映。衣錦老彭考無邊。

賀東京第一師範八十周年記念式五首　十一月十五日

喜迓開黌八十年。多材前後積鑽研。修身英俊杏壇器。
養正童蒙山下泉。文質并兼掊國本。寬嚴相濟執蒲鞭。
豈惟帝里宣風化。師範長收制霸權。

實踐模楷瀧澤翁。卅年宰校坐春風。淩晨水浴起頑懦。

半夜箴言發困蒙。多士彬彬皆掌教。羣才濟濟盡興功。
遺芳馥郁長難忘。徙倚庭前黃菊叢。
青山佳氣鬱蒼蒼。四十年前升學堂。白面生徒勤藝業。
黑頭儒者講文章。都民教育挺身荷。皇國恢興唾手當。
傳統精神長不竭。發揮天下一師光。
教化宣揚首帝京。菁莪長育賴鄉黨。青山師範頌前烈。
世谷辟雍欽後榮。名位差殊承統正。學徒代謝敍倫明。
日東奎運向興復。擁護斯文賚太平。
祝賀同窓見至誠。日煇郊外氣崢嶸。思馳螢雪切偲誼。
談及春秋風浴情。新舊僚朋齊喜悅。存亡兄第一幽明、
歡呼興旺秋方好。搖曳天邊萬歲聲。

賀東洋大學新築落成獲四律　十一月二十日

東洋大學盛名颺。六十九年傳統長。護國精神兼愛理。
修身信念欲成章。俊才濟濟干城器。文質彬彬錦繡光。
祝賀令辰秋正好。蓮峯晴雪照顏煌。

劫火曾災灰學堂。雞聲臺上轉荒涼。師生汲汲勉興仆。
僚友孜孜努植僵。梗塞金融危一髮。風燈校運淚千行。
循環今日清明會。回顧當年喜欲狂。

榮枯代謝糾如繩。淑氣東來融凍冰。創業當年懷困苦。
守成今日誓恢弘。順風橫楫下江快。逆浪翻舷寒膽悛。
航路險艱難豫測。知幾俊傑每兢兢。

聖上新嘗報本晨。我黌反始念先民。東洋哲學能窮蘊。西極文華善酌醇。弟子三千努護愛。僚朋十百敍彝倫。稜威校運雙振起。四海驩虞德化鈞。

上野君贈林檎一函。賦道謝。 十一月二十四日

福島林檎忝贈來。累瑑聯瓊眼前堆。衰翁老嫗浴嘉惠。賑膳媒茶顏每開。

秋日偶成 十一月二十七日

秋老衰容盈帝鄉。淒風搖落轉荒涼。枝頭碩果免烏啄。僅駐餘光映夕陽。

畏寒如虎歎衰軀。曉吹淒其侵戶樞。水浴當年碎冰雪。溫湯今日拭肌膚。

賀小菅嚞三翁米壽 十二月一日

米實養㆑人醫活㆑人。囘生保命葆㆓天眞㆒。康寧畢竟神酬㆑德。
米壽仁醫福履新。

謝㆓芳原君惠貺㆒八絕　十二月二日

高粱柚餅味堪㆑矜。風外漸菴嘗絕稱。甘美含㆑香韵無㆑限。
衰翁口福倚㆓良朋㆒。

創製如㆑聞天保年。日新調味積㆓鑽研㆒。眞乎名下無㆓虛士㆒。
讀後媒茶氣恍然。

質似㆓柔脂㆒體扁平。光如㆓瑪瑙㆒柚香淸。南軒曝㆑背翁兼㆑媼。
問賞㆓風情㆒靑㆓眼睛㆒。

柚餅芳香鶴卵珍。吉薇名菓贈來頻。三更倦㆑讀短檠下。
瀹茗媒隨心氣新。

松江碧色八雲光。洸瀁離奇收一堂。多謝山陰探勝記。
臥游半日獨徜徉。

濟翁遷化幾春秋。來奠蘋蘩墳墓頭。欽見人情澆薄日。
數行紅淚爲師稠。

蕭晨後室喜康寧。矍鑠都忘耄耋齡。弟子殷勤存問日。
小春風暖舊時庭。

邦家再造賴青襟。教育挺身誰克任。珍重黃薇文化地。
武城絃誦嗣徽音。

賦和歌宸題燈 十二月六日

日神主晝月神夜。月有盈虛光代謝。燧人取火觀星辰。
炎餤能補圓光罅。枯葦乾萩炬火紅。寸前夜黑來往通。

草昧人智未開世。光明炳赫照羣蒙。周宣庭燎朝君子。
齊桓百燎招賢士。四邊昏黑色未辨。衣冠鮮明端門裏。
燎炬照外內燭燈。短檠承盤油如凝。堂室廊廡無不照。
焚身成物仁可稱。漢武薰莢燭花結。神壇暴雨光不滅。
高皇螭燈鱗甲搖。煥炳匹似衆星列。燭滅絕纓欽楚莊。
奮鬪報恩士忠良。董卓燃臍燈三日。天網恢恢懲猖狂。
玉檠華槃陳瑤席。龍膏鳳髓湛靈液。百枝九光如爛星。
功歌妙舞醉嘉客。匡衡穿壁引鄰光。尊德蔽燭遮放煌。
二子創意冰炭異。同是勤學務修藏。車胤孫康螢與雪。
祁寒隆暑學不輟。代用奇燭破天荒。孳經窮史希賢哲。
旅館寒燈歎逝年。幢幢無焰憫左遷。滴汗垂花簾裏燭。

替人蠟燭淚漣然。夜游陪伴香馝馞。百花照顏神恍惚。
漢唐騷人何風流。秉燭光勝西園月。京冠西向不重衡。
屬杯朗吟鎌公驚。燭暗數行虞氏淚。夜深四面楚歌聲。
法燈千載瀝肝膽。蘭若欲照無明闇。衆生本來具佛心。
爭救深陷煩惱坎。電燭氣燈遍海隅。不夜城不獨皇都。
外界文明異昔日。心中靈燈有點無。弱肉強食修羅道。
匈國首都塗肝腦。戰車蹂踐人天驚。措大憂忡心如擣。
宸衷深遠難拜知。御題高揭照箴規。兀坐焦慮殘燭下。
心燈新光對明時。

赴晚翠軒臨交詢社晚餐會。十二月十一日

歲暮盟朋餞丙申。平生道義喜交詢。松柏高標欽晚翠。

詩書精髓葆天眞。觴飛醉發顏徐解。興旺談淸眉自伸。
及時雅會歡須盡。杓轉欲迎丁酉春。

讀和陶詩書感。贈研堂以謝。十二月十五日

和陶詩就筆如椽。一百五旬餘八篇。彭澤風神腴且澹。
眉山氣骨峻而玄。頌師懷祖欽情摯。寫水貌山驚藻姸。
誰道古今人不及。知音千載配雙仙。

除夜書懷

天使賚恩臨華門。祁寒乍覺滿身溫。裁成衣服被衰朽。
不用南軒學負暄。奉謝天使賜羽二重一匹
一年無事守儒門。飽酌泗洙斯道尊。多幸偏因茲海壑。
歲除攀闕謝天恩。歲除參內謝恩

七十八年慈母齡。兒躋同壽喜康寧。戰兢終歲幸無恙。

除夜寒燈繙孝經。餞丙申歲

三　丁酉日錄 昭和三十二年

舊臘參內。天寒。御溝結冰。本日氣溫冰融。獲六絕句。一月一日

御講冰釋水生紋。白鳥參參鳬作羣。有象昇平須看取。九重紫闕罩祥氛。

日月雙輝懸九天。重離又仰震宮賢。　皇家慶福無涯渥。黎庶傾陽頌億年。

椒宮進講卅餘年。坤德就將能配乾。草莽微臣餘感激。元朝拜賀九重天。

車中得三絕句 一月二日

小民挾册代農耕。先業委蕪經藝傾。不舍川流餘命促。

當年志望奈レ難レ成。
蘇國復交開二鐵扉一。聯盟結レ伴足二雄飛一。復興欽看會通運。
今是何人歎二昨非一。
薪膽十年嘗臥辛。樵蘇生計忍二窮貧一。豐穰二稔野生レ色。
再造精神張二率濱一。

歸レ鄉著二沼津一　一月三日

凌晨結束出二衡門一。一片歸心向二本根一。日霽湘南春蕩蕩。
輕車載レ夢蝶飛溫。
年年數度反二鄉關一。邱樹依依怡二老顏一。蓊鬱參レ天三百載。
繼二承先業一幾辛艱。

訪二深井家一、燒二香逢原先生靈一、展二金正寺墓一。　一月七日綆修深井自湛玄。左右逢原才學圓。弟子懷恩竟難忘。
一年三度額靈前。

讀山陽書後十一首　一月八日

賴翁書後百花紛。玉藻瓊葩香氣芬。經史品評宗大義。
文詩論斷掃迷雲。彝倫日用聖賢績。吟詠自然風雅動。
三卷網羅今古學。燃犀眼力絕人羣。

寧爲遼豕勿魚陳。賴氏春秋解義新。熟玩正文驅四病。
治經之本在安身。書遼豕錄後

治經適用聖賢心。沒世無爲訓詁擒。解釋只期通大義。
淵明讀法嗣遺音。書詩書正文後

春秋明分正稱呼。據實直書無諂誣。流覽經文領情勢。

掃除四傳是眞儒。（書春秋正文後）

周禮設官源考工。十羊九牧是虛空。土羹塵飯何充腹。
束閣不如繙九通。（讀周禮）

宣尼鄒叟唯匡時。非有意垂千世規。仁義由來天地極。
雙懸日月復奚疑。（書論孟正文後）

注家成見早藏胸。甲是乙非誰適從。荊棘焚除松柏露。
經文鬱鬱倚天濃。（治經法）

文視古經經有歸。非文聖訓沒攸依。經言不履論文視。
放飯無尤齒決譏。（書孟子評點後）

握粟濫觴占筮源。範圍天地建乾坤。程朱傳義闡幽至。
一洗王韓莊老渾。（書李鼎祚易解後）

傳義歎焉何物尤。漢儒互體付抛投。欽哉李解留鱗爪。得識飛龍天外游。又

蘭陵意欲壓鄒叟。曲説人間性惡猶。維此一言洪水似。橫流四出害良疇。書荀子後

偶成六首 一月三十一日

連天旱魃衆哀吟。無水同歎比陸沈。自責成湯思六事。犧牲誰學禱桑林。

扶搖海運浪難收。岸際橋梁迷渡頭。岸石橋對峙 行雁嗸嗸何所嚮。仁人不出奈神州。

牆鬩紛紛足蹙眉。黨中結黨事堪悲。選良須覺仔肩大。報效由來在滅私。

標榜政策五條文。規撫維新期樹勳。有始令終人共視。
莫將宣誓付浮雲。

發途蹉跌慮前程。吳越同舟猜兩情。食貨均衡民命繫。
排除黨伐秉公平。

橋公意氣欲回天。游說從橫舌火燃。一旦呻吟北塘下。
魂飛參衆議壇邊。橋公謂石橋堪山首相

王考六十一回忌前夜作　二月六日

王考捐館猶昨日。六十一年迎祥月。回顧當年僅成童。
追慕情新增忉怛。王考幼而遭險艱。伯父尊皇蒙寃罰。
放逐命嚴悲離鄉。祖妣守家何鬱屈。王考成育甫十三。
一夜怪賊闖幽室。兇刃慘酷刺祖妣。王考在外幸得活。

畏難潛匿避江門。六載命下興家絕。新卜邸舍務廓恢。
整理資產收散逸。承祖弱冠任里正。勤儉率先人愉悅。
寬恕慈愛賙貧窮。凶年歉歲免飢渴。農家由來愛林田。
需此貪此爭毫末。王考割讓不甚吝。三分減［頁］心澹泊。
克子嗣家老菟裘。吟月詠風樂靜謐。虎也髫齔上鄉庠。
鍾愛垂慈筆難述。秋山春水攜游觀。謁祠詣寺每扶挈。
提命懇懇希大成。訓言諄諄銘心骨。明治丁酉廿五春。
二豎入膏肓寒疾。俞扁祕方竟無驗。今月今日溘焉卒。
生年時刻全相符。享年正當六十一。生卒祭祀三丁酉。
同月同日無凹凸。虎也童習白首粉。一事無成漸淺劣。
恭奠蘋蘩招英魂。魂乎僾然降格必。庶憐鹵莽不順孫。

冥護陰助全晚節。

讀蒼海詩選十首　二月七日

蒼海詩才亦富哉。波瀾萬疊孰爭魁。兩間留得三千首。
輕舸樓船似去來。

蒼海襟懷一豁哉。涵天好景望中開。大魚偃蹇小鮮躍。
渺渺煙波春蕩駘。

蒼海誠忠誰復猜。輔成乾德績崔嵬。明良千古水魚合。
黎庶熙熙春上臺。

蒼海心情珠作堆。驪龍明蚌善藏胎。採收恭獻明廷下。
光耀連城射眼來。

蒼海外交驚異材。少荃勳業比塵埃。燕京綺閣折衝日。

二國結驩斟玉罍。

蒼海經綸誰共陪。守成創業兩恢恢。維新改革夙參畫。獻替樞機資敕裁。

蒼海文章比早梅。冰心玉骨碧波隈。兩京古氣三唐雋。馥郁薰風吹面來。

蒼海規模何磊嵬。將匡聖德上台槐。大人能格君王志。鼎味調和鹽與梅。

蒼海交游德作媒。元公膠漆薄陳雷。翺翔聯翼九重上。啓沃明君國本培。

蒼海豪雄天下魁。生毛剛膽孰排推。堪嗤英國傲公使。忽滅威炎如死灰。

賀內山松井兩家成婚　二月八日

積雪新融祥氣多。庭禽相喚喜春和。越山鬱茂欽松柏。
中谷纏綿頌蔦蘿。金屋常聞經史誦。深閨又聽瑟琴歌。
詵詵螽羽一堂下。福履萬年雙鬢皤。

偶成三首　二月二十二日

昨哭重光今大麻。自民優黨恨無涯。高明猜鬼窺門隙。
嚴戒保持天下家。

南極祕幽誰討探。十餘強國視眈眈。昭和基地越冬就。
旭旆翩翻萬里嵐。

任完宗谷上歸程。堅冰俄結似鐵城。進退兩難三日夜。
憂焦如矢奈斯情。

偶成六首　二月二十七日

氣象難圖南極天。歸心匹似矢離弦。寒風一夜度溟海。
冰板堅封萬里船。宗谷

堅冰不碎奈孤船。偏待南風齎碧漣。人力難抗自然力。
浩歎日望北方天。又

正論昔日抗強鄰。守節從容甘隱淪。時運會通欣驥展。
儻來猜鬼奈民人。石橋前首相

勇退橋公欽令終。雲箋述志仰高風。暖流一道清堪掬。
政海波瀾混濁中。又

弄奇戰術竟難成。持正偏期號令明。將將深衷須看取。
抛將智巧立精誠。岸首相

靜養身心聖路加。（病院名）親將倉扁遠誼譁。囘春退院還
家日。喜地歡天萬樹華。（橋公）

詠燈贈大淵中學校卒業生　三月六日

科程正畢感懷長。三載相親螢雪光。電燭到頭明似晝。
心燈不點奈昏黃。

栗原基先生歡迎會席上恭賦奉呈

廣陵建學闢榛蕪。五十餘年馳隙駒。解釋英文欽比亞。
衍將聖典仰耶蘇。西京春月討皇化。仙北秋華懷霸圖。
令嗣迎來移帝里。溫容依舊足歡娛。

寒泉見贈蒼海詩選。賦此道謝。　三月七日

蒼海先生人中龍。識見卓拔胸宇洪。神儒二道夙擘要。

經史百氏皆精通。參畫維新中興業。鞅掌外務任折衝。
暴慢英使忽厥角。自大清相懷謙恭。執經進講玉座下。
聖德就將輝光隆。久在樞府備顧問。啓沃獻替輸誠忠。
國運熾昌似晨旭。顯位榮爵酬豐功。緒餘更及翰墨樂。
乘興言志何從容。葩經溫敦嚼精髓。漢賦鬱律魏詩雄。
唐宋斬新明清雋。古體近體千花叢。懷古撫今氣激越。
憂世匡時情敦龐。吟花咏月脫世俗。登山游水離樊籠。
三千彩藻盡錦繡。全集收得堪欽崇。詩選八百拔其粹。
繁簡適度宜攜從。寒泉柳子高雅姿。規撫先生追英風。
拂弃兩集供對讀。勳業兼欽佳構中。今惠詩選見割愛。
深謝殷勤情意濃。手澤斑斑想展玩。我亦諷誦培吟胸。

嗚呼先生磊嵬氣。彷彿萬一芟蒿蓬。嗚呼寒泉友誼厚。
攜手切劘攀詞峯。

似同窓諸友　三月十七日

廣陵黌舍共鑽研。五十春秋一夢遷。篠水清風螢大躍。
茶山積雪學窓鮮。貔貅度海喜連勝。貙虎歸嵎迎凱旋。
懷古撫今慷慨足。條公正氣去天邊。

臨大淵中學校卒業式偶成三首　三月二十日

嘉儀參列逐前蹤。二十餘年卒業重。變樣賀詩新趣向。
無明欲照寓懷濃。詠燈
餞別年年巴調新。重加衍釋語諄諄。殷勤欲問門前樹。
出入懷恩有幾人。

合奏師恩聲入旻。滿腔感激見純眞。邦家興復擔肩背。
一百八旬有五人。

越函領、車中想起植林巡視、獲三律。三月二十六日

自哭先君卅九年。匆匆烏兎夢中遷。盤桓邸址餘庭樹。孤柏圍四尺餘彷彿林端憶屋椽。新調黃鸝揮舌澀。舊時翠靄滿顏牽。殷勤每歲三回訪。遺愛難諠足僾然。

間伐半完林影疏。優材夭斧劣材餘。樹齡修短倚經濟。價格高低從卷舒。四百萬圓分割納。三千幾本一時除。自栽自伐因長壽。尤感乾坤恩煦噓。

十五年前自所栽。葱葱鬱鬱喚風來。存優除劣理生態。伐朶剪枝修體裁。土適檜杉成長快。霧籠山谷樹容佳。

從レ今保護經二三紀一。雨露覃恩就二巨材一。

巡レ林雜感七首　四月五日

岳麓茫茫綠接レ天。高原極目草芊芊。知レ機達者誰開レ莽。
見レ遠家君先著レ鞭。平衍栽レ茶漂二碧浪一。傾斜藝レ楮起二疎煙一。
有鄰之德人爭效。忽化二荒萊一作二美田一。

黴菌侵レ根害亘レ蠲。楮椏枯死事堪レ憐。改圖二植樹一重二千慮一。
發二案造林一期二百年一。碩茂檜杉雲拂レ杪。鬱蒼松柏碧連レ天。
餘慶景仰先人力。長賴二孫謀深智圓一。

大麓祁寒威透レ膚。地偏物匱足二艱劬一。先君學レ趾移二新境一。
舍弟留レ家守二舊區一。冬夏巡レ林輕二蠟屐一。晨昏授レ事役二夫徒一。
過勞成レ病傷蘭折。小子終生淚作レ珠。

氣喘脚勞悲老軀。巡林半日汗衣濡。新栽稚樹育生速。
間伐殘株成長迂。翠靄怡顏催翫賞。清風拂袖解行厨。
相攜東道亦霜鬢。四十年來爲我圖。

大麓當年石徑斜。纔依馬背討煙霞。文明餘澤潤偏境。
土木改修通快車。迎送嵐光觀不盡。後先樹色翠無涯。
麻姑眄眙眼前變。不怪老生雙鬢華。

先人提倡創分釁。五十餘年一夢驚。恢廓如今論上下。
轉移晨夕議縱横。狹堂難斂咿唔衆。廣舍欲聞絃誦聲。
利刃誰能截蟠錯。速令幼弱浴文明。

辛苦經營五十年。荻君行履足喧傳。纔提耒耜闢蒼莽。
務植檜杉開綠巓。隴畝茶蕃風浪湧。柵塒食飽豕雞鮮。

古稀加二身逾健。孫子繩繩福祿全。

巡林詩補遺一首　四月六日

竹馬羣童采蕨薇。丘顛陵足綠芽肥。三春當日草敷罽。
六紀如今樹冷衣。葉裏新鶯揮舌滑。空中雲雀弄音非。
提攜伴侶多仙化。獨愛黃昏對落暉。

下午散策。獲七律一首。四月七日

東風一夜帶春來。和煦催人日蕩駘。八幡祠畔紅雲靉。
善福池邊明鏡開。適意冠童浮短艇。成羣士女起輕埃。
喜得陰陽方燮理。鬱葱帝里氣佳哉。

車中獲一律　四月九日

素尊猛命（素盞嗚尊五十猛命）殖羣林。幽谷高峰欣綠陰。濫伐無心輕本涸。親栽遠慮養源深。氣和日霽濃山喜。花發鳥啼黎首欽。偃草向風君子德。率濱將見樹森森。

呈松下特使 四月十日

瀆武強邦互競雄。核兵器試爆青空。乘槎奉使度英國。禁暴訴冤陳潔衷。人欲由來思利異。道心畢竟好生同。張騫復命還京日。一視仁風和氣融。

賀小菅橘堂米壽 四月十二日

米齡矍鑠壯心雄。鶴髮如仙顏似童。十世餘慶華厥裔。皕年積善發斯翁。刀圭治病術醫國。尚德薰人艸偃風。嘉客滿堂春正好。稱觴獻壽氣融融。

重賀橘堂 四月十三日

夙繼箕裘業執仁。回生幾萬救酸呻。論湯診脈淳于意。望色聽聲秦越人。縑上時題金玉句。胸中自有月花春。皇天錫福壽無限。永仰感恩滋賀民。

感懷郎事二律　四月十六日

人心險惡道淪冥。仁義孝忠渾潛形。横行犯法愚連隊。檢束迷方警視廳。白晝揮刀騷輦轂。深更放銃蔑霜廷。先憂誰講救匡策。拔本唯應繙聖經。

無賴少年僵銃丸。相爭威圏兩情殫。羣兇執紼銜虚禮。司寇供花榮葬壇。強禦跳梁綱紀墜。順良屏息膽肝寒。治安有策賈生哭。廊廟無人空浩歎。

臨在京楡樹會、席上獲一律、朗讀之。

附中馳譽廣陵天。五十年前執教鞭。當時志學紅顏子。今日成功霜鬢賢。月夕追螢遊篠畔。雪晨捕兎上茶巔。（三篠川茶臼山）一堂相會語疇昔。神往蒼蒼楡樹邊。（校庭楡樹蓄茂）

詠時事四首　（四月十九日）

國共提攜期廓恢。堂堂立論相恩來。訪燕首領無顏色。社黨氣炎歸死灰。（讀周恩來宣言書）

開發銀行林總裁。經營六載創基恢。功成名遂逐時序。樂聖避賢春上臺。（小林開發銀行總裁勇退）

英王訪法極驕奢。巴里歡迎還衒誇。不管貧窮無告在。外交厭見事紛華。（英女王訪法國）

成童操舵暗礁危。滿載超員舷易欹。奇禍非天因具在。

紫雲覆轍不二曾思一。第五北川丸

自述

十年辛苦挍二周官一。三萬餘條同異攅。挍就屠龍用無レ處。偏期仁俠策二公刊一。待三望周禮挍勘記刊行二

讀二論語溫而章一偶成　四月二十日

身心符合可レ欺難。修養何須レ務二外觀一。夫子儀容誠意表。溫威不レ猛又恭安。

周官挍勘成、志レ喜。四月二十五日

奎省諸星議二助成一。多年勞作見二刊行一。周官挍勘輸二微力一。涉二獵羣書一資二後生一。

釋奠作　四月二十八日

大成殿裏祀文宣。千載仲鑽高且堅。笙籥鳴堂靈鑒格。豆籩陳案禮恭虔。風前世態慨危局。劫後人心歎夕躔。醫國良方何物是。泗洙遺教庶回天。

丁酉釋奠儀畢。謹講有子孝弟章。感激之餘恭賦。

釋奠偏欽鄒魯淳。講經追古感銘新。宣尼盛德輝千古。子有立言垂萬春。庭訓根源爲孝弟。廟謨基本是和仁。良風美俗日澆薄。誰敍彝倫安此民。

拜賀　天長節八首　四月二十九日

拜賀　天長三十回。九重籠瑞五雲堆。羣黎上壽嵩呼處。　寶算無疆春藹駘。

昨修釋典滿堂人。今祝　天長向日民。劫後道心危一髮。執中能繫化如神。

五十六回迎誕辰。就將聖德旭光新。恩波蕩蕩及魚介。
精到研鑽鷲學人。

列樹公孫萠嫩芽。南風薫處勝春花。天長佳節參朝路。
擊壤謳歌民物嘉。

飛機獻壽舞青空。濠底游魚抃躍同。光被恩威春蕩蕩。
上天下地喜無窮。

新樹欣欣就日榮。九重雲霽氣清明。嵩呼上壽頌佳節。
民庶子來歡太平。

特賜恩餐歲歲同。稱觴頌壽有三翁。今朝甘露加祥瑞。
白髮休疑顏變紅。

海老添加櫻正宗。　椒宮仁愛淚濡胸。外孫來會南薰下。相與稱觴拜九重。

無涯恩德被羣生。海底潛魚新發明。自有旰宵間日月。鸞刀中竅入微精。

參賀朝天十萬人。　至尊七度出楓宸。歡呼餘韻入雲散。相悅君民父子親。

觀彩旗紙鯉飄風口占　四月三十日

新綠風薰端午天。彩旗紅鯉兩翩然。童兒志氣須恢廓。再造邦家懸爾肩。

讒佞滿廷猜讜言。孤忠難報奈君恩。怨深餓鬼汨羅底。遺俗粽菱懷屈原。

天長節賀詩。又獲二一首一。五月一日

百官肅肅上二楓宸一。萬國衣冠朝二九旻一。賜レ宴仁風靡二中外一。
稱レ觴人獻壽千春。

今日所謂迷泥（メーデー）也。車中獲二三絶句一。五月一日

薫風五朔是迷泥。勞務之人慶祝齊。標札赤旗狂亂舞。
放歌行進路東西。

爭鬭宣言比二亂民一。貪惏干レ上斁二彝倫一、本來懿德都拋擲。
禽獸同レ羣憐二憸人一。

皇國古來稱二大和一。風淳俗美福禧多。西洋文化輸二荼毒一。
上下交征奈レ義何。

八十八夜口占　五月二日

八十八夜氣溫和。阡陌槍旗漂碧波。忙手娘軍筐未滿。
薰風已送摘茶歌。

車中獲二絕句 五月十二日

躑躅花開啼子規。薰風吹遍促槍旗。無端憶起少年日。
手摘嫩芽盈籠遲。

雨霽日輝天氣和。漸漸麥秀碧漂波。家書未報故園景。
岳麓薰風今奈何。

橘堂贈江名產紅蕪菁及湖魚飴煮。賦此道謝二首。五月十三日

江州特產絳蕪菁。米壽老翁千里情。貧膳生光風味好。
每餐侑食代藜羹。

湖魚調煮用㆓芳餡㆒。甘美名聲無㆑脚馳。也是橘翁天外賜。
使㆓人耽㆑味自停㆒㆑匙。

謁㆓八幡宮㆒、階前踞賞㆓新綠㆒。

祠前新樹凱風薰。擾擾紛紛飄㆓綠雲㆒。陋劣詩人筆難㆑著。
空欽㆓大塊自然文㆒。

偶成二首　五月十四日

芸窗臨視數弓園。浸灌山妻晨又昏。百卉花開追㆓四序㆒。
生生大德地天恩。

成㆑羣羈鳥集㆓庭柯㆒。長尾彩身飛似㆑梭。來去年年期不㆑誤。
微生能信勝㆑人多。

讀㆓泰伯章㆒書㆑感　五月十六日

三讓幽光付暮煙。周家定礎迹泯然。一自宣尼蒙闡發。
梅里暗香千古傳。

讀啓手足章書感

啓開手足兩無傷。履薄臨深年月長。終身持續純孝行。
安然易簀駐餘光。

書感 五月二十一日

澆風薄俗奈倫彝。朝夕難謀人玦離。醫國良方君識否。
篤親故舊不曾遺。

逍遙善福寺下池畔獲句 五月二十三日

雨足水肥池鏡平。新陰映影碧雲橫。苔磯點點垂綸處。
釣客忘機午吹清。

渉獵以能・弘毅・託孤三章獲一絶

衞護能全六尺孤。老雄要見恐陰圖。華城復命酬恩日。寄託曾言泣武夫。

又書懷　五月二十四日

有能不恥問無能。充實如虚未敢矜。謙抑持身孔門學。風前偃草對馮陵。

卽事　五月二十五日

降誕（クリスマス）島頭颶爆煙。倫常明滅燭風前。標榜博愛僞瞞耳。基督精神存奈邊。

賀山田勝美獲學位二首

鹽鐵研來忘暑寒。多年心血注桓寬。博羅旁搜獵羣籍。

能獲天邊月桂冠。

學海無涯闊且深。謙虛須逐古人心。善哉牛頓一沙語。
警醒吾曹値萬金。

賀青丘再婚二首 五月二十六日

薰風去歳悼風儔。新綠今年迎好逑。北海麗人貞足繼。
潮音相和響千秋。

遠海潮音夜夜傳。枕頭空憶瑟琴絃。鳩居代鵲巣安泰。
新綠風薰五月天。遠海是亡婦遺集。新婦爲札幌產而潮音會員。故云。

至新宿菊正、爲大東文化學院第一回卒業生懇
親會。獲三絕。

大東文化志醇儒。三十年前同學徒。再會如今皆俊秀。

宣揚斯道據方隅。

麴街黌舍共鑽研。弘道精神起後賢。攸數彛倫危一髮。
憑君努力策回天。

離索東西相見難。今宵何幸喜團欒。當年白面靑襟子。
振起人心回倒瀾。

賀鹽谷節山杖朝　五月二十七日

四代儒冠稀世珍。節山後勁建勳新。辟雍振鐸造羣士。
吟詠養魂興衆民。文學源流支本辨。曲詞評釋瑾瑜陳。
杖朝賀宴薰風底。嘉客稱觴獻壽頻。

岸首相昨著空地（カラチ）、與巴基斯丹（パキスタン）首相等交驩、意氣
相投、合辨開發約成。獲一絕。

巡游首相訪巴丹。意氣相投握手歡。開發資源須合辨。
到頭地力足盤桓。

詠寧兒（ネール）

東西中立是寧兒。不黨無偏堅自持。兩相會談裝合意。
衷心半信半相疑。

喜緬甸修交

緬邦民意漸融和。劫火嘗焚敵愾多。今日修交忘舊怨。
賠償醫療浴恩波。

讀周禮正義 五月二十九日

仲容經解比瓊珠。明徹靈光今古無。一部周官網羣籍。
千金斷案仰眞儒。

想寅雄心情偶成

薄俸纔支八口貧。業成長子入公司。今朝獻費供湯沐。始報萱堂罔極慈。

讀淳于髠名實章三首　五月三十日

稷下辯才爭後先。是非論難舌端燃。螳螂當轍淳于子。名實提來挑大賢。

公儀爲政柳思臣。子柳子思魯穆陵夷削奪新。賢者於邦竟無益。于髠毒舌瀆彝倫。

病入膏肓功利淫。闢邪莊語頂門鍼。聖賢進退渾遵道。領否鄒叟千古心。

昨於巴里珍昆會議。英國宣言撤廢對中共貿易制限委員會。數國贊之。米國大失望。我國亦所望。
而反米之意。或恐國交生隙。獲一絕。五月三十一日
聯邦相會議珍昆。中共流輸開禁門。英國斷行米孽蹙。
孰裁確執截盤根。

椒宮親翦階前薔薇十二枝賜之、及賜點心。不
勝感泣。謹拜謝優恩。莞爾嘉納。歸家、插薔薇於二
盆、供佛前。恭賦六絕、拜謝優恩。
手賜薔薇十二枝。紅黃桃白貌參差。榮光含露香淸馥。
感激老臣雙淚滋。
嘉卉銜恩天上來。芬香馥郁佛壇開。曼陀華恐避三舍。
光彩爛然錦被堆。

託根天上競嬋姸。忽謫貧家情可憐。同器衆葩光映發。
偏疑閬苑會羣仙。
穠豔花容華玉階。一朝薄命賁茅齋。明窗淨几光輝發。
悅目怡顏慰老懷。
謫仙昔日憶東山。難忘白雲明月顏。豔麗純清相默契。
花容詩藻共爛煸。
皮陸賡酬稱麗容。白裴倡和頌揚鍾。名花才藻兩相得。
光彩斑爛瀾萬里。

明治神宮新建改修工事兩進捗、可慶可賀。獲二
絕。六月一日

六月風薰天氣晴。神垣新樹綠陰清。參宮每朔年將半。

川上歎同至聖情。
兵火瀆レ神祠燼灰。新宮工起制規恢。獻レ資結レ會輸二崇敬一。
經始無レ催民子來。

地下鐵路至二淺草一車中獲レ句。

隧道通レ車迅似レ飛。遠離二塵界一絕二危機一。四時和暖免二寒暑一。
安坐悠悠忘二是非一。

車中偶成

肩摩轂擊往來繁。信號赤青交替煩。時有二狂兒一逸二常軌一。
車中唐突駭二心魂一。

六月奇寒 六月八日

夏初三日雨霏微。新樹風寒冷透レ衣。錯二逆陰陽一非二偶爾一。

何人怵惕畏天威。

一讀西村琴村所編藤田小四郎詩鈔。尊攘意氣躍如紙上、可謂不恥父祖矣。五首。

赴義如歸藤四郎。夙傳家學事尊攘。筑峯依舊聳天外。烈與翠嵐千古光。

窮史琴翁聲譽颺。水藩潛德發幽光。遺篇五十傳神髓。千載如生小四郎。

風雲感會仰名賢。復古皇謨著祖鞭。卓矣常藩提倡力。作興志士克旋乾。

父倡子承孫履之。田家三世志傾葵。維新大業先聲烈。欽見千秋張四維。

然犀史眼頌琴村。曾把名賢子細論。博搜無遺四郎藻。殘山剩水慰游魂。

九鳥送九絶句。卽時加朱付郵。內有寄余詩。次韵卻呈。

何當把臂共開顏。兩意纔通詩句間。古峽曾游奇勝地。夢魂時訪牧丘山。

思日知錄中少林僧兵口占 六月十一日

少林北嶺又南都。和漢驕兵釋氏徒。圓頂蹂躪殺生戒。陽言折伏敢行誅。

因思基督教徒同轍

口誦耶蘇心夜叉。爭新兵器暴威加。爆摧坤軸折天柱。

十惡娑婆日欲㆑斜。

想㆓廓堂先生胸像㆑獲㆓三首㆒ 六月二十五日

方顙圓頤又秀眉。溫威兼備宛生姿。金人重鑄傳㆓勳業㆒。
穆穆清風萬古垂。

千磨百鍊冶㆓機根㆒。其德日新師道尊。濡染薰陶不言敎。
多才濟濟李桃門。

幽玄數理積㆓鑽研㆒。隻手聽聲深悟禪。游刃有㆑餘五鬢長。
到頭成績日懸㆑天。

又憶㆓廓堂先生㆒八首

泣誅㆓馬謖㆒志堪㆑欽。放校學生懲創深。成業他年迓㆑師日。
瀋陽城外使臣心。

藤公磊落愛風流。好作章臺折柳游。北陸觀光春蕩蕩。
一函驚破止登樓。

有德由來有善言。先生片語萬金尊。甘酸辛苦自身得。
烹鼎調和滋味存。

鍊磨不止下愚移。暴棄尤嫌作遁辭。鐵案千秋誰易得。
服膺日夕憶先師。

駸駸不息隙駒馳。鞭策聯鑣孰速遲。遼遠前途期必達。
斷行鬼避勿危疑。

捐館于茲三十春。德音在耳感懷新。廣陵師範開黌主。
遺愛高風起學人。

同窓結會友于情。撰定鄒賢尚志名。夫子精神長在此。

晨昏三復致丹誠。

先生訥敏出天資。徙義守仁無失時。知行常言非兩事。
陽明合一語支離。

挽宮本子　七月一日

東都楡樹日成蔭。培養晨昏功耐欽。游息多年同學士。
薰風執紼淚盈襟。

贈北邨西望

鑄鎔巨匠北西望。妙技入神聲譽揚。也有淸廉冰雪操。
名工高士萬年光。

赴神田松下街千櫻小學校、臨東條一堂千葉周
作記念碑除幕式。同校二氏瑤池塾玄武館舊址

也。爲區內史蹟。往復車中獲五絕句。七月六日

左武右文如兩輪。鴻儒劍士塾相鄰。百年之後人難忘。
功勒貞珉垂萬春。

瑤池玄武館連甍。霜白風寒月二更。羣動已收人定後。
誦絃聲和竹刀聲。

鴻博無涯條一堂。六經百子討遺芳。研鑽多歲別開徑。
著述等身千古光。

祕法創開千葉新。多年鍛鍊見精神。能夷心賊無遺類。
上劍由來不斬人。

豐碑新立表功勳。左右提攜武與文。欽仰兩雄遺愛址。
千秋萬古駐餘薰。

東條一堂先生一百年祭恭賦奠八首　七月十二日

成童立志學淇園。塾邇紫微弘道尊。一片葵心常向日。
勤皇垂教有淵源。

漢宋注疏非本源。焚書以上是儒門。博羅旁搜據經子。
新說啓蒙斯道尊。

瑤池開塾會羣仙。閬苑菁莪希聖賢。報國精神教之本。
彬彬多士策囘天。

幾百琅玕蔽屋椽。內虛外勁一身全。窮陰不變猗猗綠。
日對此君情兩牽。

執贄羣侯禮致虔。從游弟子越三千。循循善誘人成器。
酷肖杏壇琴瑟絃。

山頹昔日悼鴻儒。一綫斯文危岌乎。經藝無人荒廢極。
九原難起獨長吁。

雲仍憶中別開門。貨殖積財端木蕃。成德百年澤無斬。
餘慶混混念泉源。

百年追美奠蘋蘩。後學欲酬私淑恩。一炷香煙輕颺處。
儼然降格九天魂。

廓堂先生胸像詩四首續成 七月十六日

熱血藤君功績前。周旋北馬又南船。一千同學齊相應。
再現嚴師像萬年。

廣陵疇昔感師恩。今日康寧欽道敦。堪仰捐貲刻銅版。
顯揚遺德此文尊。

復歸開校北精神。後學聞風欽仰新。業就欣欣去黌日。
鑄成遺像駐天眞。
大東亞戰物資窮。獻像輸誠期奉公。歎息黌庭剩臺座。
穆如無主奈清風。

加朱九鳥詩付郵。併贈巳調。　七月二十九日

三期當選不休肩。清白精勤辭俸錢。政績維揚縣民悅。
米齡明尹壓前賢。

哭野田卯八氏　七月三十日

鄰舍相交二十年。同庚鶴髮兩情牽。大終有命停難得。
倏忽騎龍升九天。

挽東宮大夫野村行一氏　七月三十一日

恪勤多歲仕東宮。清白生涯惟奉公。難奈秋風猶未至。
青山落葉恨無窮。

加朱九鳥九詩。且贈次韻二首。八月十三日

米壽溫敦九鳥翁。三枝撙節雅章中。一團和氣吉祥止。
欽見養眞多歲功。諧調。三枝園吉號。九鳥。

牧丘多歲養神翁。吐露天眞詩句中。近業佳篇驚雅友。
才華煥發琢磨功。

想歸鄉中加藤會三首 八月二十日

咿唔肄業未成童。師弟結緣鄉校中。五十餘年彈指過。
相驚霜鬢禿顱翁。

團欒話舊逐前蹤。終始不渝情誼濃。滿目西風搖落裏。

後凋欽見六株松。

貔貅連捷樹殊勳。踊躍壯行征露軍。赫赫朝陽憶疇昔。
魯戈誰克返斜曛。

歸家續成一首

二十人中餘六人。扶持同井弟兄親。一鄉善士扇風化。
重仰東天杲日新。

寄猪口觀濤　八月二十六日

後繼無人堪慨然。期君刻苦逐前賢。斯文蕭索西山日。
好執魯戈回半天。

九鳥送五詩。加朱。贈余三首。次韻卻呈。

一年三度故鄉歸。竹馬童朋存者希。唯有邱園蒼樹舊。

追欽先德久依違。
富潤家門德潤身。溫敦忠厚養精神。峽中自有詩天地。
鳩鳥喈喈常在春。
米齡矍鑠頌長生。先德聿修馳令聲。積善之家別開徑。
造林兼得藝林名。

感事二首 九月一日

大震降災卅四年。回頭當日足酸然。都城强半化燒土。
冤枉羣靈付劫煙。排燼探墟男哭地。窺屍搜怙子號天。
一家免難依神護。報德偏期行履全。
劫火炎炎譴畏天。人心弛緩尚依然。廿年之後災重至。
萬古傳來權外遷。雪恥精神誰仰膽。回瀾事業孰仔肩。

廟堂不講根源策。上下苟安貪惰眠。

賀清水福市君喜壽　九月十七日

畢生樂在育英才。尚志精神曾不回。宜矣皇天錫難老。喜筵倶獻萬年杯。

即事二首　九月十八日

秀才志學奈貧窮。空抱雄圖氣作虹。賴有育英扶助會。狂狷得道見成功。　靜岡育英會

生誕于今三百春。光琳聲譽逐年新。寫生靈活傳眞相。紅白雙梅筆入神。　光琳三百年記念展

秋日偶成　九月十九日

秋霖方霽仰高旻。顥氣清涼吟杖新。夜坐陰蟲集階下。

合聲交響慰幽人。

佛具店東曰、本日至實圓寺、獻五具足及木蓮花。

明日彼岸會、如約。獲一詩。

牌子堂成喜結緣。諸家木主盡新鮮。蓮花五具俱完足。
恭獻丹誠華寶前。

詠時事三首　九月二十四日

四方專對在藤君。國際聯盟期樹勳。盤錯多端能截否。
縱橫確執羣議紛。

核爆害生人悉知。强邦倒逆敢行施。神州警告如充耳。
寰宇和平何術支。

五條提案自蘇聯。巧佞甘言欲視前。虎質羊皮被難得。

貪惏無厭罪滔天。

到尚志會館、臨敬老會。口占三絕。　九月二十九日

尚志同人會一堂。盍簪情厚喜洋洋。茶山篠水談疇昔。
新舊忘年氣焔揚。

夢裡經過五十年。同窗强半已登仙。無爲忼愒歎華髮。
敬老陪筵顏赧然。

豁達城君懷異才。東都會館喜弘恢。堪歎教組迷邪徑。
大道精神希挽回。

加藤精神小祥　十月二日

雞臺執紼一周年。濁惡世情曾不遷。學海迷津瀾湃湃。
緇流爭派瀨涓涓。高風欲起呼黃土。澆俗難回籲旻天。

聊捧平生追仰志。沈香一炷奠靈前。

八幡宮大祭口占二首

八幡祠畔瑞祥鐘。秋季嚴禋致敬恭。技演源家流鏑馬。
鬣振右將手栽松。入雲華表工新就。行拜衆人情特濃。
三日連天陰雨霽。無邊神德絕形容。

井草農商書社民。晨昏敬仰八幡神。三年豐稔稟倉滿。
千客集來廛市振。地價昂騰家產殖。華居續出野望新。
郊天氣霽秋方好。擊鼓田田助慶禋。

鶴皐贈南阿竹枝十二首。皆驚神駭目之事。筆亦
稱之。贈詩道謝。十月十六日

天鐘祕奧在南阿。怪獸奇花山又河。贊化新開別寰宇。

傳眞靈筆駭神多。

賀高橋山根兩家成婚　十一月五日

跨界高橋結兩村、溪流一道駛山根。霜淸紅樹色逾渥。
秋老黃花香益翻。噫竅相呼琴瑟合。松蘿胥倚葉柯蕃。
煌煌華燭稱觴處。齊頌螽斯庶子孫。

次鈴木豹軒韻　十一月二十日

漢土百度備。尤欽周官書。周公才之美。制作愼厥初。列
朝克率由。潤色治九區。鄭賈與陸氏。解義懇開予。歷年
焉馬譌。文理歎闕如。誰能任挍勘。落葉務埽除。黃顧盧
王阮。滿淸富鴻儒。考據羅羣籍。疑團喜分疏。人力自有
限。難必無實虛。末學從經藝。續貂秉犂鋤。挍讎比播種。

孰肯付忽諸。考文三萬半。正字二千餘。涉獵垂陌部。卅年費拮据。結實恥稊稗。或標入經途。方今歐美學。正德嗤拙迂。澆風靡內外。履薄人我俱。哀哉士君子。甘爲守錢奴。四窮棄不省。苛斂犯天誅。周官仁政謨。赫赫照雲衢。庶幾衆星共。北辰德不孤。

街頭所見　十一月二十八日

銀杏沿街葉正黃。欣看錦繡曬秋陽。傭夫不解風流事。手執長竿拂盛裝。

次豹軒韻　十一月二十九日

諷詠旻天傍水隈。逝波不返晚秋來。憂時白髮霜難拂。勤學丹心火未灰。楓樹紅黃欽夕日。人生得失付流杯。

偸閒散策非徒爾。洗郤塵襟叫快哉。

詠時事三首　十二月一日

李冠瓜履恐嫌疑。內外具瞻鄰善時。懷玉大臣千慮失。
三人市虎惡名馳。

小人懷玉禍端開。雖則大人成蘖媒。棒大爭傳針小事。
新嘉坡上奈羣情。

璨然眼玉贈妻君。偕老情濃稱絕羣。機智相公明有限。
何圖道路議紛紛。

米國發表第一回人工衞星發射、尋發表延期。其
焦燥可想。十二月五日

衞星發射逸先鞭。美國焦心堪憫憐。滿假頂門鍼一下。

人工何日駕蘇聯。

豎子成名飛衞星。美州秋老歎凋零。巧遲須講大邦度。
何事愁顏一樣青。

準備未完追後塵。衞星不轉美人顰。驕邦襟度小於豆。
雪辱由來在臥薪。

感事二首

裁判公平人代天。不殊中外法之權。怪來故殺當無罪。
莫是阿諛米利堅。

三強競事鏖生民。爆烈悖魂新又新。拋擲地天仁愛德。
甘心降伏惡魔神。

詠時事五首 十二月十五日

縱合横連儀與レ秦。東西對抗策謀新。扶レ痾統領何悲壯。主二宰聯盟一多二苦辛一。

蘇聯首相發二親書一。牽二掣西歐一會議初。獅虎眈眈威可レ畏。羣羊分レ圏畫二安居一。

人智無レ窮奪二化工一。衞星回轉碧虚中。競レ新水爆摧二坤軸一。大塊炎炎劫火風。

道心人智貴二并行一。偏重尤嫌衡失レ平。歎息片輪科學進。衆愚嘖嘖頌二文明一。

道心明滅燭風前。入レ骨妖魔身岌焉。日夜焦心生殺術。滔レ天罪惡絶二三千一。

悼二九鳥哭一レ弟

連枝翦伐痛何堪。孤幹蕭然對夕嵐。分憂吟友寒風下。
悵望天末憶鸞驂。

詠冬暖　十二月二十五日

斗杓迴轉歲垂新。未見繁霜覆地晨。衰朽畏寒如猛虎。
南軒偏喜似陽春。

參內記帳、奉謝年內鴻恩。獲一絕。　十二月二十九日

二重橋下水如油。鶴鶴成羣白鳥浮。今歲窮冬寒未到。
御溝楊柳葉猶留。

四　戊戌日錄

自昭和三十三年一月一日
至昭和三十三年十二月二日

昭和三十三戊戌歲元旦書感三首

歡迓韶光九秩春。一門清福念先親。諸孫繞膝都旬五。
衆子成家共十人。北闕經筵陪典學。東洋文化努斟醇。
天恩神祐報難得。庶愛殘年日日新。

生互三朝感慨多。盛衰世運似翻波。出師兩度膺驕國。
揚武千軍奏凱歌。狃勝羣黎心滿假。無謀敗衄淚滂沱。
創懲未足滔滔者。混濁誰能清大河。

維新元氣一何雄。開國皇謨上下通。怵惕反身行不息。
忠誠勵業思無窮。復興須則明治世。再造應追聖帝功。
寰宇如今長夜似。曈曨初日出瀛東。

雲詩　一月五日

名利由來無本根。雲煙過眼視之尊。文章修已彬彬盛。
學問治人穆穆敦。孚衆忠仁聲望走。感興禮樂令譽翻。
斷霞璀璨旦遷旦。須學新新出海暾。

成人日、據爐思時事、獲六絕句。一月十五日

東自東兮西自西。皇天分布互提攜。如何白日陰陽激。
奔電轟雷人慘悽。

獸眠洞窟鳥安栖。守分樂天俱不懠。靈長何爲吐妖氣。
陰雲籠宇日低迷。

天降人類一公明。黃白無分賦性平。滿假驕心競強勇。
兩間愁聽鼓鼙聲。

二人相接字成仁。兩國互交忘善鄰。懸隔天淵依底事。道心微弱作斯因。

道心振起急焦眉。利己排他妖孼基。胸宇雲消寥廓似。須期俯仰一無私。

學者連名一萬人。宣言核爆背天眞。聯盟虛氣聽提訴。要講同胞寰宇親。

得買杖有感二首

藜杖藤笻扶老身。出門每度感恩新。堪懷年少登巒路。走破崎嶇飛後塵。

扶體修笻防蹷顚。支心警策比前賢。滔滔世上少眞品。敗後難悛空自憐。

時事雜詠八首　二月一日

南極堅冰無盡時。似嫌醜惡俗人窺。六洲到處羣餓鬼。
欲護祕幽維地祇。

各國爭魁觀測船。暖溫窺季向南天。冰山凍海進難得。
誰道人間征自然。

宗谷冰洋進退艱。雄圖難就淚潸潸。天呵幽境常關鎖。
何日能窮南極寰。

衞星回轉倚人工。能補精靈造化功。蕞爾冰洋豈難涉。
不疑成效指呼中。

斬新兵器欲屠人。蔑視好生兼愛民。餓鬼修羅滿寰宇。
籲天弱小奈酸辛。

人智無涯新又新。綱維解紐奈彝倫。陰窮陽復天之道。
匡救偏望出聖神。

南極越冬旬一人。冰中觀測地天眞。今朝瓜代歸宗谷。
欲賞韶光故國春。

後勁隊員剛氣雄。對抗造化欲爭功。任他景物無怡眼。
春夏秋冬冰雪中。述讀新聞感想也

逍遙善福寺南池畔二首　二月十七日

水瘠池淸春未生。間雲蘸影太分明。怕寒士女來游少。
得意詩翁賞午晴。

蘆荻蕭條憐瘦容。嫩芽何日映波濃。窮通消息自然理。
感慨多時立短笻。

歸來看門前素梅軒外紅梅賦二絶

老梅紅白一時開。軒外門前互競魁。儂本公平偏愛少。
怡顏左右幾徘徊。
槖駝舊臘翦枝疏。意恐今春花影虛。何料暗香增舊動。
主翁幽賞雪眉舒。

時事雜詠二首

衒新阿世示虛威。肇國精神絶是非。分祖論爭紀元節。
具瞻君子愼樞機。
吹毛鼓舌毀皇朝。斥美嗜痂斯學妖。國史邦乘束高閣。
褊心迎合共波搖。

偶成五首　三月八日

人力誰抗大自然。南溟苛護別坤乾。層冰風雪嚮難得。
宗谷愛蘭空手旋。

越冬觀測一酸辛。偏喜生還十一人。救出無方樺太犬。
哀哉乞食日狺狺。

出陣堂堂二十員。欲征南極一心堅。天時不利功無就。
雄士襟懷眞可憐。

利器始成雄大圖。欲探南極計謀粗。眇船難奈惡天候。
慷慨悲歌憐壯夫。

七轉八起志堪欽。一敗何須意氣沈。捲土重來功就日。
光炎赫赫照來今。

次池大雅十便詩韻 三月十日

地僻塗遙誰叩關。數區山畝傍溪灣。興來時出從耕耨。
田在庭前十步間。　耕便

紫巒碧嶂玉成牆。筠筧沿巖引水長。煎茗何勞桔槔力。
更欲石髓止餘香。　汲便

千竿修竹碧成行。中貫滄浪一派清。盡日潺湲蘸猗葉。
山人臨鑑濯長纓。　浣濯便

瓜田蓏圃綠連塘。解慍風薰午日長。筧水澆園忘勞苦。
抱甕以外有良方。　灌園便

水亭風淨似乘舠。相會同心競釣鰲。忘機對酌獻酬罷。
殘肴爲餌誘游鯈。　釣便

瓊峯琪樹對窗開。詩興催人嵐氣來。吟咏何須曳藜杖。

神游鎭日在蓬萊。 吟便

平疇滿目碧玲瓏。家在淸風禾稼中。東作何勞饁南畝。
雨晴兼得讀耕工。 課農便

九旻氣霽白雲間。靑女凝裝林樹間。擁屋條枝揚耐伐。
樵蘇不用止秋山。 樵便

雞犬不驚敦睦邨。參天兩樹蔽柴門。竹杠昏撤前川穩。
長斥白波濡本根。 防夜便

羣山鍾秀競孱顏。游目幽人往復還。緬想崑岡王母會。
列仙歌舞白雲間。 眺便

讀謝春星十宜次韻 三月十一日

紅桃翠柳想西湖。蘇氏築塘千百株。誰學吳姬採蓮戲。

依稀景色不相殊。　宜春

綠樹重陰驕日遮。炎威不到散人家。清風一陣幽香郁。
想得池蓮開遍花。　宜夏

四山紅樹錦成屏。中有老松振鬣青。何用登高勞蠟屐。
重陽酒後不曾醒。　宜秋

千樹鬱林宜夏冬。遮炎又折朔風衝。蒼龍尤喜臥軒外。
臘月嫣然春色供。　宜冬

報曉春禽呼彩雲。漸臺氣霽喜初昕。曈曨不見池中日。
壁上欽看反映紋。　宜曉

飛鳥歸休倦翼休。落霞已斂四邊幽。殷勤堪感半天月。
投影徘徊爲我留。　宜晚

清泉懸處夏山寒。洗卻炎蒸心自寬。工畫難描斯境致。凭欄永日悅顏看。宜晴

蒼松白李傍蕭牆。振鬣搖柯頻送香。北牖風清黑甜覺。起看池水作文章。宜風

空濛煙霧閉還開。變幻陸離詩興催。好句欲成驚擲筆。奇峯當面突如來。宜陰

垂綸罷去子陵灘。石瀨水肥煙雨寒。飛動溪山無限好。獨銜杯盞醉中看。宜雨

讀十便十宜畫册四首

大雅風流十便編。畫詩雙美壓前賢。羞儂扛鼎學烏獲。絕脰力窮空慨然。

霞樵性本愛山林。嵐氣清陰愜素心。滿幅淋漓靈墨跡。
永傳造化自然音。

三絕春星寫十宜。晨昏晴雨四時姿。山精水伯援靈筆。
萬丈光炎照雪眉。

蕉匠以來隨一人。感神俳句一清新。風懷綽綽存餘勇。
雅頌丹青亦絕倫。

春日雜詩三首　三月十四日

社稷民人供學材。仲由躐等倒行來。銓衡猶勝當今缺。
歎息官邊少逸才。本日交詢社講此章

快禽喚霽日曈曨。軒外老梅紅欲空。尤喜餘寒虎威去。
明窗淨几迓和風。今曉所感

半宵微雨浥輕塵。吟杖探來淑氣新。善女善男池上路。本門寺畔太平春。賽本門寺

過善福池邊獲一絕 三月十五日

昨朝暖氣脫冬衣。今且奇寒復振威。善福池邊春寂寂。不看釣客坐苔磯。

即事七首 三月十八日

木瓜含蕾旱妨開。甘雨齎春深夜來。欲枕欣聽軒滴韵。凌晨欲看滿紅堆。夜雨

夜來甘澍未全晴。早發向鄉丘首情。先喜飈輪輕駛處。山河熟面笑相迎。歸鄉

觀音巨像聳天高。欲濟娑婆衆苦號。一片慈悲能達否。

菩提風急樹蕭騷。大船

鬱律青丘限二北天一。南濱碧海引二風煙一。伊田伊藤博文吉田茂兩相

斯培レ氣。經國皇猷似二涌泉一。大磯

條氏經營委二廢墟一。宮翁遺愛欲二消除一。彝倫斁敍隨レ時異。

移レ俗振レ風誰起レ余。小田原

靈泉曾療百痾人。今日豪游酒亂レ神。水伯山精應二慨歎一。

狂顛何術保二天眞一。熱海

三島崇祠護二庶黎一。曾當二大旱一起二雲霓一。澆風薄俗如今甚。

庶振二神威一衆德齊。三島

詠二富作一四首　三月二十七日

富兮朴直保二天眞一。七十四齡霜鬢新。日駕二牛車一輸二汙物一。

施肥禾稼惠農民。

頹齡無子有瓢牛。飼育殷勤恩意稠。觳觫牽車乘老主。
野花啼鳥路悠悠。

曾住芙峯大麓林。青嵐埋髓健身心。風淸皓月伺窗戶。
天白晨禽奏八音。

燒炭伐材棲碧岑。丁丁斤斧響幽林。餐霞以外有經紀。
鎭日勤勞汗化金。

詠八幡宮六首 四月一日

鬱蒼巨木擁崇祠。殿閣輪焉占境宜。左武右文兼兩德。
稜威千古繫民彝。

翠梢振鬣大夫魁。道是鎌公親自栽。八百年來馳萬馬。

天風度處起奔雷。

華表云成威德新。朱玄楹葢插蒼旻。祠頭乍益森嚴氣。
來拜鄉民仰聖神。

新設樊籬除樹冤。松杉碩茂古祠尊。從今斥去頑童斧。
足養人間虔敬根。

崎君至性自勤遵。奉祀鞠躬昏又晨。新殿改宮壯觀感。
使人振肅保天眞。

虔衷日日拜祠頭。十有九年曾不休。神德無涯錫難老。
康寧感激杖朝叟。

逍遙善福池畔二首　四月五日

逍遙日日善池隈。蘸影櫻花取次開。浮艇冠童櫓聲緩。

始知春自水濱來。北池

東風解凍氣佳哉。水暖魚肥春蕩駘。三五垂綸忘機客。
帶青枯瘦釣磯苔。南池

讀論語二首 四月十一日

至人無夢貴虛空。守靜死灰枯木中。末學經生狂簡質。
仰鑽大聖見周公。

志道依仁據德修。眼睛一點藝於游。飛龍忽地得雲霧。
靈墨天邊輝萬秋。

讀離騷三律 四月十二日

屈原資性一何純。赫赫聲名千古新。忠義輝光爭日月。
文辭豔麗歷星辰。姦謀日稔腸將斷。國事月非冤不伸。

哭地籲地訴無處。離騷一卷駐酸呻。
無親天道是耶非。楚國山河歎夕暉。熊繹襤褸嘉創業。
莊王霸略止餘威。子蘭毒舌譖成浸。鄭袖甘言膚受讒。
孤立忠臣空惻怛。淒風慘雨打寒扉。
鵾社盟朋讀楚辭。雲邊告急血痕滋。城狐社鼠陰逞毒。
後虎前狼頻朶頤。惆悵孤臣忠厚至。溫敦絕調範模垂。
日東末學千秋下。熱淚滂沱投卷悲。

讀竹內東仙遺著四種四首

松藩碩學竹東仙。鬱茂高標翠接天。遺著廿餘後凋節。
呼風振鬣嘯雲邊。
歷職多年樂育材。吟詩二萬挽風頹。餘慶不斬在孫子。

孝順團欒春上ㇾ臺。

便覽入門初學編。後生浴ㇾ惠繼二前賢一。扶輪大雅休二高議一。

卑近途連遼遠天。

百絕皇朝詠史書。武文男女悉羅漁。忠姦邪正愼甄別。

不ㇾ免二鸞刀一俎上魚。

賀下堀瑞穗卒二業學習院大學一就二職長崎造船所上。其

名余所ㇾ命。四月十四日

呱呱聲裏獻二嘉名一。瑞穗穰穰欽二熟成一。學習院高才足ㇾ長。

造船廠重職輸ㇾ誠。春風春水一時到。新卒新任雙慶幷。

貿易交通資二利便一。陳紅倉稟養二民生一。

挽二前川研堂一

奎星一夜墜天池（研堂。齋號。）波激魚龍鱗介墮。七步陳王才避舍。八叉溫子筆難隨。夏絃春誦三田塾（慶大名。醫教授）夕史朝經昆谷帷（一中。教諭）樂育多材國楨榦。兩閒長駐萬篇詩。

廣陵相識五旬年。秋月春花交不遷。靑社聯鑣俱競爽。杏壇同志共揮鞭。教成才俊多雲雨。吟就溫敦依管絃。白玉樓空下招急。復魂無術哭旻天。

述懷八首　四月二十一日

斯文會友敍彝倫。釋奠隆儀逐歲新。恚慍皇天誅俗薄。創懲率土向風淳。宣尼遺教宜循守。墳典垂言應奉遵。笙鼓鏗鏘神降格。昌平開治救民人。

自驚屈得杖朝春。不惑危迎善病身。討史窮年嗟淺陋。

擘經積歲恥深淳。斯文恆例祭先聖。尙齒招筵慰學人。
穆穆雍雍典儀畢。觴飛歡涌道相親。

敬老高筵重懇親。攀陪耆叟雪眉伸。春酣風暖氣無黨。
酒滿盤堆醉有鄰。古道生茅悲落日。斯文發耀喜清晨。
駑駘伏櫪猶思壯。千里輕車揚後塵。

劫後人心憂慮饒。行施倒逆道魂銷。神祇失敬社祠寂。
長上墜威家室囂。貪使交爭拋業務。官民相鬩缺和調。
皇洲自古有天佑。重仰國光輝九宵。

憂世皤翁足慨然。道心明滅燭風前。脫規年少行無軌。
逞暴愚連血有羶。刑法示威嚴戒飭。薰陶立本努喬遷。
後生不起奈宗社。墜緒誰能回九天。

日東道德有源淵。列聖培來千萬年。忠孝成風尊上篤。
溫恭作俗事神虔。情懷皎潔凌櫻蘂。氣格高明媲岳蓮。
後嗣勤遵擧前烈。須期光耀照蒼天。

劫後人心虛脫蟬。紫髯乘釁結貪緣。露甘何覺毒痲體。
危迫不知螳奮拳。厭去扶桑清爽蔭。爭追歐米酪漿羶。
千秋美俗一朝廢。蹂踐祖宗文化田。

慨世憂時欽澤翁。經綸建策出誠忠。薰陶誤法惘瓌切。
教導失針行路窮。格致爭魁餓鬼態。修齋誰學古人風。
頂門急處金椎下。欲見熙朝向郅隆。

悼英蘭二律　四月二十六日

離雁號天淒且酸。晚風淅瀝折幽蘭。才華煥發詩書畫。

情性自然貞淑安。巾幗叢中香獨吐。鷗盟會處句俱鑽。
悼亡空看斷絃瑟。田子憂衷萬慮攢。

才藻縱橫思匪夷。國風三百逐毛詩。前茅已見堂堂陣。
後勁應威正正旗。歌集先成詩編嗣出。忠厚繡腸孚暴虐。溫敦摯性
定安危。細心諷詠餘師在。一卷能張天地維。

奉祝天長節二律 四月二十九日

天長佳節瑞氣滋。咫尺龍顏上壽詞。雲表翺翔千祀鶴。
池邊游泳萬年龜。上林氣靄欣榮樹。下土民和向日葵。
偏禱泰階風雨順。不破塊兮無動枝。

瑞漂新綠擁楓宸。五十七回迎誕辰。日耀稜威何赫奕。
月躋峻德一嶙峋。觀光會討歐山水。明物精窮湘海濱。

獻壽嵩呼紫微下。子來熙皞太平民。

憲法紀念日二首　五月三日

憲法改裝旬一年。追懷當日淚泫然。髯虜逞威姦可疾。
廟堂屛息膝如攣。金甌國體慨生釁。神聖君王嗟殺權。
淳風誰講挽回策。赫灼典章輝九天。

五月初三屈辱辰。陽爲慶節氣難伸。億年傳統忽蹂躪。
兆姓康寧俄嘖呻。撤武銷兵招外侮。改科變教斁彝倫。
偸安子女慮無遠。誰使人心日日新。

晁水先生十七回忌書感　五月五日

自哭先生十七春。羣材樂育仰精神。滄桑激變人心殆。
教學低迷道念淪。弟子驕盈多背戾。師資干犯少勤遵。

滔滔日夜流成俗。晃水難回紅淚新。

思慈闈　五月六日

也迎祥月憶慈親。一片孝心追慕新。井臼蠶桑衣斥美。鉏犂墾闢手生皴。儉勤治內躬垂範。敦睦接人情葆眞。浴慶兒孫幸無故。奉承遺旨守清貧。

晝食後散步善福寺池畔獲一絕　五月七日

逍遙散策善池頭。躑躅花開水上浮。一陣風來澄碧皺。爭追彩影小鮮游。

書感五首　五月九日

研堂溘逝慨歎新。聖社清風無宰人。蕭索詞林悲落日。屯邅大雅孰扶輪。

人心道念兩危微。明滅淳風殘燭非。忠厚溫敦何處在。
半宵寒雨打柴扉。

心火中焚外發光。國風雅頌照無疆。哀哉擧世爭名利。
詠月吟花都不遑。

更新澆俗在溫敦。起手須清大雅渾。難奈滔滔無遠識。
不窮詩教泝淵源。

荒敗藝林堪慨然。清音絕響恥前賢。黎明敦講回光策。
半夜雞聲祖逖鞭。

賽池上六首　五月十三日

乍溫乍冷換衣忙。立夏已過新綠光。炎帝司天何弄技。
下民苦望順陰陽。

五月薰風翻彩旗。家家端午慶孩兒。壇陳甲冑兼弓矢。
尙武精神懷舊時。

懲羹已甚奈人心。爭拾碔砆拋國琛。美俗淳風冠封建。
千秋傳統欲銷沈。

魅人魔教出蓮門。詭辯恐汙高祖尊。顯正旌旗破邪劍。
膺懲誰克截妖根。

劫餘惑亂慨人心。摑稾偏期免溺沈。貪慾伺機求好餌。
朶頤獅虎視眈眈。

標榜楠木曼陀羅。妖教跳梁如惡魔。巧舌甘言逞誑誘。
入門地獄淚滂沱。

偶成六首 五月十六日

晴郊吟步夏初陽。老幼力田農事忙。撫面薰風齎麥氣。
擧家畝饁樂寧康。

隴邊欣見列槍旗。嫩綠飄搖風度時。鄉國茶園方摘採。
歌謠涌處燕差池。

中原逐鹿極間關。奔走驅馳不見山。孰是眞乎憂國士。
議壇揮辯濟時艱。

抗議漫稱汙國旗。鄰邦姦策出偏私。黨人無識視奇貨。
利用宣傳選擧資。

輕浮淺慮作聲援。平地生瀾西海喧。臨死擇音麀鹿在。
東方君子道長存。

法國政情風燭危。分流小派互猜疑。秉鈞數月支難得。

更迭頻煩如亂絲。

訪琴村七首 五月十八日

畏寒老懶鎖柴門。徵逐難通情意溫。雨霽晨光淸特地。
薰風趁約訪琴邨。

成童夙見抱文才。奇想如雲天外來。懸賞課題常中選。
桂冠貢首孰爭魁。

投身新報事操觚。天馬行空誰竝驅。七步陳王避三舍。
千言立就唾成珠。

文章報國氣何雄。滿腹經綸存盡忠。川上將軍兒玉督。
夙垂眷遇寄深衷。

生誕寒泉遺愛鄉。眞儒餘澤仰流芳。提封五萬經綸迹。

椽筆顯彰幽潛光。

常藩史蹟務㆓宣揚㆒。義烈二公經國光。奮㆑武修㆑文賢佐績。
著書一百發㆓煇煌㆒。

晨昏接㆓伴聖賢㆒人。青眼銜㆑杯遠㆓世塵㆒。興旺冥融天地氣。
悲歌擊節見㆓純眞㆒。

續㆓前稿㆒成㆓十篇㆒贈㆓琴邨㆒道㆑謝　五月十九日

載㆓筆三臺㆒擬㆓幕賓㆒。聰明總督識㆓伊人㆒。陰獻陽稱循撫策。
寛猛靡㆑風新附民。

同甲同窗淺見翁。多年音問不㆓相通㆒。寵招今日得㆓陪伴㆒。
鼎坐談淸和氣融。

酒該㆓和洋㆒香欲㆑浮。交兼㆓新舊㆒款情稠。莫逆匡廬憶㆓三笑㆒。

相送忘歸護國頭。

似聖社諸賢 五月二十五日

志道據德游於藝。宣尼聖訓垂萬世。綏和切磋緊張心。
悠悠冥合與神契。國風大雅三百篇。無邪一言得眞詮。
溫敦忠厚出至性。世道民彝被管絃。楚詞漢賦別開徑。
怨恩宏辭足傾聽。蕙蘭萎茶忠臣悲。磊瑰輝光照千乘。
樂府駢儷樹旌旗。漢魏六朝後先馳。樸茂華麗俱競爽。
萬端錦繡燦陸離。李唐機軸創律絕。新定體制調音節。
貴紳傖父齊吟哦。神鬼幽明共歡悅。宋元理學入玄微。
勃窣能敍胸中機。蟬蛻蔬筍頭巾氣。冥想時向寥廓飛。
明淸風氣欽雋永。羣賢彩藻爭煥炳。詞源混混涌不休。

深井水新汲二修綆一。栗里氣和一身間。朝瞻二停雲一夕南山。
王孟韋柳能嗣レ響。田園幽趣得二追攀一。子美流離開闢極。
片言思レ君憂二家國一。萬卷讀書腹笥充。靈筆能奪造化力。
太白飄逸保二天眞一。磊落氣象絕二紛塵一。讕言囈語皆珠玉。
謫仙無縫布衣神。蘇陸宏才本天稟。吟成文林曝二蜀錦一。
劉顧朱明雙眞儒。前茅後勁詞神品。錢吳王朱滿淸雄。
騷壇爭樹絕代功。等身詠藻留二天地一。付二與後人一傳二無窮一。
神州自有二國雅在一。短長參差放二光彩一。純情所レ發泣二鬼神一。
賡酬倡和樂レ壽愷。西土文化渡レ海來。大雅正葩日東開。
懷風凌雲又經國。才華煥發氣崔嵬。五山德川傳二淸韻一。
緇徒儒流扶二文運一。作家往往迫二唐明一。吐二囑芳芬一揮二天分一。

興國氣發金玉音。衰亡運因鄭聲淫。志動成詩詩助志。
詩志相待正人心。劫餘道念風前燭。淳風明滅奈美俗。
大雅埽地妖鬼跳。誰拂長夜迎晨旭。斯文會友互輔仁。
聖社鷗盟德有鄰。彫琢欲成金玉句。提攜須養無邪眞。
研堂詞宗俊傑士。曾宰盟壇執牛耳。天庭無人遽下招。
忽卒騎龍上帝星。非才承乏嗣餘薫。續貂偏恐敗前勳。
唯期黽勉附驥尾。同行千里從斯文。

亞細亞競技大會　天皇親臨幸。謹紀盛事。

亞洲卄國選靑年。競技爭雄氣突天。日月前星三燿下。
兩陛下東宮臨御臺臨 玉音宣會九霄傳。

亞洲競技大會日本選士樹首勳喜賦　五月二十八日

氣晴外苑綠風薰。選士偏期樹首勳。優勝紅顏揮畫錦。凱旋匹似古將軍。

鍊技多年心不移。足酬拔衆得魁時。金牌貢臆歡呼湧。習習薰風翻國旗。

聞士豪兒將軍出馬大統領選擧　五月二十九日

法蘭勇將士豪兒。出馬登壇擬濟時。分派黨人捐淺狡。合流深博固邦基。

遙夜聽蛙有感四首　六月四日

幽軒月落夜沈沈。合奏雄雌諧瑟琴。水滿田園棲息足。不須官地戀華林。

青天倏忽黑雲翻。告急鳴蛙閣閣喧。月白風薰無事夕。

幽音緩韵繞二柴門一。

議壇舌戰正喧闐。人道鳴蛙又噪蟬。比二況同倫一寃亦甚。
彼爲二亂響一是琴絃。

科斗前身文字功。綱維長繫典墳中。時攀二楊柳一幾跳躍。
感憤書香興二道風一。

詠二土將軍一五首 六月七日

一臥二東山一十二春。廼公不レ出奈二民人一。救レ窮何物最先務。
阿北版圖淸二劫塵一。

奈翁威勢似二轟雷一。强富當年誰競レ魁。規撫將軍志恢廓。
拔山功業欲二追陪一。

巴黎風尚競二新奇一。游里柳街誇二美姬一。當昔威稜總拋擲。

僅贏輕薄社交姿。
浮華作俗鄭聲淫。游冶章臺拋萬金。積歲沈痾禳叵得。
將軍具否頂門鍼。
興恢本在格人心。羣黨一團披臆襟。積弊除袪豈容易。
期君雄斷示來今。

臨東京八重洲口榛原在京友信會。會以靜岡師範學校卒業者組織。余爲其會長。榛原於靜岡縣榛原郡開養鰻池、出東京日一千貫、實占全都食用三之二云。今新開廛自料理之、以供都人嗜好。余陳車中所獲二絕句、以代開會之辭。六月八日

畢業年期差後先。同窗螢雪照書編。帝京今日懇親會。

神往機山新綠邊。
奉職參差官與私。同心思國報明時。靜陵師範炳傳統。
一髮能維道念危。

首夏無雨　六月十日

炎帝揮威堪鼻酸。田田水涸插秧難。雨師疇昔吝甘澍。
日霽畦丁夏尚寒。

五月得雨記喜　六月十二日

節報入梅黴雨來。水盈溝澮氣佳哉。田田歌起插秧急。
解慍風薰碧作堆。
風送嬌音餘韻長。分秧纖手與歌忙。一田纔了乳兒待。
農家婦女憫遑遑。

插了伸レ身暮色蒼。清泉濯レ足去二泥香一。五風十雨陰陽順。
虔默偏祈秋稼穰。
團欒食卓一家親。勞後粗餐方丈珍。鼓腹堯民何用レ羨。
晨昏作レ息葆二天眞一。
瑞穗嘉稱冠二八洲一。黃雲搖曳穀穰秋。祖神所レ錫生民本。
遵謹須レ全粱稻謀。

内子生誕口占　六月十四日

内子今年七十三。晨昏讀誦拜二蓮龕一。顯然冥助錫二康壽一。
獻レ賀兒孫深夜談。

次二藤田氏韵一

愛レ幽卜レ築帝京西。旦暮間雲去又棲。希レ聖安レ貧顏與レ閔。

樂賢遠俗阮兼嵇。南薰解慍嘉賓到。望魄中冤杜宇唬。
莫逆雙心談大雅。溫敦壽域欲攀躋。
雞報黎明日上東。人心振作孰稱雄。信忠風雅養清操。
葩正毛詩培眇躬。奎宿天邊追歲耀。稜威海角逐年隆。
復興氣宇充朝野。傳統文華照罔窮。
田子幽居何處尋。啼鵑相導白雲深。霸圖懷古源家址。
煙浪撫今湘海潯。月皎徐頤葩正藻。風薰偏仰聖賢心。
明窗句就三歎足。一刻清宵値萬金。
定省無方違老親。望雲日日仰高旻。蘭臺計會簿書錯。
石室牙籤光彩新。公退繙經燈炯炯。風窗琢句藻彬彬。
恪勤能執當時務。游藝怡神追古人。

董生正誼不謀功。末學多年期軌同。古聖遺經思有始。
先賢垂教欲全終。毛詩三百溫敦旨。唐句十千忠厚風。
澆薄人情今日極。誘衷孰得代天工。

樸學窮年忘白頭。駸駸駒隙不曾休。魯論解釋資參考。
周禮注疏勤校讎。世道衰微人競巧。淳風退廢吏爭賕。
仲尼姬旦經綸迹。天上懸光萬古留。

披簡繙編德有鄰。晨昏尚友遠紛塵。藝窗日霽錦箋燿。
禁掖風清心氣振。期會無違欽幹蠱。聖賢有迹仰經綸。
不歎世態馳澆季。五十今看慕母人。

歷世仕神忘利名。溫敦畜德一家榮。從容行履合賢傳。
澹泊襟懷愜聖經。竟日精勤文簿案。深更挑剔讀書檠。

興臻吟咏天來句。擲地鏗鏘金玉聲。

扢揚風雅護斯文。才藻氤氳如簇雲。混混詞源濡萬古。
堂堂筆陣埽千軍。生來敦厚夙超衆。稟受溫柔更拔羣。
琢就鬼神驚破膽。輸般匠石競揮斤。

承顏相會敍天倫。舞戲老萊情見眞。憶怙墳前珠淚冷。
慰慈膝下孝心淳。團欒話舊興方旺。提挈開尊酒數巡。
福履無涯長錫類。友于誼厚道爲鄰。

臨鐵門會懇親宴 六月二十四日

鐵門多士一錚錚。鍛鍊辛勤在雉黌。業就刀圭醫國手。
入神祕術救民生。

夏夜追螢傍濯川。冬晨望雪岳蓮巓。成功今日欽仁術。

酬レ徳杏林蒼接レ天。

脫二却雉冠一游二赤門一。日新醫學討二根元一。望レ神察レ色能知レ疾。

起死回生斯道尊。

松好樓頭溫二夙緣一。風薰酒美足二陶然一。羣材鬱鬱同窗會。

綠鬢紅顏憶二昔年一。

天旱。電機灌レ水、辮麥無レ憂。可レ喜可レ慶。六月二十五日

天公嗇レ雨斷二甘濡一。五十餘年曾所レ無。朝刊新報所レ報　二大泓池皆

涸渴。憂雲愁霧掩二全都一。

人爲二潴溜一奪二天工一。日夜乾坤浮二箇中一。瓶罄如今歎二罍恥一。

都民千萬苦二幽衷一。

搖曳黃雲熟二瑞辮一。田家勞作萃二南疇一。電機精巧替レ人動。

劇務何須歎麥秋。

穫麥 六月二十六日

雨霽風薰麥氣清。攜鎌婦女刈黃莖。幼童推後老爺挽。滿載檀車西日傾。

打麥農家最苦辛。穎芒刺體汗濡身。日新智巧駸駸進。電動械機勞代人。

出野東隅黎又明。勤勞不息汗縱橫。黃昏猶剩桑榆志。半月懸天杜宇鳴。

芽針出地領西風。生育三冬冰雪中。解慍南薰搖瑞穗。敷金麥畝卜年豐。

賀芝山會卒業三十五周年 六月二十八日

芝山鬱鬱綠風薰。同學多材屯爛雲。三十五年如一日。
菁莪樂育起斯文。

日本閣園新綠深。飛泉灑灑洗塵襟。芝山會友溫親睦。
五七年前同學心。

芝山松柏鬱蒼蒼。貞操多年傲雪霜。成育羣材資亦美。
提供家國作楹梁。

敎育英才師道尊。薰風滿座酒湛樽。螢窗曾照青山校。
依舊飛光庭向昏。

綠鬢當年稱俊才。孜孜研學互爭魁。皇都敎育雙肩荷。
班白如今同學杯。

青山講學致微衷。輩出羣材氣象雄。再會今宵招飲席。

德音懷舊杖朝翁。

賀櫻井照相手增築　六月二十九日

多年熟技寫形神。士女請來昏又晨。福履優隆增築就。
竹苞松茂瑞祥新。

神苑觀菖蒲　七月二日

紫白爭姸天漢涯。曾鍾榮寵屬官家。微臣何幸擅幽賞。
昭憲后宮遺愛花。

黨人偶成一律　七月十三日

野黨無人堪慨然。壇場三一衆參員。心空虛步脚離地。
說夢討論頭向天。撤武偸安迎女子。巧言阿世合青年。
親蘇反美抗當局。焦慮唯期獲政權。

與黨乏材徒詑羣。論壇強半勢形分。經綸今日缺深慮。
籌策何年樹偉勳。晉楚爭雄權在我。興亡異路擇須君。
嚴然卓立鄭僑在。孰執魯戈回夕曛。

歎青年無頼、師道茅塞。七月十七日

惴惴無辜歎治安。日聞凶報夏猶寒。深宵跋扈愚連隊。
白晝横行暴力團。魂魄翔天眉足蹙。腦肝塗地鼻堪酸。
綱維振肅須先講。何必喧喧責警官。

薫育英才三樂尊。造成多士作邦根。矜持昔日菁莪苑。
暴棄如今教學園。耳染驚聆宣罷業。目濡馴見事乖恩。
營私恃衆五旬萬。師道塞茅雙涙翻。

賀清超周甲次韵六首　七月十八日

頌壽庭禽吟可親。清翁華甲又生辰。依仁游藝臨池樂。成德潤身何說貧。

謙謙不屑事宣句。雙絕書詩令譽新。弟子如雲賀初度。加餐珍重萬金身。

三百清眞號數加。（會誌清眞及二九九號）日新聲價海隅嘩。修齡豈啻老彭比。福履優隆與歲遐。

二王風韵日相親。匹似羣星共北辰。硯海管城餘樂在。簞瓢顏子不論貧。

異例梅天晴互旬。薰風滿座綠陰新。觴飛樂起歡聲涌。一簇祥氣擁老身。

存誠舍運逐年加。執贄書香門外嘩。藝道無涯何處是。

天淵詩續稿

山河重疊白雲遐。

卽事

勞務聯盟號總評。擁羣恃衆意驕盈。抗官罷業貪堪疾。
克上要錢防叵撐。雇主兢兢歎薄履。傭夫得得擅橫行。
東方君子大和國。狼虎咆哮奈鬪爭。

聞瑞西國核武裝慨然獲一律　七月二十日

標榜中立庶康寧。永世治安迷夢醒。核武裝宣驚世界。
民兵調鍊守郊坰。比鄰窺覦眠難著。強獷朶頤神叵扃。
人欲無厭爭弱肉。幡然一旦悟惺惺。

弔慰次小池曼洞翁韵

紘絕傷神晝杜門。悼亡百日不窺園。傳通院裏初盆夕。

招得幽魂聽蜀魂。

謝千嵒惠贈一絶

崎陽名菓惠情滋。聲價隆隆無脚馳。幽賞媒賓感恩處。
茶煙輕颺碧參差。

坤輿時變漫成三律　七月三十日

南溟原爆裂。北極核彈煙。毒霧籠寰宇。妖氛滿昊天。揚
揚強國傲。惴惴弱邦憐。歎息修羅巷。破邪無佛仙。
中東諸弱國。反目捲風雲。民主抗王政。革新凌舊勳。油
田權利競。蘇美助援分。明滅崑岡火。或惶玉共焚。
革命悲伊洛(イラク)。兇威害至尊。情炎一朝忿。忘卻永年恩。國
體移民主。政權關帝閽。人心危岌岌。道念別乾坤。

讀論語有感七首　八月一日

赫赫驕陽八朔天。一年強半彈指遷。科程不進心徒躁。
愁看圓珠未了篇。

魯論施釋啓童蒙。聖語平明欽折中。靜海生瀾先哲在。
矯將彝訓揭虛空。

宣尼言行萃斯經。耽讀深更殘燭青。澆世堪歎長夜夢。
警鐘敲枕幾人醒。

伊物二儒功績恢。箋疏識見日東魁。後來經苑百花競。
的皪南枝欽早梅。

紙背眼光推履軒。徹微觀察捉靈根。紫陽瓊玉批瑕玷。
懷德經筵斯道尊。

條翁經解別開天。博涉先秦史子編。一洗漢唐注疏染。
斬新卓說薄前賢。
宇宙人間第一書。仁齋絕叫仰鑽餘。小生末學還傾倒。
晨夕披繙頑起予。

時事偶成一絕 八月五日

驕人貪慾墮修羅。日講屍山兼血河。毒霧濛濛漲寰宇。
無辜惴惴歎娑婆。

普毛訂盟 八月六日

普毛奸曲會。樽俎北京筵。共產牢提挈。歐西抗結聯。中
東乘釁隙。英美殺兵權。五國和平議。突風殘燭前。

兒孫會於伊豆長岡溫泉賀余杖朝 八月九日

桃鄕佳氣鬱葱葱。千樹老松參碧空。東海皡熙誰避世。
仁風振鼇護離宮。

輕車快走午風颸。曲浦迴汀海氣香。應接兒孫齊雀躍。
歡聲一路向長岡。

槽開突兀怪巖前。奔注溫泉天帝涎。洗卻人間百疴苦。
萬千浴客日連綿。

小松樓閣對青山。嵐氣迫人堪解顏。浴後凭欄幽賞久。
暮禽歸宿斷霞爛。

老松鬱鬱照欄宜。一簇幽篁映雪眉。風度婆娑還謖謖。
天然舞樂勝人爲。

一家六處各西東。相會團欒坐晚風。父子祖孫都廿六。

併兼二樂杖朝翁。

繞膝兒孫賀杖朝。溫泉浴罷月華饒。三年一度承顏會。
笑語歡聲上紫霄。

溫泉水滑濯煩襟。滿座淸風涼月臨。嬉戲諸孫助幽興。
老翁含笑把杯斟。

五方來會望雲遙。果汁芳醇忘永宵。子女齊謠老萊舞。
嬌喉冷袖滿堂飄。

奠機外先生二律　八月十九日

倬矣山陽機外公。三朝一日捧誠忠。秋官執法期無罰。
首相調鈞輸匪躬。陶治人心培國本。宣揚敎化贊宸衷。
九原難起奈黎庶。空奠蘋蘩思罔窮。

夙志闡揚皇道尊。無窮創會討淵源。東方文化克斟粹。西土典墳兼酌惇。禮樂三千君子國。皡熙億兆野人園。護將傳統長持續。庶使劫餘風教敦。

追涼二絕　八月十九日

午熱依然氣似蒸。追涼吟杖傍溝塍。淸風忽地飄衣袂。羽化登仙月作朋。

千竿修竹沛然過。向晚篁邊涼味多。乘興閒吟纖月下。早蛩新曲奏賡歌。

讀杜詩十一律　八月二十八日

巨靈揮怪斧。斲削蜀山河。深谷剜坤軸。危峰列銳戈。劈雲咆虎豹。破浪嘯黿鼉。祕奧神攸嗇。唯遲闡發歌。

杜陵才磊偉。忠厚自天成。運否君王慨。時艱社稷傾。烽煙晨夕擧。骸骨道塗橫。慘狀傳千古。于今鬼氣生。

稟受純眞至。工夫積進修。腹藏書萬卷。吟就筆千秋。念國終宵泣。思君永晝憂。豈惟才藻絶。秉道兩間留。

逆亂經安史。山河滿目摧。播遷君主疚。凍餒庶黎哀。老杜傾肝膽。靈毫述孽災。雄篇眞絶響。古往又今來。

大任將降下。窮厄剝肌膚。弟妹分天末。妻孥泣險途。食空餐橡實。衣綴倒天吳。惜別秦州舍。劍門雲棧濡。

造化鍾奇巧。蠶叢別拓天。嶢峰壓面峙。絶壑寒心穿。霧密難窺底。風高僅見巓。送迎殊景物。應接似神仙。

觸目風光異。崎嶇幾日程。瓊巒嵐浩蕩。沆瀣氣崢嶸。夜寂神仙語。旭昇雲海平。三壺何用訪。憐殺始皇情。

蹈破千重嶽。顏前沃野開。地肥民庶富。天豁氣崔嵬。武侯謀割據。玄德策弘恢。經綸猶足訪。驅筆駕宏才。

諸葛兼才略。誠忠出自天。三分王霸計。二帝武文權。兵下由雲棧。鬼啼從表箋。經營心骨瘁。星墜恨綿綿。

木牛流馬巧。險路克輸糧。奇兵驚典午。巾幗送衣裳。運否幽蘭折。風悲剩馥香。青史千秋下。長垂日月光。

詩伯零丁極。異疆嘗苦辛。周游窮地角。漂泊契天眞。覽古心腸熱。撫今慷慨新。聯珠千七百。光熠照彝倫。

新秋書懷　九月三日

九朔連宵雨未乾。青氈兀坐奈憂端。今年亦過三之二。

八十生涯一指彈。

金風埽熱短衫輕。燈下堪親夜氣清。遲暮科程剩強半。
年年增倍讀書情。

豐丘列北白川永久王墓前祭虔賦 九月四日

豐丘松柏鬱蒼蒼。堪仰皇孫遺德香。歲歲晴雲同志士。
晴雲會名 墳前奠祭憶蒙疆。
北白川清流自天。殉忠三世偉勳傳。臺灣蒙野捧身命。
報國誠衷起後賢。

秋夜讀書懷先師四首

新書悅比遠來朋。博異溫同心氣騰。學海偏希鯤化術。
搏風何日北溟鵬。

此是先師手澤書。藍朱滿レ紙隙無レ餘。堪レ懷夜課青燈下。
興旺不レ知更已除。

箋釋網羅齊物論。漆園眞意太悠遠。庖丁中レ窾刃常游。
鯤化扶搖騰二九萬一。

愛レ讀古今忠義編。先生闡發表二前賢一。桃蹊雜話蠹魚底。
塡レ字校レ文垂二萬年一。

悼二岸邊福雄氏一四絕　九月十三日

亭亭鬱鬱岸頭松。仙鶴來巢孚育濃。（經二營幼稚園一）一夜斷鴻傳二
禍報一。秋風淅瀝劈二心胸一。

殷勤寓話啓二童蒙一。快辯宣揚教化風。堪レ仰素絲能保レ朴。
染成錦繡萬端功。

菁莪樂育一生涯。才俊如雲萬朶垂。尤喜純眞高品格。光風霽月與時宜。

異業三兒醫釀財。金鎚一一頂門開。摩天高調朶雲墨。拜誦晨昏除點埃。

賀那智惇齋受藍綬褒章　九月十九日

二松門下底多材。鬱茂惇齋獨占魁。約禮博文心澹泊。研經窮史臆崔嵬。丹誠振鐸聞天界。藍綬輝胸照玉杯。親故開筵頌功德。一團和氣上春臺。

伊豆颱風。狩川洪水。十月二日

天帝年年何所嗔。夏秋氣節降災頻。太平洋上釀風雨。惱殺八州無告民。

猛雨豆州今古無。劈山呑邑似天誅。田廬流失財空盡。
後死殘民泣剝膚。

手栽憶起弱冠初。六十年來護舊廬。一夜颶風摧八樹。
傷杉入夢恨難除。

如聞岳麓大風過。六百檜杉摧折苛。四十年前吾手植。
奈斯海若所嗔何。

裂山怒浪勢滔天。漂屋呑人奈狩川。神譴何爲酷伊豆。
崑岡玉石慨同燃。

風伯雨師相競威。炸丸亂箭毒煙飛。乾坤震動蒼生泣。
戰罷應思客氣非。

美田冠水忽爲湖。瑞穗沒泥生氣無。昨日秔稌豐熟喜。

黃粱一夢奈長吁。

暴雨覆盆風又狂。自然威力孰能抗。由來人智無窮極。
須講天災防禦力。
皇城土壘痛崩隤。拔髮剝膚堪訊唉。雨師一視渾無憚。
上天下界等降災。
汎濫街衢行用船。滿都不見爨炊煙。晉陽疇昔竈蛙厄。
黎庶何辜泣訴天。

天警 十月八日

蠻鬼逞威毒。菁莪瘦欲枯。清泉頻努灌。大旱更難蘇。蔑
視尊親者。逆施梟獍徒。誘衷神助渥。反正免天誅。

秋日郊行 十月九日

顥氣盈二寰宇一。吟節午日暄。紅楓張二錦繡一。火傘展二鄉村一。溪瘠魚堪レ數。潭深浪不レ翻。逍二遥圖畫裡一。始味二韵人尊一。

讀二李詩一三首

南軒風日好。閒讀二李詩編一。天馬馳二千里一。斗醇成二百篇一。放奔巴蜀峽。飄逸謫神仙。醉取二波心月一。夢安江底眠。

星降生二太白一。諷詠仰二天才一。賞レ月揮二靈筆一。看レ花擧二玉杯一。來今誰嗣レ響。往古孰爭レ魁。大雅任二興復一。聲名壓二殷雷一。

芳薰萬里李青蓮。錦繡心腸出レ自レ天。傾國扶レ身榮足レ詫。寵臣納レ履辱堪レ憐。沈香亭北御筵盛。羣玉山頭花氣鮮。連架瓊瑰光璀璨。兩間照徹億千年。

似二姪龍雄一　十月十日

增築告成輪奐新。病牀二十整然陳。通風撫面蘇萎貌。換氣禳邪爽瘦身。蹣跚來時愁頞蹙。欣欣去日斂眉伸。施仁三世三肱折。爲市門前自有因。

積善後田（邑名）年月遐。三山（月山・羽黒・湯殿）嵐氣入眸賖。仕神惟敬多聞院。治疾輸誠岡部家。錫類無涯杏林殖。餘慶何斬子孫加。聿修先德團欒處。不覺西窗紅斷霞。

紀事　十月十一日

人心凶暴逆施多。警職法新嚴罪科。風化培根何物急。總評教組降妖魔。

鵑社諸賢壽杖朝。玉章高調逼雲霄。無爲老大歎遲暮。松柏竊期寒後凋。

詠正德本十三經　十月十二日

明修宋槧十三經。劉氏文勳照汗青。兩監無人鱗甲缺。
神龍難得認完形。（詠正德本）
修訂德本李元陽。時見千金一字光。學界延眸快先覩。
流傳萬古壯劉剛。（閔本十三經）
南北同年孰是贏。聞人周禮刻燕京。字端閩本避三舍。
義正詮書遜盛名。

賦周禮注釋書　十月十三日

周禮單疏稱絕無。船橋舊庫潛筐隅。賈公面目存眞相。
喜見經園大旱濡。
功偉浙東轉運司。珍書編纂無涯垂。注疏湊合開權輿。

嘉惠後賢思意滋。
韓國聚珍嘉靖刊。李王宣賜見題箋。刻精楮闊誇稀覯。
詮本同胞相後先。
萬曆重校監本功。大書吾擬傳無窮。創痍經傳補修盡。
顯揚學界揭高穹。
北宋傳來徐氏鐫。異同獨特絕諸編。難通鄭注能祛壅。
楮裏潛幽光燦然。
岳氏刊書功萬秋。唯嘆蛇尾續龍頭。奐彬贊語嫌阿好。
對比徐鐫輸一籌。

賀鈴木豹軒文化勳章受賞 十月十六日

明治佳節憶英豪。喜得吉人文化褒。蘆屋秋酣張錦繡。

岩園菊發頌功勞。辟雍振鐸俊才起。藝苑司盟聲譽高。
緬想親朋開賀宴。獻將巴調代芳醪。

先考五十年遠忌賦奠　十月十七日

追憶晨昏半百年。也逢祥月伏靈前。遺林愛護四時監。
庭訓遵由三省鞭。杉檜萬千雲挂杪。兒孫十五學希賢。
蘋蘩奉奠嚴修處。髣髴溫容氣僾然。

藝備回顧　十月二十一日

回顧纏綿廣幼黌。青春潑剌氣縱橫。南瞻聳立凱旋塔。
北仰征清大本營。
辭校匆匆四十秋。難忘師友兩情稠。細心講武轟黌長。
一意修文田教頭。

萬馬驅馳三備秋。陪觀聖帝閱貔貅。天顏咫尺行宮下。
恩賜御筵何日酬。

藤川助三君贈多賀山松蕈一籃。率賦道謝。十月二十二日

玉芝繭栗貌參差。芳香馥郁啓藍時。蕈含松露饒風味。
對膳偏懷恩意滋。

豹軒贈志感一律次韵

育子仙禽鳴九皐。聲聞天上賞勳勞。東隅彩藻人難遂。
西洛文華名叵逃。尙絅錦衣弁愈著。絕攀玉礎筆將抛。
加餐珍重輿望繫。日域靈光千仞高。

訪北條先生故宅 十月二十七日

周官挍勘刻雕成。三十餘年獨勵精。奎省垂レ光資二剞劂一。
先師遺教拓二榛荊一。尊前恭獻靈來格。後室手承怡出迎。
祥日秋高霖雨霽。香煙輕颺不レ堪レ情。

贈二豹軒一

豹叟詞林虎視眈。一聲百獸走二煙嵐一。詩談坌涌凌二甌北一。
題詠豐隆駕二劍南一。講二道辟雍一多士起。論二文白社一衆賢耽。
奎星燦爛懸二天外一。大雅功勞旌二負擔一。
劫後遺黎微二道心一。巷間爭倡鄭聲淫。溫敦孰克救二時弊一。
忠厚何人砭二石鍼一。大雅榛蕪殘月冷。古風蕭索夕陽沈。
非才附レ驥志二千里一。應レ和二笙鏞憂國音一。

嘆二秋霖一　十月二十八日

七日陰霖一日晴。小春不レ仰氣清明。下民剋レ上天垂レ戒。希レ使三人心歸二至誠一。

休日恨レ雨

郊外秋酣足レ解レ顏。待望休日雨潸潸。淵叢映畫恩二鸇獺一。館主欣然天欲レ攀。

登レ山泛レ水志二清游一。七日一間繁務休。何事無情夜來雨。強斟二濁酒一遣二幽愁一。

廣陵幼年學黌回顧　十月三十日

課後半天郊外游。每週水日篠川頭。有レ時長嘯茶丘上。睥二睨山陽一小二廣州一。

放牧無レ邊西備原。谷風吹レ綠草芳蕃。牛羊食足茁焉長。

監犬安眠午日暄。

指月城頭古意濃。維新俊傑似雲重。後賢來仰前賢迹。
春雨瀟瀟麗涙松。萩城東丘上有孤松。昔時游學士、至松下望桑梓、不禁離情、濺涙訣郷。故名涙松。時氏原生吟曰、志登志登止、降留春雨爾袖濡禮弖、昔乎偲布涙松哉。

屋島臺頭饒古情。平文源武決輸贏。那須一箭翻金扇。
優雅雄材兩擅名。

疾風俄起斷聯船。相望宇高歎絕懸。一夜青衿羈館下。
變程話會舌端燃。

謝九鳥贈葡萄　十月三十一日

一匣乘風自遠來。長房纍玉紫雲開。茘支軟棗讓滋味。
甲產葡萄天下魁。

九鳥溫敦風雅心。三枝禮厚感レ恩深。峽中緬想葡萄熟。
紫玉連レ棚値萬金。

紫綬褒章受賞恭賦 十一月一日

非才晩學一無レ成。紫綬偏慚忝二表旌一。懇懇師資薰化至。
哀哀父母苦勞傾。假寐常思蒲柳質。深宵陪侍簡編檠。
靈前奠レ賜告二榮幸一。難レ耐三恩感謝情。

今朝種田兄來贈二俳句賀箋一。賦レ此道レ謝。

故人交誼亦何敦。十七字詩金玉尊。一事無レ成空老大。
難レ酬知己叔牙恩。

次二豹軒韻一二律

倒逆頻頻毛豎森。劫餘世態隱憂深。揮レ威虎猶屯二街市一。

掠弱鵙梟襲宿林。道義浮雲輕過眼。綱維解紐孰經心。
嗸嗸斷雁旻天哭。難奈瀟瀟連日霖。

肉食缺如長久圖。蒼生何日得驩虞。外交姑息災孼在。
內政苟安誠意無。東里人空鄰辱我。南陽龍臥夢忘吾。
偏祈一瀉天潢水。大旱八洲花木蘇。

明治神宮再建初例大祭　十一月三日

新祠重仰造營成。輪奐莊嚴無與京。本殿樓門金眼燦。
渡廊廂廡木身瑩。　聖皇賢后神攸鎭。黎庶兆民葵所
傾。虔禱乾坤禳魅氣。明治再現撫蒼生。
遷宮儀畢益威靈。恭仰　雙神峻德馨。敕使參趨供幣
帛。祠官揖授薦粢醹。女男屛息齊興拜。笙鼓停雲降格

聽。寰宇一家御歌儼。大和羣類眼睛靑。

秋日吟行二絶 十一月四日

宿霖新霽碧高旻。乘輿吟笻弄小春。豐熟鄉村秋社日。
田田雷鼓擧嚴禋。

禾收隴畝斂黃雲。甲弊草人思偉勳。鳥雀輕威啄遺穗。
枝頭紅柹夕陽曛。

宮中園游會 十一月五日

拜恩恭上九重園。羣菊爭妍香氣翻。雲散高旻懸日月。
驩虞士女頌聲喧。

昔人夢聽奏鈞天。雅樂如今舞現前。淸韻停雲風拂袖。
陪游黎庶醉陶然。

聖帝游神演打毬。旰宵醫倦氣悠悠。追丸人馬共奔突。妙技堪懷遺愛優。

二千五百有餘人。二重橋上渡天津。相逢共訝神仙似。禁苑日暄祥氣新。

芥川氏贈封筒一束、八圓郵劵八片。謝疎忽也。余諧謔言之、子眞實愛之。乃贈一絕。

戲言含毒累端人。郵劵封筒見本眞。忠厚如君多叵獲。溫敦教外乞游神。

挽津山君三首

羣動將休斜日曛。空庭欲弛讀書勤。突如砭骨西風急。齎訃飛鴻聲劈雲。

尙志精神逐歲薰。津山夫子是元勳。育英感化收雙美。簇出賢才似岫雲。

前路夙開梁與津。同行左右弟兄親。怡怡切切善相責。對揚聖世務陶鈞。

次淸堂韵

經苑生荊棘。人心迷義方。溫敦輕大雅。堅冰怕履霜。噫予賦性薄。藻思慨空囊。況復志學晩。難上禮樂場。對簡羞淺陋。臨文恥枯腸。無爲忨歲月。白頭妬年芳。誤忝紫綬選。夢寐不敢望。晨思又夕惕。何術能對揚。兎園册出世。偏賴奎星祥。淸堂川夫子。感荷賜瓊章。君是金城珍。繼述前賢光。城上燿金鯱。文勳孰短長。

追懷津山君　十一月十一日

國漢數英成業新。來任欲改校風陳。居中鎭靜山夫子。
奈此焦心三手（スリーテーブル）振。

數理研精學入微。深宵兀坐恍忘機。母黌垂教開新法。
欲正多年斯界非。

追憶津山君

多年主事附中黌。楡下春風淸且明。薰化賢才悉成立。
欽看濟濟國家楨。

尚志精神祖廓公。遵由紹述是君功。本根道義枝條學。
切切怡怡薰惠風。

同窗相會酒催筵。乘興揮毫玉牋箋。最後君書塞餘白。

圓周律數續連綿。

謀議爲レ人忠且誠。執事無レ偏每持レ平。高明心境比二何物一。
秋月懸レ天顥氣淸。

冷徹深衷謀得レ宜。始終志レ業不二曾差一。回レ頭何恨平生事。
潛德日章無二盡期一。

周禮經注疏音義挍勘記刊行。言レ志。十一月十二日

周官挍勘刻雕成。三十餘年獨勵精。奎省恩光賚二剞劂一。
先師提命拓二榛荊一。魚陳獺祭疑堪レ決。亥豕陰陶誤足レ明。
系籍斯文何所レ作。空嘲二老大一一儒生。

挽二土屋竹雨一

修二得刑名一意不レ嘉。去研二三百一思無レ邪。裳川巨匠切磋力。

太白詞宗磨琢加。文化宣揚司㆓大學㆒。詩壇叱咤宰㆓東華㆒。
秋酣暮雨濺㆓修竹㆒。叫斷哀鴻天一涯。

臨㆓豹軒歡迎會㆒即事

關西詞伯莅㆓東京㆒。聖社盟鷗鶴首迎。今夜司天應㆑奏㆑變。
奎星移㆑座益㆓光明㆒。

先考五十回忌辰、官授㆓紫綬褒章㆒。　皇后特賜㆓酒衣㆒。乃家祭捧奠、以紀㆓恩典㆒。十一月十五日

先考五旬回忌辰。恰逢㆓冢宰選㆒掄新。椒房獎勸德音下。
紫綬褒章榮幸臻。朋酒湛㆑香沾㆓陋室㆒。被衣帶㆑賜暖㆓寒身㆒。
靈前捧奠光輝燦。恩洽㆓黃泉又九旻㆒。

七五三辰祥氣滋。家家古俗祝㆓童兒㆒。白頭老叟浴㆓恩典㆒。

紫綬褒章煇弊帷。官邸盛筵文相莅。兎園小著陋儒爲。
提餉母子欣然去。慚我功微背汗垂。
馳車急遽向鄕園。對坐夫妻寡語言。祥月今宵行祭祀。
忌辰明日奠蘋蘩。五旬年歳逝川迅。千仭峯巒撫育尊。
椒房賜物嘉賞典。靈前幷薦賁家門。

豹軒寄歸展七律二首、及賀受賞二絶。乃次韵郤
呈。十一月十七日

翩翩旌表賁高門。文化功勞賢子孫。晝錦歸鄕華祖考。
先塋奠賜慰靈魂。西風動樹蓼莪意。烏鳥啼梢鞠育恩。
行道揚名追孝至。彩霞爛燦晩晴村。
捧奠旌章告祖塋。立身終孝耀幽明。聿修謙德念餘慶。

惟愼威儀出至誠。八十慕親千古事。兩間堪駐萬年聲。
秋酣紅葉滿山錦。顧望低回不耐情。

朴學終生顱戴霜。何圖紫綬賜褒章。西方有友眞知己。
爲我欣然學賀觴。

學海深玄難可量。究明大業豈承當。人心道念危微極。
匡救空歸夢一場。

次鶴皐見寄韵郤呈　十一月二十二日

崑山採玉歎空囊。措大才疏缺審詳。假色奪朱尼父惡。
過當紫綬怯褒章。

臨安井朴堂二十周年追悼會　十一月二十三日

先生易簀廿秋春。學苑蕭條感慨新。執禮倶研詳繹義。

以文相會力依仁。珠川明月照吟興。赤木薰風扇道淳。
天霽先儒追仰日。聖堂構内奠蘩蘋。
先生系出碩儒門。學業丕承王父尊。大道脩明匡末俗。
羣經講解導黎元。終生樂育多材起。沒世摛辭千古存。
繼往開來功亦偉。追欽後進謹招魂。
學問文章一代宗。聚衣衷錦古情濃。時榮不願春園李。
常綠唯期冬嶺松。藏拙陶潛眞日顯。講經程顥士雲從。
終生絳帳在書院。振鐸不曾臨辟雍。

琴郵惠賀詩次韻　十一月二十五日

賜賀常藩後勁人。著書一百敍彝倫。經綸威義二公志。
闡發堂堂文陣新。

挍讎擬替讀書人。孫阮續貂何不倫。斬殺兎園雙册子。
優恩紫綬表章新。

謝恩二絕　二十六日進講皇后賜御園栽培十種蔬菜大籠柿大林檎一籠名菓一包　十一月二十七日

珍蔬佳菜滿筠籃。光彩陸離香暗含。禁圃栽培天上味。
寒廚生色寵恩覃。
紅柹林檎籠上堆。秋光璀璨似瓊瑰。菊章銘菓忝兼賜。
感激老臣雙涙頹。

惇齋翁贈七律賀受章次韵

學界無邊守一疆。竊期墾闢試宣揚。周官文字委榛莽。
姫旦經綸暗典常。鄭注欲明重世謬。賈疏擬拾考徵祥。
鯫生志大業何小。紫綬堪慚蒙表彰。

次二節山韻一 十二月一日

四代眞儒酬二國恩一。修二明道義一遠二塵喧一。宣揚邈邈祖宗訓。
洄泝沼沼洙泗源。末學我慚二蒙濫賞一。奪レ朱紫綬冒二虛尊一。
希下隨二驥尾一到中千里上。珍重依レ君經術存。

次二陶軒韵一

徒勞二精力一斗旋長。何料濫褒蒙二表章一。雪案無レ功嘲二老憊一。
霜華有レ犯羨二年芳一。欽二君謹懿就將盛一。恥二我脩明問學忘一。
多謝今宵風雅會。斯文館上共稱レ觴。

次二豹軒韻一五首

屈原修進在二蘭皐一。構想自然無二苦勞一。競二爽詞鋒一堅克破。
交二戈敵陣一貌難レ逃。離騷不レ用訴二憂憤一。旌表宜レ欽レ蒙二寵褒一。

風白露華蘆屋夕。來鴻傳㆑吉月輪高。

數竿修竹玉疎森。秋老庭前寒色深。潔士虞㆑汙潛㆓澗谷㆒。端人疾㆑濁入㆓巖林㆒。東山不㆑學謝安志。西蜀誰追諸葛心。羣小營㆑私舟上㆑岳。倒流滾滾似㆓淫霖㆒。

回天欲㆑見抱㆓雄圖㆒。當國諸公不㆓世虞㆒。巧舌刃鋒胸裏潛。甘言飴蜜腹中無。譎詐姦兇爭賣㆑友。忠誠信實誰起㆑吾。劫後殘民懸倒極。熙熙何日樂㆓樵蘇㆒。

雜樹垂㆑陰掩㆓兆門㆒。餘慶不㆑斬及㆓兒孫㆒。常馳㆓北越望雲志㆒。日養㆓西京典學魂㆒。詞苑開㆑蕪傳㆓後勁㆒。家庭愼㆑訓報㆓先恩㆒。功㆓勞文化㆑告㆓旌表㆒。晝錦鮮明孝順村。

負㆑笈青春辭㆓舊塋㆒。終生積㆑學答㆓清明㆒。白頭歸展奏㆓榮典㆒。

紅樹喜迎輝素誠。功遂爛熳文化賞。名成搖曳藝林聲。
墳前拜謁日將落。啞啞烏啼不耐情。

附文一首

東洋大學長文學博士前豐山管長大僧正加藤

精神師墓誌銘

師諱精神。加藤氏。平七君第二子也。明治五年九月二十九日、生愛媛縣北伊豫村。年甫十一。剃髮隨松尾章純師得度。十六、負笈上京。賴護國寺高志大了僧正。學哲學館及眞言宗大學林。更登總本山長谷寺。自誓繼承豐山學脈。當再建長谷寺大講堂、爲局長。經始得宜。經豐山大學長。五十四、爲豐山派管長大司教大僧正。

又勤眞言宗御修法大阿闍梨。創設大正大學也、師斡旋有力。尋任教授。更爲學長兩次。五十九、隱棲東都南藏院。先是任東洋大學教授、遂陞學長。起講堂、增學部、創大學院。成績可觀。昭和三十一年十月十八日病歿。享年八十有五。師純明剛毅。溫良慈愛。夙蒙雷斧阿闍梨眷遇。其法嗣黎乙眞阿闍梨設居士林於香港布教、歿其地。當其小祥忌、師臨嚴修法要。遂巡錫上海南京。後又赴北京、盡瘁日中佛教提攜。師既勵精宗門興隆、又專心育英。兼教東京帝國大學立正大學等。官賜木杯及賞狀。又闡明密教書十餘種、並行于世。獲文學博士學位。配松浪氏。生四男二女。伯章一。仲純隆。叔精亮。

季高濟。女輝子夭。次君代。並紹佛種。純隆君齎行狀來
請誌銘。余同僚多年。誼不可辭。乃銘。銘曰。

夙握祕鍵　開闡眞言　六根淨盡　明鏡無塵
長谷南藏　管統揚薫　大正東洋　學長樹勳
衍釋經典　宗旨廣宣　巡錫禹域　成德有鄰
濟度衆生　造成羣賢　功業赫奕　長照後昆

維時昭和三十二年歲次丁酉九月三十日。元東洋大
學長文學博士加藤虎之亮撰幷書。

天洲詩稿　二

二

後　記

昭和五十五年十一月二十九日、恩師　天淵加藤虎之亮先生第二十三回忌墓參のため、內山知也教授と共に富士山麓大淵の加藤家を訪ねた。その時、先生が御在世中に漢文で克明に記された大部の日誌が保存されてをり、その中に大量の詩が含まれてゐることを知った。

周知のとほり、昭和三十年十月、先生は喜壽に方って『天淵文詩』二册を上梓せられた。よって、御遺族は、この日誌を資料として續編を刊行し、第二十七回忌の御靈前に奉奠したいとの御希望を漏らされた。私どもは同感の意を表し、お許しを得て日誌を東京に持ち歸った。そして、內山教授と連絡をとりながら、及門の中でも詩に造詣の深い石川濯堂・猪口觀濤兩教授に協力を求め、作業の分擔などを決めたのは翌年二月七日のことであった。

內山教授が日誌から抄錄した原稿に猪口教授等と相會して詩題を附し、これと並行してまづ内山教授が返點を加へたものに私が卑見を附箋し、更に石川教授等の意見を徴めて検討すること兩三度、五十九年五月十七日に至って一應の原稿が出來あがった。當初、先生の日誌は『戊戌日錄』乾册（昭和三十三年五月二十七日）で終ってをり、御逝去までの約半年間の分が缺けてゐた。然るに、原稿を印刷所に渡してしまった直後の六月、大淵の故宅で偶然その坤册が發見された。私どもは驚喜して、直に前と同じ方法によって追加原稿を作製することとし、總べての作業を完了したのは七月下旬であった。

『戊戌日錄』坤册は、

　　十二月二日　火　快晴

六點三刻起床。電話清田氏、諮慰勞會場、不決、約今夕重商議。

といふところで終ってゐる。先生はこの日の午後、外出先で急逝せられた。文字どほり絶筆である。この最後の一冊の出現によって、正編以後の詩をここに網羅することができたのは、全く先生の冥助によるもので、關係者一同の感激に堪へない所である。

先生の詩は、憂國慨世の作が多く、花鳥風月を詠じたものは少い。また、敬神崇祖の信念を吐露したものが多く、假令煙霞林泉の幽趣を吟詠したものでも、意は世道人心に及ぶものが少くない。世界情勢に關心を持ってをられたことも驚くばかりである。先生は好んで「溫敦」といふ言葉をお使ひになられた。もちろん『禮記』の「其の人と爲りや溫柔敦厚なるは詩の敎なり」に本づく語であるが、しかし時事に慷慨して激越の辭を陳ねることも稀ではなかった。これは、先生が溫柔敦厚の詩敎を學ぶ前に、天賦の性として具へられた所によるものであらう。

先生に若しお手づから續編を裁製する機會があったならば、或いは取捨をなされたかも知れないが、本書には數首の例外を除いては總べての作品を收錄した。先生の學問は該博であり、詩藻もまた豐潤である。先生の詩に私どもが返點を施すのは眞に烏滸がましいことで、自らの淺學を世にさらすのはやむを得ないとしても、誤って高作を冒瀆する所があるならば、罪は萬死に價する。それにもかかはらず、敢てこの擧に及んだのは、正編の體裁を踏襲せんがために外ならなかった。改めて九原の先生のお赦しを乞ひ、併せて博雅の君子の御敎正を俟つのみである。

本書は、御遺族の熱意と三年有半にわたり貴重な時間を割いて下さった受業諸氏の協力とによって成った。玆に經過の大略と所感の一端とを述べて後記とする。

昭和五十九年八月朔

受業　戸　田　浩　曉

昭和五十九年十一月廿五日 印刷
昭和五十九年十二月 二 日 發行

著者 故加藤虎之亮

靜岡縣富士市大淵三一一五番地
發行者 加藤忠正

東京都千代田區神田神保町三ノ一〇
印刷所 株式會社共立社印刷所

紀恩帖

大矢根君

恵存

加藤虎之亮

紀恩帖

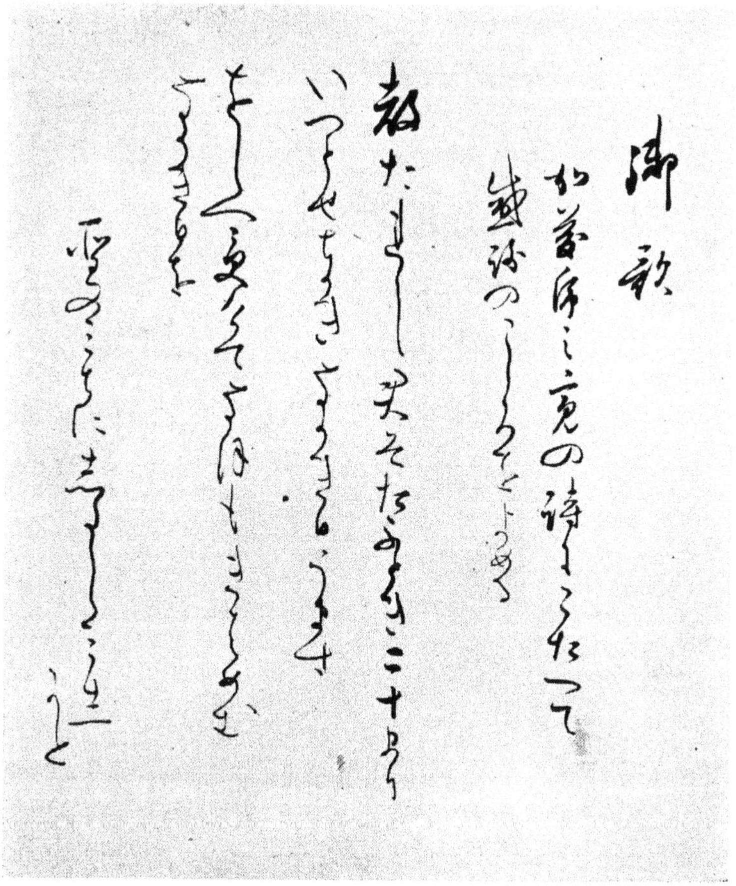

皇后宮御歌　　竹堂高塚錠二氏謹書

加藤虎之亮の詩にこたへて感謝の心をよめる

教たれし君そたふとき二十まりいつとせちかきな
かき日うます
をしへ受けてなほもきはめむなかき日を聖のみち
にしたしみしかと

鳳凰硯

恩賜鳳凰硯　上は匣　右は蓋

弁言八則

一　虎之亮進講　皇后宮。以客歲四月。滿于二十五年。二十二日。恭上古詩一篇奉謝。卽日　特旨賜　鳳凰硯。見慰積勞。不勝感激。重賦七律五首上焉。倂請諸家賡和。見贈詩者二十七賢。見寄和歌者十六賢。裝爲二帖。命名紀　恩。以貽兒孫。又刷印以贈親故。

一　皇后宮慈仁。歲時賜物。不勝一一奉記。昭和二十二年二月。賜蠶綿。恭賦古風一篇奉謝。　皇后宮更賜　親書御歌二篇。蓋爲　特恩。乃上奉謝之啓。及詩二篇。二十三年十二月。先考四十年忌辰。賜　林檎及線麪。又上奉謝之詩二首。此等詩文。逐年次倂載。以志　恩榮。

一詩歌次敍。先次韵。次古詩。律詩。絶句。及和歌。

一諸賢敍列。從五十音順。

一恩師文學博士新見吉治先生。賜獎詞。特錄次韵詩之前。

一諸賢書例不一。今一倂用缺字之例。以一體例。僭踰之罪幸恕。

一御歌請竹堂高塚錠二氏謹寫。倂　鳳凰硯撮影。奉揭卷頭。

一題簽請宮內廳長官田島道治氏所署。謹謝兩氏好誼。

昭和二十七年九月

加藤虎之亮識

紀恩帖

駿河　加藤虎之亮編

奉謝　皇后宮賜　蠶綿

二月念八日。昭和丁亥春。臣虎　終進講。鞠躬下　經筵。女官
傳　懿旨。召虎　賜　蠶綿。餘寒猶凜冽。用此護老身。臣虎
感激極。歔欷不能言。是日講孟子。鄒叟諭滕文。善鄰貴自主。
外交忌依存。大邦不須懼。爲善興子孫。君子爲可繼。成功在
彼天。　神州一挫衄。山河含酸辛。宰相誤國事。　九重宸憂
殷。都鄙苦桂玉。凍餒奈斯民。善後萬年計。復興何物先。厚生
資正德。道義利用根。上下宜深省。滿假是敗因。改過以遷善。

[illegible]

德業逐歲新。我 后好學問。經史積鑽研。臣虎 叨 寵命。廿載登 掖垣。日就而月將。順承德配乾。親桑莅蠶館。女功法日神。孳孳樂爲善。六宮懷 慈仁。母儀擧世仰。化光曁率濱。螽斯欽揖揖。麟趾頌振振。楚莊勉凍士。挾纊感三軍。我 后親賜纊。德音重加溫。仁恩有小大。感孚天與淵。臣虎 才譾劣。儕踰希前賢。磨錬功不足。無成白紛紛。從今著溫袍。蠶綿常負暄。慈誠日三復。庶幾保餘年。爲善不敢當。所願學采薪。壯心策駑馬。十駕酬 殊恩。

上

皇后陛下奉謝 優恩啓

宮內府御用掛 加藤虎之亮。誠惶誠恐。再拜稽首。謹啓皇后陛下。
陛下曩　賜虎之亮以　蠶綿。虎之亮　驚惶感戴。恭賦五言
長篇。奉謝　恩命之辱。
陛下重賜　親書御歌二篇。謹譯曰。畣加藤虎之亮　詩。詠　謝
懷。循循垂教經與傳。二十餘年不曾倦。受教更期事　窮討。
多年　親來聖賢道。一以　慰勉虎之亮。一以抒　典學之
懿旨。其　巽讓謙虛。希聖樂道。無勝鑽仰之至。虎之亮　侍
經席多年。徒荷　海嶽之恩。竟無涓埃之功。
陛下不　尤其無狀。乃賜　獎詞。特恩異數。非虎之亮　所
能任。伏惟。
陛下夙　好學。其臨　講筵。專心研精。儀容肅敬。亙數

刻不少渝。二十餘年如一日。以故經傳史子。其　學日就。
孝慈貞順。其　德月將。海內齊仰　母儀。雖因　天成之美。
進修之功。亦與有力焉。方今
國家遭遇大故。百事變革。政柄移下。家長失尊。敎學改制。男
女同權。於是奇矯詭激之徒。或謂忠孝爲封建之弁髦。謂貞
順爲舊俗之芻狗。竊憂邪說如此。天下何所嚮往。謹案。國無
二君。家無二尊。古今之通誼也。今乃家長空位。男女抗禮。則
或恐至夫妻反目。家道索矣。夫男女之在世。其間固無差等。
雖則無差等。陰陽異氣。剛柔殊質。則其職事。亦自不能無別。
譬諸服制。衣裳之於用。互無輕重。表裏之於服。何有軒輊。然
衣上而裳下。表外而裏內。乃知雖男女同權。所居之位有上

下所執之事有內外今欲紛更之是顛倒衣裳而反覆表裏
也豈不悖乎婦女之職在主中饋奉舅姑事所天育子女故
詩規長舌厲階書戒牝晨家索在易則曰女正位乎內男正
位乎外男女正天地之大義也家道正而天下定矣
國家今將再興人人思竭其力而婦女往往迷所適從當此
時
陛下益　究經傳之學行聖賢之道以垂　閨範則閫國
仰而仿之入則孝慈出則貞順家道正而天下定矣薰化之
道莫大焉虎之亮　屢叨　殊恩當速上啓奉謝而感激之極
不知所言遷延至今伏冀賜　憐察冒瀆　尊嚴無任惶懼
屏營之至

昭和二十二年丁亥十月三十一日。宮內府御用掛　加藤虎之亮。誠惶誠恐。再拜稽首。謹啓。

皇后宮賜　親書御歌二首。恭賦奉謝　優恩之辱。二首。

紫掖賜降　天漢章。五雲搖曳墨華香。謙虛　坤后勞非薄。感激儒臣頌就將。二十餘年開講久。九重多日浴　恩長。晨昏奉誦遵　慈旨。誓策駑駘對　寵光。

坤元厚載德無疆。柔順承天配　聖皇。典學連綿垂二紀。修文黽勉敍三綱。徽音光被率濱仰。懿範普覃中外望。原道孶經曾不息。拜　恩長侍　講筵傍。

先考四十回忌辰。皇后宮賜　林檎及線麪。恭賦以

奉謝　優恩二首

晨昏追慕四旬年。又值忌辰倍愴然。遺訓殷勤猶在耳。繼承兢業不休肩。家風難挽慚先祖。儒術無成愧昔賢。唯喜　深仁及泉下。薦新　恩降　九重天。

無疆　坤德九原通。魂格君蒿悽愴中。孝子羞籩嘉果滿。儒臣薦豆潔粢豐。頒榮　線麪覃親故。分福　林檎泣媼翁。覆載　皇恩何日報。葵心竊願捧丹衷。

進講　皇后宮二十五年。恭賦奉謝　優恩之辱。二十五韻。

微臣辱　恩命。叨昇講經筵。惶懼慚淺學。戰兢臨深淵。內訓列女傳。婦德見善遷。女訓馬后傳。陰教積精研。閨範先哲訓。默識證眞詮。孝經唐主注。意會握靈鍵。大學政規模。中庸道幽玄。論孟咀英華。希聖又慕賢。史乘主論贊。仰高而鑽堅。優游樂風雅。溫敦安誦絃。終始念典學。晝夜怕逝川。窮陰掖垣冬。晴雪照　文氈驕陽　離宮夏。淸風薫　瑤編緝熙日就將。琢磨月端妍。　睿知明庶物。　坤德儷　皇乾。　母儀上下戴。　懿範中外宣。螽斯集　椒庭。景星麗　帝躔。四海兆民慶。　九天三光全。微臣霑　恩寵。祁寒賚蠶綿。　親筆五朶雲。　御歌二篇箋。室燿光煌煌。感極淚濺濺。懷舊千萬緒。曠職廿五年。荏苒愒歲月。報效無塵涓。　寛容闊如海。仁覆宏似天。虔綴芻蕘言。奉獻　玉階前。

次加藤天淵。　後宮侍經筵。二十五年。獻詩奉謝韻。

研堂　前川三郎

藤君辱　宸選。后宮侍　經筵。賦性素謹恪。學術亦宏淵。欲明唐虞道。利名志不遷。祁寒與炎熱。孳孳努鑽研。炯眼透紙背。一瞥體眞詮。操筆解要領。古文握關鍵。參驗刑名覈。旁通老莊玄。議論辨邪正。夙夜希聖賢。遐齡開八秩。伏波志益堅。入典　內廷學。出導民誦絃。日夕不遑息。不舍嘆逝川。奉貂本淡泊。猶守舊青氈。一進　椒房下。從容對簡編。講明析疑義。詞態何淸妍。偏期　坤元德。帝道資剛乾。更希新民政。聲敎中外宣。豈思動星宿。感應明奎躔。君君父父誼。劫餘庶復全。建國三千載。　天潢繩連綿。上下道旣定。誰復費鄭箋。汙隆時難免。血淚流濺濺。忽讀君感遇。　宮闈廿五年。冥冥功烈大。莫謂比埃涓。東海催曙色。晴曦將上天。再造自有道。願致　玉階前。

進講　皇后宮二十五年。天淵博士有謝　恩詩五古一篇。次韻。

風外　水野昌雄

天淵藤博士。講經侍　御筵。廣陵夙畢業。學識深如淵。受命大正末。立　后與升遷。拳拳披丹誠。孜孜勞鑽研。溫故而知新。擬達師道詮。經義徵今古。治亂握關鍵。忠孝義平明。不說玄之玄。學庸與論孟。鄒魯奉聖賢。關雎正風始。婦道貴貞堅。涵養性情美。雅頌入清絃。典學忘老至。不用歎逝川。春酣紫藤苑。彩霞籠繡氈。秋麗紅葉山。錦雲映韋編。玉色益溫粹。

德華加芳妍。雙懸日與月。柔坤配剛乾。令儀內外服。淑
問四方宣。嶽降幾迎祥。衆星拱紫躔。少陽正震位。皇媛
降嫁全。聞君拜寵賜。優恩溢于綿。況又御歌賚。輝屋
錦字牋。捧持薦先靈。感涕流潺潺。恪勤如一日。勵精廿五年。
常恐傳不習。誓期報埃涓。惠澤何以比。雨露仁如天。謝恩
情無盡。久跪瑤墀前。

皇后宮賜鳳凰硯。恭賦奉謝優恩之辱。五首。幷引

虎以謭劣。叨進講皇后宮二十五年。今茲辛卯四
月二十日。特旨賜鳳凰硯。以慰其勞。不勝感激。
硯長方形。縱八寸。橫五寸五分。池上刻鳳凰。尾沿右
緣而垂至底。左緣配桐花。背鐫朝鮮平壤府五字。所

謂高麗硯之餘裔歟。有蓋雕平壤城。上題長城一面溶溶水。大野東頭點點山一聯。蓋以平壤本爲長城左端也。匣上題　鳳凰硯。謹案。源光圀奉　後西天皇命。銘　先皇遺愛鳳足硯。　天皇嘉賞。賜以　御製一首。序中有備武兼文。絶代名士之句。光圀感喜。刻諸印章。以紀恩榮。小野長愿。嘗獻庶民圖詩於明治天皇。　天皇嘉納。賜以　端硯。併賞其壯時盡瘁國事。長愿感泣。築賜硯樓。作詩以誌光慶。和之者十餘人。世傳爲美談。今我　后仁意同　兩聖。唯虎非才。不能繼二臣遺音。以發揮　餘光。無任慚惶之至。

覥顏叨汙講經　筵。廿五春秋一夢遷。　坤德就將欽典學。樗材忨愒恥鑽堅。鳳凰銜賜　椒庭上。竹樹生輝草屋前。覆載　鴻恩何日報。鞠躬只合逐先賢。

平壤硯巖聲價隆。匠人鐫刻奪神工。池頭鳳鳥垂修尾。蕊上長城峙大空。光似驪珠瑩秀潤。質如泗磬響玲瓏。紫端玄歙避三舍。感泣　覃恩及賤躬。

人閒難駐隙駒馳。樸學孜孜歲月移。藐視鍾王輕筆硯。疏將屈宋遠文辭。　恩含規戒　情偏渥。喜和慚惶淚自滋。定課從今策衰朽。孳經染翰又臨池。

後西　明治二天皇。風雅光包道德光。鳳足　命銘欽　孝順。黎瘝　嘉詠賞忠良。紀　恩刻印聲譽大。賜硯扁樓榮遇長。　懿旨優隆同　兩聖。菲才何以繼遺芳。

東洋文化邃淵源。潤澤齊家治國根。先聖傳經新可法。　後

宮勸學故方溫。三千禮樂待人述。億萬圖書充棟存。願學殘

年任斯道。對揚　慈意報　殊恩。

恩師文學博士新見吉治先生奬詞

文學博士加藤虎之亮君學識すぐれ德望高く現代漢學界の第一人者として夙に御用掛を拜命　皇后陛下に進講せらるること本年四月に至つて滿二十五年に及び記念として　恩賜鳳凰硯を拜受された恭しく君の御光榮を賀します謹んで惟みるに　皇后陛下は宮家の御生れで　國母の御德を自ら御身にそなえたもうが建國以來未曾有の國難に際し畏くも　天皇陛下を御內助あつて耐乏生活の模範を國民に垂れさせたまい戰災の燒け跡　假御殿に御起居あらせられる　御仁德は國民の感激仰ぎまつるところこうした御不自

由な　御生活の御中に今なお引續いて君の御進講を聞召される御修養の思召のありがたいことを感佩し奉るときに君への　御信任の御厚いことを拜察する次第であります今や洋學が益々盛んに行われ漢學不振の折でありますが　國母陛下の漢學に寄せたもう　思召を恐れながら推測し奉りまして君の任益々重きを加えたとぞんじ切に御健康を祈ります蕪辭不敬の罪平に御ゆるしを希ひます

昭和二十六年十月九日　新見吉治敬白

天淵老博。進講　後廷廿有五年。有　鳳凰硯之賜。作詩紀　恩。且需和。卽次韻以致榮幸之意云。

天彭　今關　壽麿

恭奉遺經侍　講筵。　九重不識歲華遷。敷陳必遡詩書古。懷抱深期金石堅。風敎自行　椒閣上。頌聲先起　玉簾前。今朝下賜　鳳凰硯。欽見　隆恩邁往賢。

派別銀潢德自隆。鹽梅鼎鼐代天工。忽驚妖彗挂　雙闕。愁見敗鱗飛大空。　禁苑春荒花寂寞。　仙樓秋鎖月玲瓏。中興亦繫　後廷事。仰察朝昏勞　聖躬。

寵錫奉持　宮使馳。雲煙搖曳碧山移。聲何淸越敲寒玉。色是斑斕綴妙辭。黼黻昇平須氣壯。唱酬花月要情滋。　君恩臣職眞相得。從古文章在鳳池。

神州萬古仰　天皇。　皇澤熙熙日有光。治法遡源周禮遠。學風守樸漢儒良。孶經訓詁功非易。體道精微味自長。試向

明廷思對策。松煙輕颺吐芬芳。

百出異端須塞源。護持斯道固培根。墨池潤處蘇潮湧。鳳鳥來時孔席溫。老去董帷猶日下。荒餘魯殿獨能存。遙知拜

賜晴窗底。靜搦長毫記　至恩。

恭攀瑤韻。奉賀天淵先生賜硯光榮。

春山　貝沼顯正

春日暉暉照　御筵。綿蠻黃鳥喜喬遷。葛覃垂德芝蘭茂。葵向貫誠松柏堅。賜硯傳芳千世後。蒙　恩生耀一門前。二句

五載恭勤至。絕俗淸標似古賢。
欽仰　椒宮慈愛隆。垂　恩寶硯極精工。梧桐花映長城水。
鸞鳳聲傳雙闕空。滑不黏埃光潤澤。溫其如玉質玲瓏。欽巖
端石還何數。寵賜恐惶偏飭躬。
藝林風雅盛名馳。壽福雙高與世移。書慕二王揮健筆。學修
三禮掞宏辭。葵心剛直秋霜烈。麟趾溫柔春露滋。天外飛來
鳳凰硯。拜　恩日日事臨池。
誓把斯文報　國皇。二臣振鐸辱榮光。獻詩偏念築樓樂。銘
硯獨欽修史良。梅里千秋天澤溥。湖山一代　聖恩長。如今
優渥　后仁意。也仰　椒庭春草芳。
大道由來有本源。東瀛名教保慈根。　母儀謙肅八洲潤。

坤德柔明黎庶溫。吐氣詞章仁義固。潛心禮樂聖賢存。同儔齊仰師家慶。將擧餘年答　至恩。

天淵加藤博士。拜謝　皇后宮下賜　鳳凰硯。恭賦詩五首。今次韻賀其榮。　曼洞　小池重

虔傾蘊蓄侍　經筵。二十五年無變遷。私喜眞儒道逾盛。深欽博士節尤堅。正心對几繙書後。誠意臨池潤筆前。傳習孳孳如不及。有言有德駕先賢。

賜硯鳳凰文德隆。刻鐫巧奪鬼神工。詩歌故事連篇穩。酒醲新醅百慮空。平壤雪多桐蔚茂。同江水淨石玲瓏。欽君博學兼强識。更見溫良貢厥躳。

人生何必要驅馳。閉戶繙書忘歲移。七字堂堂無冗語。五詩

整整有宏辭。朋情香似芝蘭秀。 皇澤霑如雨露滋。賜硯生雲起龍處。閑居何獨樂臨池。

案史深欽二 聖皇。愛儒好學發 恩光。 經筵講道期成德。玉帳運籌當任良。富貴生前槿花短。文章身後嶽容長。莫言衰朽非才客。今日非君誰繼芳。

邦家奎運有淵源。扶植綱常教育根。衣帶 宮香毫硯潤。心離世壒笑言溫。說仁說義道無極。贊鳳贊龍文自存。堪羨和魂漢才士。多年進講拜 殊恩。

奉和天淵先生瑤韻　　桃圃　柴田昌年

賜硯恩優勞 講筵。玄冬朱夏幾推遷。滄桑逢變傷時運。松柏持榮見節堅。鳳尾長垂 坤德下。桐花正發惠風前。二臣蹤跡堪欽慕。又使鴻儒繼往賢。

遙仰　椒房文德隆。又欽博士賦才工。深玄學識留靑史。澄
澹心懷望碧空。歲歲春風花爛漫。年年秋夜月玲瓏　邦家
再造途非遠。盛事傳聞耕耨躬。

光陰廿五瞬時馳。無奈人情世態移。聖教誰看眞面目　宮
庭猶貴古文辭。裁詩案上和風度。磨墨窗前慈雨滋。思得先
生恭默意。温容浮在硯中池。

東方有道自　神皇。坤母遵由新發光。家法一心鑽典籍。
國風千載重賢良。定幽栖得桐花發。覽德輝來鳳尾長。刻印
築樓先例在。便將詩賦擧餘芳。

先王遺法遡其源。卽是日東文化根。蒿目時流浮且薄。誘衷

天意雅而溫。四鄰未解風塵警。三巡猶看松菊存。只願碩儒
將耇壽。專心斯道答斯　恩。

和加藤天淵博士紀　恩詩五首

陶軒　高田　眞治

廿五春秋侍　講筵。蒼黃日月幾推遷。思齊　國母欽將就。
究學儒臣喜壯堅。香案煙浮　金殿上。彩窗花映　玉階前。
孝慈觀像儷　乾健。　坤德含弘慕聖賢。

賜賚勞勤恩遇隆。鷄林佳造自精工。青鸞紫鳳垂修尾。大野
長城接杳空。溫潤染毫雲蓊勃。光明濡墨玉玲瓏。寵榮奚啻
荊山璧。蹇蹇唯當憶匪躬。

戢戈六載日空馳。禾黍離離感轉移。憲法裁新銷武柄。國風

背古鄙文辭。緝熙何仰日星爛。賑恤常霑雨露滋。 蘭殿溫
敦修女訓。芙蓉花映白蓮池。
後西 明治兩天皇。長愿黃門浴 聖光。感遇築樓歌 帝
眷。嘉褒銘硯著臣良。退心常避聲名遠。和淚還吟榮譽長。進
講知君精力盡。傾葵此日續流芳。
泗洙名教遠淵源。仁義長爲立國根。再造乾坤辛且苦。雙懸
日月惠而溫。先憂自有明箴在。後樂由來素志存。 天祚無
窮兆民賴。效衷百歲報 皇恩。

恭次天淵博士 皇后宮賜 鳳凰硯詩韻

惇齋 那智 佐典

二句五載主 經筵。以道躬任斷不遷。 坤后柔嘉儀更懿。

儒宗啓沃節逾堅。鳳凰賜硯書窓裡。錦繡對詩金屋前。心力盡來功正報。寵光何讓古名賢。

鳳硯奉持　恩命隆。入神雕刻見天工。如聞翽翽鳴梧上。想看悠悠翔大空。玄歙恐無斯瑩潤。紫端應少厥玲瓏。珍藏愛重宜相保。　德賜眞符文德躬。

世情輕薄趁如馳。重厚先生獨不移。進在　椒庭明聖道。退居黌舍講文辭。造成積歲人材衆。獻替輸誠　坤德滋。嘉賞今看賜名硯。感　恩深廣比天池。

明治皇與　後西皇。政事餘垂文事光。寶硯徵銘憶遺愛。獻歌斟意美循良。捧詞鐫印思　恩大。拜　賜名樓志遇長。今亦　椒宮優寵命。榮如先哲接芬芳。

斯文畢竟究淵源。一本終爲百事根。學舍教成寛且猛。后
宮翼贊厲而溫。循循善誘誰如此。矻矻藏修幾有存。願得假
君扶植手。與人同體共推　恩。

奉呈加藤天淵博士。次　皇后宮賜　鳳凰硯恭賦五
首瑤韵。併誨政。　　船山　東　繁穗

嶽雪玲瓏映　御筵。孤標萬古不曾遷。仰看造化鍾靈秀。俯
對典墳鑽峻堅。碩老騁懷翰苑上。　熙朝應召　披庭前。銜
命鞠躳講經畢。頌將　令德繼先賢。

夙任斯文興望隆。詩成妙句奪天工。侍　筵偏繼丘之志。尋
道屢同囘也空。日下金章光燦爛。風前環佩韻玲瓏。多年
椒掖蒙　恩寵。五福無疆備厥躳。

久上　經筵令譽馳。回頭廿五葛裘移。　后宮親賜　鳳凰
硯。仙職恭裁冰雪辭。松竹當窗雙翠秀。芝蘭在室早芳滋。擘
經染翰餘薰足。時看龍蛇躍墨池。
椒庭懿德邁娥皇。寶硯煌煌紫玉光。同水長城兼動靜。華桐
靈鳳頌明良。　宮中紡織移風遠。　苑裏蠶桑化日長。蹇蹇
匪躬賢哲操。紹熙前烈永流芳。
泗洙聖學夙探源。更養傾陽葵藿根。博士頭銜追伏董。儒家
領袖準崔溫。　皇朝振古　宸威赫。　昭代依然大雅存。沐
浴多年　坤德洽。丹心日夜答　隆恩。
恭次天淵先生奉謝　后宮賜　鳳凰硯詩韻
翠陰　芳原　一男

丹誠積歲侍 經筵。裘葛欲忘時運遷。翼翼 慈心資婉順。巍巍 坤德贊貞堅。鞠躬進講 椒庭上。容與燕居芸閣前。懿旨優勞賜名硯。定期染翰跡先賢。

夙昔學經聲譽隆。更將椽筆奪神工。 朝廷簡拔榮洵大。藝苑飛騰才豈空。巨瀆長城光秀潤。桐花鳳鳥質玲瓏。 宸宮寶硯含靈氣。發作雄文護 聖躬。

山河歷劫日西馳。 王道陵遲國勢移。百萬甲兵歸鬼錄。三千禮樂屬虛辭。 上林落月殘光暗。 魏闕秋風墜露滋。遙想先生退 朝後。葵衷拜 旨事臨池。

神州一億想 明皇。似仰煌煌天日光。 鴻勅殷勤尊孝敬。至誠恭謹致忠良。中興社稷經綸大。佐命英雄勳業長。斯道只今瀕廢墜。誰持卓節繼遺芳。

無識武臣開禍源。廟謨爲誤治平根。海東民則悲傾覆。天下人心悼冷溫。起踣支顚事非易。撫今懷古道猶存。千秋金鑑如椽筆。一硯應扶報 聖恩。

次天淵博士奉謝賜 鳳凰硯詩韵五首

研堂 前川 三郞

掖庭翼翼侍 經筵。廿五不知裘葛遷。報國竹心窮益壯。思君松節老彌堅。獻箴春殿丹花下。奉頌冬宮白雪前。啓沃生成 坤德大。謙虛未敢比先賢。

忽拜儒臣 寵遇隆。鳳凰巨硯製殊工。瑞花映日華平地。靈鳥迎春麗大空。蓋上長城容鬱嵂。銘中淸濆韵璁瓏。委蛇

退食思　優旨。蹇蹇誰疑誓匪躬。

分慶難禁寸心馳。劫後殷憂習俗移。藐視聖經賢傳教。蔑如美玉粹金辭。千年道德烟塵鬧。一代文章蔓艸滋。　懿旨應存興古學。良方自邇獎臨池。

擬將鄭繪獻　明皇。賜硯樓高筆發光。復古　鴻謨依　睿聖。維新大業憶忠良。人生百歲誰言短。斯道千秋若許長。嗟爾已成功不朽紀　恩文藻亦承芳。

不易不偏吾道源。　祖宗遺訓此爲根。百年圖治須心正。萬事知新先故溫。舊法垂亡文獻在。古人雖遠典刑存。對揚闔國儒林寵。不獨天淵一己　恩。

皇后宮賜　鳳凰硯。天淵博士有紀　恩詩五首。攀瑤

韻。　　風外　水野昌雄

夙拜經師侍　講筵。星霜卄五忽焉遷。致君堯舜道非遠。置
國泰安心自堅。　明后溫容花影裡。老儒　恭貌鳥聲前。月將
日就无疆德。每正衣襟對古賢。

銘硯高麗憶世隆。彫鐫工奪鬼神工。含光鳳尾春搖水。弄影
桐花日耀空。或比歙巖蒼秀潤。豈同端石紫玲瓏。承　恩感
激儒臣　淚。蹇蹇猶思致匪躬。

天淵夫子姓名馳。攻學精神曾不移。約禮博文宣古道。溫柔
敦厚綴瑰辭。人忘敬讓性情下。世事紛爭口舌滋。絕海安瀾
何日是。　恩波瀲灩鳳凰池。

垂拱而治　帝與　皇。允文允武仰　龍光。銘傳鳳足忝褒

賞詩憫黎瘝欽儁良賜硯樓頭　天寵渥彤章印上　聖恩
長追蹤既有君才在佳話藝林揚郁芳
賢傳聖經仁義源修齊道亦此爲根　乾靈光被春常在
坤德渾成玉自溫上下三千文物遠邦家一億庶黎存喜聞
芸室生輝日椽筆縱橫紀　特恩

天淵加藤君進講　皇后宮二十五年拜　鳳凰硯之
賜感激傚于小野湖山賜硯樓以命于堂賦謝　恩詩
五律索和知友及余乃次韻頌其榮

濟齋　山田　準

儒臣何幸侍　坤筵出入鞠躬時月遷史考興亡資鑑戒經
希聖哲仰高堅雲深　内苑花薰處日麗　仙廊雪霽前寶

硯獎勞　恩寵大。湖山以後此名賢。

不負明時文化隆。藝場一著豈輸工。虎南探長眾材備。冀北拔尤群馬空。恩召　闈宮身謇謇。志禆　坤德玉瓏瓏。春風秋雨豈云老。二十餘年不有躳。

舉世名奔又利馳。哲人知命志何移。掣鯨詞賦有奇氣。吐鳳文章無曼辭。母校雄才聲夙著。後宮博士德愈滋。退休口永時揮筆。　上苑風烟浮硯池。

乾德巍巍仰　聖皇。三朝敎職浴　恩光。朝揮木鐸門生進。暮校周官學位良。蓮嶽維陽誕祥麗。篠川之畔泝源長。休言今古不相及。夫子何唯繼往芳。

滄海驪珠須探源。豫章千丈要深根。當仁不讓節倍固。秉志

無偏色更溫。宮闈執經譽何竭。儒門拜　賜硯長存。命堂
榮矣天淵子。世世兒孫泣　特恩。
天淵博士進講　後宮。拜鳳凰硯之賜。賦此寄祝。
香雲　渡貫　勇
寶硯銜光照碧氈。剡藤忽見迸松烟。風來鳳尾翻池畔。雲動
龍鱗躍筆先。聖后敬師　明德貴。老儒　事上至誠全。辱斯
盛寵榮何大。進講多君廾五年。
博士拜　賜。有述感五律。見示索和。乃次韻重呈。
椒宮麗日照　經筵。雲隔雕欄玉漏遷。靈沼鶴翎無尙潔。
上林筠節不磷堅。詩書啓沃粧奩外。禮樂雍容寶鴨前。講
道仰瞻　坤德美。推仁厚報老師賢。

興國須教奎運隆。待看文采極精工。扢風揚雅大聲振。明分正名邪慝空。瑞烏帶花雲璀璨。靈池涵月玉玲瓏。 椒宮奬學仰 深旨。感戴師儒老忘躬。

瑞鳳飛銜 恩命馳。化爲寶硯出雲移。陰陽純粹九苞體。天地精華五彩辭。滑溜靈根明澤邃。潤通月窟膩光滋。儒臣泣拜 椒宮賜。欲設右軍澥墨池。

湖翁拜 賜自 先皇。奉硯築樓詩放光。敬老 椒宮追祖聖。感 恩博士是臣良。瑞雲搖曳桐花美。麗彩斕斑鳳尾長。遍使藝林傳逸話。頌榮今古有餘芳。

讀書深探道之源。博士榮名固有根。正學正言眞寓樸。古心古貌厲含溫。遍收百氏闕文得。更采千年遺韻存。進講 椒宮知遇重。捧將　賜硯拜　殊恩。

加藤天淵博士。拜　皇后宮鳳凰硯賜。感　恩有詩。乃和瑶韻奉呈。　直堂　上田喜太郎

下流欲淨要清源。常仰　皇家養本根。明聖英謨深又遠。后宮美德穆而溫。幾千儀範婉爲貴。三百禮經和是尊。自古　朝廷重儒術。堪欽　國母克推　恩。

好樂斯文五十年。述來正道志逾堅。詞章跌宕壓今代。德操清高似古賢。內府選師名夙重。　后宮聽講學斯專。儒林頃者蕭寥甚。恭賀先生福履全。

嶽靈降哲會明時。志學修身努致知。　后宮慰老賜韓硯。夫子感　恩懷　聖規。書奉鍾王通大則。文希屈宋妙摛辭。自

彊乾乾曾不息。眞成一世是良師。
萬苦千辛氣浩然。文章經學兩能全。昂揚風雅成詩賦。奉事
椒庭說聖賢。崇敬明王無敢後。啓培　坤德孰爭先。　九
重恩降　鳳凰硯。至上光榮堪永傳。
平壤硯名今古隆。名工雕琢奪神工。池頭收翼鳳凰鳥。日下
垂恩　皇后宮。　御物澤輝書案麗。高人歡罩畫樓豐。菲才
我憾無佳句。祝意汪洋與海同。

恭次　皇后宮賜硯詩韻。

瑚河　戸田　浩曉

孜孜樸學究淵源。培養窮年六籍根。忘老侍　筵何謹厚。勞
勳賜硯一仁溫。三綱委地彝倫絕。五教承天道德存。修己治

人千古儼。加餐匡救報　鴻恩。

奉賀天淵加藤先生。見賜　鳳凰硯。

紹宇　近藤　啓吾

儒林凋落盡。碩果見先生。學術窮蘊奥。文辭吐華英。一貫志忠恕。後生所儀型。夙拜　椒庭命。進講古聖經。白首不知老。明道丹心傾。二十五春秋。無疆　坤德成。　恩降高麗硯。積勞嘉悃誠。端歙避三舍。光澤壓琇瑩。池頭雕鳳鳥。蓋鐫平壤城。先生感激極。上詩泣　恩情。啓吾列門下。拜誦熱中腸。上欽　懿旨渥。下頌　慶賜榮。學界傳佳話。斯文仰光明。

皇后宮所賜　鳳凰硯歌。贈天淵加藤博士。

豹軒　鈴木　虎雄

聞君鳳凰桐花之古硯傳　旨寵錫自　蘭殿背鐫朝鮮平壤府城圖刻蓋聯共見掖庭君班文學曹優仕內外聲譽高進講經史踰二紀賞以斯硯慰賢勞明王好德如食色修齊治平奉社稷　賜硯　國朝非無人後有長恩前光圀三臣鼎峙恩榮同殊遇君特出　後宮固知　坤德廣且大轉覺陰教　內廷隆侍講有制廢不舉一旦用兵嗟黷武　椒房于今置儒員不疑堯階舞干羽梧桐花高竹實蕃鳳凰棲止鳴瑤圃希續思齊皇矣詩揚休豈獨周雅古

天淵先生蒙　皇后宮賜硯賦詩見示短章奉賀

周南　木下　彪

進講　椒房日月長九重雨露沐榮光一方古硯媲金紫

兩字嘉名號鳳皇。瑩質摩挲欣玉潤。寒泓拂拭伴芸香。隨珠和璧應難比。異數　殊恩矢不忘。

加藤天淵先生。進講　後宮廿五年。　後宮賜硯慰其勞。先生感激。賦詩奉謝優恩。見似。賦此寄呈。

漸庵　國分　三亥

天淵學問國之珍。進講　坤宮廿五春。　后德溫淳垂　懿範。　皇恩優渥洽瀛濱。奉銘藩主印章燿。賜硯詞宗樓樹新。君與二賢同眷遇。仰瞻禁闕重儒臣。

天淵先生賜硯賦奉賀。

煙厓　荒浪　市平

椒宮進講廿餘年。恩賜　先皇御硯全。牀上鳳姿日觀德。藤家至寶萬昆傳。

賀天淵博士賜硯　岳陽　石澤　豐作

童顏兒齒鬢如銀。七十三翁僊是倫。天上鳳凰銜硯降。進經多歲勞儒臣。

天淵博士進講　皇后宮。賜高麗　鳳凰硯。賦此以祝。

素竹　岩村　通世

忠誠一貫廾餘年。進講聖經儒道全。　恩賜高麗名硯美。紫桐彩鳳琢彫妍。

今茲四月。加藤虎之亮翁。　特旨見賜　鳳凰硯。感恩賦詩。寄示四方需唱和。乃賦此報荅。

簡齋　小倉　正恆

紀恩帖

守經兀兀老生涯。感泣詩成誰得加。卌載　椒庭能進講。長
教賜硯鎭君家。

　恩師加藤博士進講　皇后宮二十五年。賜　鳳凰硯。
恭賦奉呈。以代賀詞。　幽篁　大野　健雄

民情澆譌俗難移。新學流行道欲衰。欽仰　椒宮崇古典。研
鑽多歲敍倫彝。

雉釁垂教想當時。聽講修身治國基。感激　九重春日麗。鳳
凰銜硯下儒師。

　天淵博士進講　後宮二十五年。特旨賜　鳳凰研。賦
　此賀其盛榮。　竹雨　土屋　久泰

聖朝奉　命列淸班。卄載講經。　椒掖閒。　恩賜旌功　鳳

凰研。儒臣榮比老湖山。

恭賦賀天淵先生拜領　鳳凰硯

瑚河　戸田　浩曉

二十五年儒術臣。講來三代仲尼仁。椒宮　恩降　鳳凰
硯。望嶽軒中光彩新。

加藤天淵詞宗。寄詩見徵和。欽佩之餘。賦此奉荅。情見
於辭。乃請教正。

擔風　服部　轍

進講多年奉至忱。　璿宮賜硯拜　恩深。欽君感激頌　坤
德。野調難賡大雅音。

加藤虎之亮博士。見寄　皇后宮賜　鳳凰硯。恭賦奉

謝優恩之辱五首幷引、感激奉和、伏乞大政、

瓠堂　安岡　正篤

輕薄文人忘　國恩、縱横政客事空論、高秋一夜青燈下、泣
誦先生忠厚言、

敗後時風最可悲、平生心腹向誰披、深秋兀坐草庵夕。敬和
先生　恩遇詩、

國破民痍道欲亡。敗都風物轉凄凉。偶因君子傳佳話、感激
思詩獨擧觴、

天淵加藤博士。多年講經　椒房、今茲四月。　嘉賞其
勳績、賜　高麗古研。可謂儒家之至榮矣。乃賦此寄以
賀、

寒泉　柳井　信治

咫尺　椒房廾五年。補將　坤德侍　經筵。旌功賜研　聖
恩渥。一世師儒榮譽全。

和歌

雅契文學博士加藤虎之亮の君か　后の宮に經を
講し參らすこと二十五年に及ふ今茲　鳳凰硯を
恩賞せられたるを喜ひて詠める歌二首

青於山人　青山　於菟

とる筆のいのちもなかく鳳の硯の海に游へとのらす
からやまと道をきはめて鳳の尾のなかゝゝとこたへ
まつりね

在桑港　石澤　利彌

とこしへに君のみかけやうつるらむ動あふるゝ鳳凰
の池

紀恩帖　二四

侍従　入江　相政

道ひとすちこの三十年をたゆるなくきこしめしにきゝこえあけにき

女官　小倉　満子

年久しくひしりのをしへとかせつゝ仕へしきみをたふとしとおもふ

わか友加藤君　皇后宮に進講すること多年今年鳳凰硯を賜ひてその勞を慰めらる君のよろこひはわか喜ひなり

元東京市立聾學校長　大池　菅根

大内山ふみの林に道しるへ仕へまつりて久しくもあ

るか。

桐に棲むめてたき鳥を名に負へる高麗の硯を賜はり
にけり

おしすゑてかたちゆたけき　大硯見つゝたのしむ君
想ひ居り

われもまたすゝり清めて紙のへてかゝむとすなりよ
ろこひのうた

藝術院會員　太田　貞一（水穗）

年月の人のいさををいたはりて　大御硯をたまはり
にける

四賀光子　太田　みつ

たまはりし　おほみ硯にする墨の色濃く染めませこ
のよろこひを

かしこしや　千代田の城のおく深く　后のみやのか
らふみよます

法政大學教授　太田兵三郎（青丘）

この國の大きをしへの源に二十五年の君か眞こゝろ

おほき師のけふのほまれは弟子われの誇とそ思ふ負
ふ氣なけれと

宮内廳長官官房秘書課長　高尾　亮一

みすゝりのすみもにほへよからふみをときてすかし
きうしかみまへに

女官　道木　菊重

君と師のまことの道をあゆみますさまこそ人の世のかゝみなれ

侍従　徳川　義寛

御机のちかくにはへり漢の文よみまゐらせし君そたふとき

加藤博士の光栄をよろこひことほきて

侍従職御用掛　鳥野　幸次

たまはりし　み硯たふとひしり書としのあまたを聞えあけ來て

日出子　福原　秀子

かしこくも　后の宮ゆふたつなき　鳳凰のすゝりたまふめてたさ

いにしへの聖のみちをきはめまし君のほまれをたゝへまつらむ

おむわさの光こもらふ美しきすゝり師のみほとりにとはにはえなむ

老友加藤博士の光榮を賀きて

元内親王傅育掛長宮中顧問官　藤井種太郎（種田）

二十五とせさゝけし教かゝやきて空の光にさしそひて見ゆ

あま降る空の光にてりはえて飛ふ鳳の硯うるはし

たまはりし　硯の海のしつくよりいかなる文の流れ
出つらむ
女官長　保科　武子
日にならふ月のひかりをたゝへなむすゝりのうみの
満干なくして
女官　雪井よし子
たふときは君のみいさをから文をはたとせあまりを
しへまつりて

昭和二十八年一月二十日印刷
昭和二十八年一月廿五日發行

東京都杉並區新町三一ノ一
編者兼發行者　加藤虎之亮

東京都千代田區旭町一三
印刷所　株式會社開明堂